2021

# 김승옥문학상 수상작품집

# 2021
# 김승옥문학상
# 수상작품집

문학동네

|차례|

**대상 문진영** 두 개의 방 … 007
**작가노트** | 마음의 단층
**리뷰** | 김화영 방房, 그 원초적 중심으로 인도하는 몽상의 길

**윤대녕** 시계입구가게앞검문소 … 047
**작가노트** | 누군가의 이야기가 다시 시작되는 지점
**리뷰** | 권희철 때와 장소

**손홍규** 지루한 소설만 읽는 삼촌 … 093
**작가노트** | 기뻐서 눈물난다는 당신께
**리뷰** | 전경린 지루한 소설의 전략과 반전하는 힘

**안보윤** 완전한 사과 … 137
**작가노트** | 어떤 진심
**리뷰** | 서영인 '완전한 사과'는 불가능하지만,
'생존'하는 인간으로 이어져 있으므로 우리는

**진연주** 나의 사랑스럽고 지긋지긋한 개들 … 175
**작가노트** | 씻김굿
**리뷰** | 차미령 길을 간다는 것
—예정된 상실과 그럼에도 예상 밖의 삶에 대하여

**정용준** 미스터 심플 … 207
**작가노트 |** 심플한 슬픔
**리뷰 |** 김금희 그 슬픔에 오래오래 박수를 보낼 것이다

**황현진** 우리집 여기 얼음통에 … 251
**작가노트 |** 벤자민은 죽었지만 올리브는 살렸으므로
**리뷰 |** 황종연 패턴의 출현, 위트의 승리

**2021 김승옥문학상**
김승옥문학상 취지 … 291
심사 경위 및 심사평 … 293

대상

/

## 문진영

# 두 개의 방

작가노트

마음의 단층

리뷰 | 김화영

방房, 그 원초적 중심으로 인도하는 몽상의 길

**문진영**
2009년 『담배 한 개비의 시간』으로 창비장편소설상을 수상하며 등단. 소설집 『눈 속의 겨울』이 있다.

# 두 개의 방

여행에서 돌아온 그를 산타바바라에서 만났다. 그와 내가 같은 이름을 가진 동네의 1동과 2동에 각각 살고 있다는 사실을 알게 된 후, 그러니까 저자와 편집자가 아닌 동네 친구로서 처음 만나기로 했을 때, 그는 중간쯤에서 보죠, 하고 말했다. 중간이 어디냐고 내가 되묻자 그는 한번 알아봅시다, 라고 했다. 주말에 전화를 걸어온 그는 내게 준비가 됐느냐고 물었다. 준비 땅, 하듯 그와 나는 동시에 출발했고 나는 2동을 향해, 그는 1동을 향해 걸었다. 걸으면서 수화기 너머로 서로의 위치를 보고했다. 내가 월드부동산을 지날 때 그는 냉면집을 지나고 있었고, 내가 새로 생긴 카페 앞을 지날 때 그는 빵집을 지나고 있었다. 내가 빵집을 지날 때 그는 철물점 앞에 있었는데, 그곳은 내가 이미 지나온 곳이었다. 미로처럼 얽힌 골목에서 그와 내가 마침내 같은 길로 접어들었을 때,

저멀리 조그만 점 하나가 점점 커져서 결국 그가 되었을 때, 그곳이 바로 산타바바라. 산타바바라는 어느 연립주택 이름이었다.

오래된 주택과 빌라가 많은 동네였다. 그는 자신이 사는 빌라의 이름은 아비뇽이라고 했다. 내가 사는 곳은 청기와빌라인데 청기와가 없었다. 그런 이야기를 하며 웃었다. 그날, 그와 나는 골목길을 돌아다니면서 이상한 이름의 빌라를 여럿 찾아냈는데, 개중에는 신혼빌라라든지 최첨단빌라라든지 하는 것도 있었다. '한 벌에 오천원, 두 벌에 만원'이라고 붙어 있는 옷가게도 찾았고, 누군가 담장에 파란색 스프레이로 커다랗게 'SEX'라고 써놓은 것도 찾았다. 그리고 세탁소가 사라진 것을 알았다. 문 앞에 몸집이 커다란 백구를 묶어두곤 하던 곳이었다. 백구는 주로 세상만사 귀찮다는 듯 누워 있었다. 그는 백구가 세탁소 아저씨의 오토바이에 목줄이 매인 채 뛰어가는 모습을 본 적이 있다고 했다. 행복해 보여서 말리지 못했어요, 그가 말했다. 나는 어느 겨울 드라이클리닝을 맡기러 세탁소 안으로 들어섰을 때, 안락의자에 앉은 주인아저씨가 새끼 백구를 품에 안은 채 잠들어 있는 장면을 보았다고 말했다.

그는 이것을 '술 산책'이라고 불렀다. 걷다가 맘에 드는 가게가 나오면 들어가 술 한잔하고, 술이 깰 때까지 무작정 걷다가 또 한잔하고. 그렇게 하면 밤새도록 마셔도 숙취 걱정이 없지요. 언젠가 그는 그렇게 말했다. 나는 '술 산책'이 다음 책의 제목으로 괜찮겠다고 말했다. 그와 새벽이 밝아올 때까지 술을 마신 적은 없지만, 덕분에 동네에서 재밌는 것들을 많이 발견했다. 혼자 걸을 때도 언젠가 그에게 말해줘야지 하고 그런 것들을 수집했다. 별 소용은 없지만 왠지 소중한 것들을. 나는 그에게 역 앞에 '사는 게 껌껌할 때 껌을 씹으세요'라고 쓴 종이를 붙여놓고 껌을 파는 할머니의 좌판이 있다고, 핸드폰가게 앞 뽑기 기계에 '베스트 히트곡 모음집'이라는 음반이 들어 있는데 표지에 도통 처음 보는 노래 제목만 쓰여 있다고 말해주었다. 그는 어느 집 앞 화분에 화분보다 더 큰 늙은호박이 용케 매달려 있다는 사실에 대해, 쌀가게 앞 보도블록에 몰려드는 비둘기들이 얼마나 뚱뚱한지에 대해 말해주었다. 그런 얘기를 하며 단골 전집으로 들어갔다. 주인아저씨가 카운터에 엎드려 자고 있었다.

그가 배낭을 뒤적거리더니 자그마한 종이봉투 하나를 꺼내 내게 건넸다. 봉투 안에는 우키요에풍의 그림이 그려진, 두꺼운 종이로 된 컵받침 두 개와 자그마한 성냥갑이 하나 들어 있었다. 내가 그것들을 하나씩 봉투에서 꺼내놓을 때마다 그는 와, 참 쓸모없네요, 하나같이 쓸데없어요, 라고 덧붙이고는 아하하 웃었다. 그렇게 웃을 때 그의 작은 눈은 완전히 사라져 하나의 곡선이 되었고 눈가에는 여러 겹의 주름이 잡혔다. 그는 확실히 잘 웃는 사람이었지만, 웃음을 그친 후에도 눈가의 주름은 사라지지 않아서 언제나 희미하게 미소 짓고 있는 듯한 인상을 주었다. 그는 내가 출판사를 옮긴 뒤 처음으로 만난 저자였다. 그는 사라져가는 영화관에 대한 글을 썼는데, 어느 영화잡지가 몇 년째 그의 글을 지면에 싣고 있었고, 연재를 마칠 때쯤엔 책 한 권 분량이 되어 있었으므로 어찌어찌하다보니 나와 만나게 된 것이다. 연재를 그만두게 된 건 그 잡지가 발행을 그만두었기 때문이지만, 아무튼. 그는 영화보다 영화가 상영되는 공간에 더 관심이 많았다. 그는 모든 상영관이 각각의 특유한 냄새, 유일무이한 어둠을 가지고 있다고 믿었다. 그는 아트시네마 야외 테라스에서 내려다본 국일 여관의 간판이 어느 각도로 얼마만큼 기울어져 있는지를 알고 있었다. 동두천 동광극장 대기실에는 소파가 총 아홉 개 있는데 모양이 같은 게 하나도 없다는 것도 나는 그에게 들어 알았다.

그의 책은 삼 년이 지난 지금까지도 1쇄를 다 팔지 못했지만 그래도 그와 나는 계속 만났다. 가끔 만나다가, 자주 만났다. 주로 그가 어딘가에서 돌아온 뒤였다. 그때마다 나는 스무고개를 하듯 그가 머물렀음직한 도시의 이름을 대곤 했지만 레퍼토리는 매번 비슷했고 한 번도 맞힌 적은 없었다. 그는 다녀온 곳이 어디였는지를 도저히 가늠할 수 없는 물건들을 기념품이라며 내게 주었다. 이번에 그는 일주일간 남쪽에 있는 어느 도시를 다녀왔다고 했다. 거기 있는 극장이 다음달에 문을 닫는답니다. 그가 말했다. 남아 있는 단관 극장 중에 세번째로 오래된 곳이라고 그는 말했다. 그는 내가 만지작거리고 있던 성냥갑을 가리키며 말했다. 극장 맞은편에 있는 호프집인데, 거기도 꽤 오래된 곳이에요. 귀한 겁니다. 성냥갑에는 복고풍 서체로 '사랑의 썰물, 호프&비어'라고 쓰여 있었다. 상자 안 성냥개비들은 머리가 초록색이었다. 초록색 불이 켜질 것 같아서 하나 꺼내 그어보았다. 불은 당연히 초록색이 아니었고 계란 썩은 내 같은 황냄새가 났다. 그때 주인아주머니가 나타나 자고 있는 아저씨의 등짝을 내리쳤다. 나는 재빨리 성냥불을 흔들어 껐다. 뭐 드릴까, 하고 아줌마가 물었다.

*

내가 태어난 도시에도 오래된 극장들이 있었다. 마지막까지 남아 있던 곳은 내가 다니던 고등학교 근처의 피카디리극장이었다. 거기엔 늘 실제 배우들과 절묘하게 닮지 않게 그려진 간판 그림이 걸려 있었다. 은미와 나는 그곳을 좋아했다. 종종 야간자율학습 시간에 몰래 빠져나와 그곳에서 영화를 보곤 했다. 매표소에서 일하는 아주머니는 한껏 무심해서 표를 살 때 눈도 마주치지 않았지만, 우리는 매번 근처 지하 노래방의 더럽고 좁은 화장실에서 몸을 부딪쳐가며 사복으로 갈아입곤 했다.

은미는 유학생이었다. 차로 한 시간 반쯤 떨어져 있는 동네에서 중학교까지 다니다가 나와 같은 고등학교에 진학했다. 중학교 삼 년 내내 전교 일등을 한 번도 놓치지 않았다는 소문을 들었다. 그러나 천재 소리를 듣던 은미도 이곳에 와서는 평범했다. 아니, 거의 존재감이 없었다고 해야 할 것이다. 나 역시 그애와 한 학기가 다 지나도록 말을 섞어본 적이 없었다. 나에겐 같은 중학교에서 함께 진학한 친구들이 몇 있었고, 그애들과 몰려다니느라 한동안은 은미가 교실 어디쯤에 앉아 있는지조차 몰랐다. 그러다 2학기가 시작되어 자리를 바꾸었을 때, 은미가 내 앞자리에 앉게 되었다. 하지만 여전히 얘기를 나눌 기회는 별로 없었다. 그애는 지각이 잦은데다 쉬는 시간만 되면 엎드려 잤다. 수업시간에도 꾸벅 꾸벅 졸기 일쑤여서, 뒤에서 보고 있으면 저러다 책상에 머리를 박지나 않을까 마음을 졸이게 되었다. 그러다보니 점점 더 신경이 쓰였다. 그애의 뒷모습은 늘 한쪽으로 비스듬히 기울어 있었고 머리끝은 뻗쳐 있었다.

어느 날인가, 3교시가 다 되도록 앞자리가 비어 있었다. 4교시 수업이었던 담임선생님이 은미가 사는 곳이 어딘지 아는 사람이 있느냐고 물었다. 아무도 몰라? 누가 은미랑 제일 친해? 하지만 아무도 대답하는 사람이 없었다. 은미가 학교 근처에서 혼자 살고 있다는 걸 그제야 알았다. 은미는 휴대폰이 없었다. 선생님은 은미가 사는 곳의 주소를 알려줄 테니 점심시간에 누가 한번 가보겠느냐고 물었다. 하지만 아무도 나서지 않아서, 내가 간다고 할까, 그럴까 망설이는 찰나 뒷문이 드르륵 열리고 그애가 들어왔다. 교복 셔츠 자락이 치마 위로 비쭉 빠져나와 있었다. 어디가 아팠느냐고 선생님이 물었다. 은미가 얼굴을 붉히며 말했다. 알람시계 건전지가 다 되어서 늦잠을 잤다고. 아이들이 웃었고 그애의 얼굴은 더 빨개졌다. 은미는 빠른 걸음으로 제자리에 와서 앉았다. 뻗친 머리 아래 새빨간 목덜미가 눈에 들어왔다. 손을 대면 델 것 같았다.

점심시간을 알리는 종이 울리고 여느 때처럼 급식소를 향해 달려가려던 나는, 미동 없이 앉아 있는 은미를 보았다. 나는 은미의 어깨를 톡톡 두드렸다. 그애가 돌아보았다. 밥 안 먹어? 응. 그애가 눈을 내리깐 채로 대답했다. 친구들과 밥을 먹고 돌아와보니 은미는 책상에 엎드려 있었다. 석식시간에도 마찬가지였다. 나는 은미의 등을 손가락으로 콕콕 찔렀다. 은미가 돌아보았다. 책 모서리에 눌려 한쪽 뺨에 길게 자국이 나 있었다. 왜 밥을 안 먹어? 이따 먹을 거야. 밥보다 잠이 더 급해. 은미가 말하고는 다시 자리에 엎드렸다. 밤에 대체 뭘 하기에 밥을 마다하는 걸까 궁금했지만 더는 묻지 못했다.

앞자리가 또다시 비어 있던 날, 나는 망설이다가 쉬는 시간에 교무실로 가 담임선생님에게 은미가 사는 곳을 물었다. 교탁 안에 들어 있는 컴퓨터로 선생님이 적어준 주소를 검색했다. 종이의 빈 곳에 대략의 약도를 그렸다. 뭐하냐, 친구 녀석 하나가 곁에 와서 모니터를 들여다봤다. 아무것도 아니거든. 나는 황급히 검색창을 닫았다. 숨길 일도 아닌데 왜 그랬는지 나도 모르겠다. 점심시간에 볼일이 있다는 핑계를 대고 친구들을 먼저 급식소로 보내고, 나 홀로 은미의 집을 찾아갔다. 극장 뒷골목 어느 구석에 있는 허름한 집이었다. 대문이 조금 열려 있어서 문을 밀고 안으로 들어갔더니 그다지 좋지 않은 냄새가 끼쳐왔다. 마당 한쪽에 박스와 폐지 같은 것이 잔뜩 쌓여 있는 게 눈에 들어왔다. 계세요, 은미야, 은미야, 하고 불렀더니 제일 끝에 있던 작은 문이 열리고 그애가 부스스한 얼굴로 나타났다. 너 어디 아파? 내가 물었다. 아니. 시계가 고장났나봐. 은미가 잠긴 목소리로 말했다. 건전지 갈았어? 그애가 고개를 끄덕였다.

느릿느릿 방에서 빠져나온 은미는 마당에 있는 수돗가에서 세수를 하고 머리를 감았다. 나는 마루끝에 걸터앉아 그 모습을 지켜보다가, 왠지 그러면 안 될 것 같은 기분이 들어 고개를 돌렸다.

처마에 커다란 마늘 다발과 썰어 말린 무언가가 잔뜩 담긴 초록색 망이 네다섯 개쯤 달려 있었다. 정체를 알 수 없는 자루들, 각종 항아리, 역시 그 안에서 뭔가가 말라가고 있는 플라스틱 바구니들이 마당 여기저기에 놓여 있었다. 먼저 가. 금방 갈게. 은미가 수건으로 머리를 틀어올리며 말했다. 됐어. 그럼 잠깐만 있어. 교복 입고 나올게. 은미가 그렇게 말하고는 방안으로 들어갔다. 여긴 누구 집이야? 내가 문 닫힌 방에 대고 물었다. 주인할머니. 근데 지금 안 계셔? 응, 박스 주우러 다니시는데. 근데 팔지는 않고 저렇게 쌓아놓기만 한다? 웃기지. 교복으로 갈아입은 은미가 방에서 나왔다. 냄새 지독하지. 할머니 방에 메주 있어. 은미가 코를 찌푸리는 듯한 시늉을 하며 말했다. 우리 할머니도 저랬는데, 그애는 그렇게 말하더니 배시시 웃었다. 학교로 돌아가는 언덕길에는 은행잎이 수북이 쌓여 있었다. 은행잎을 발로 툭툭 차며 말없이 걷는데 은미가 점심은 먹었어? 하고 물었다. 나는 고개를 저었다. 미안. 은미가 말했다. 너도 못 먹었잖아.

점심시간이 십 분 정도밖에 남아 있지 않았다. 교실 가까이 갔을 때 은미는 갑자기 나더러 먼저 들어가라고 했다. 수업종이 쳤는데도 그애가 나타나지 않아서 어떻게 된 일인가 하고 있는데, 선생님과 동시에 그애가 들어왔다. 손에 검은 봉지가 들려 있었다. 은미의 머리카락 끝에 작은 물방울이 맺히는 것을 지켜보는 사이 수업이 끝나버렸다. 은미가 봉지에서 빵과 우유를 꺼내 내게 건넸다. 슈크림이 들어 있는 빵이었다. 같이 먹어, 내가 말했다. 그러자 그애는 의외로 거절하지 않고, 눈을 내리깐 채 의자를 반쯤 돌려 비스듬히 내 쪽을 향해 앉았다. 짧지만 숱이 짙은 속눈썹, 입술 위에 난 작은 점이 보였다. 나는 빵을 반으로 잘라 그애에게 건넸다. 어색함에 말없이 빵을 뜯어먹었다. 그때 그애가 문득 낮은 목소리로 말했다. 실은 밤에 알바를 하거든. 정말? 무슨 알바? 고깃집. 고등학생도 알바 시켜줘? 내가 물었다. 원래는 안 되는데, 사정을 말했더니 사장님이 시켜줬어. 할머니는 학비와 월세만 겨우 보내주시고, 밥값이랑 용돈은 자기가 벌어야 한다는 것이다. 야간자율학습이 끝나자마자 달려가서 새벽 두시까지 일하고, 주말에는 낮에도 일한다고 했다. 다음달엔 휴대폰도 살 거야. 그리고 대학 등록금도 좀 모아놔야 해. 그애가 다소 들뜬 목소리로 말했다. 공부는 언제 하냐. 학교에서 해야지. 근데 너 맨날 자잖아. 그러자 그애가 쿡쿡, 하고 웃었다. 그건 그래, 하면서. 이거 비밀이야. 알지? 그애가 내 눈을 똑바로 보며 말했다.

*

내 앞에 앉아 모둠전에서 청양고추를 골라내고 있는 그에게, 혹시 모 시에 있는 피카디리극장을 아느냐고 물었다. 그는 알고 있다고 했다. 작년에 우연히 그곳을 방문했을 때 가보았다고. 시간이 멈춰 있던데요. 그가 말했다. 요금표에 쓰여 있는 금액이 칠천원이었어요. 몇 조각 떨어져나가긴 했지만 간판도 그대로고요. 친구랑 야자 땡땡이치고 자주 갔었어요, 하고 내가 말하자 그래요? 하며 그가 웃었다. 내부가 궁금했는데 잠겨 있었어요. 어땠어요? 그가 물었다. 어땠더라. 영화관이 다 비슷비슷하죠 뭐, 하고 대답하려다가 가만히 생각해본다. 은미와 나는 극장 앞에 서 있다. 긴핀 그림에 대해 이렇다 저렇다 품평하고 깔깔거린다. 건물 안으로 들어서면 매표소라고 쓰인 작은 팻말 아래 아치 모양으로 뚫린 유리가 있었고, 화난 듯한 표정의 아주머니, 향수냄새가 진하게 풍기던 손…… 나는 그에게 이야기한다. 그래서 영화표에도 향수냄새가 남아 있었다고. 붉은 천이 깔린 계단. 나무로 된 상영관 문 앞에는 짙은 자주색 융단 커튼이 달려 있었고, 상영관 안에서는 묘한 냄새가 났다고. 한데 뒤섞인 땀냄새와 곰팡내, 락스 냄새 같은 것들…… 좌석은 인조가죽으로 되어 있었는데 움직일 때마다 삐걱거렸다고.

그는 미소를 머금은 채, 고개를 끄덕이며 내 이야기를 들었다. 되게 선명하게 기억하고 계시네요? 그가 말했다. 그런가요? 그는 잠시 생각에 잠긴 듯 한참 동안 말이 없다가, 내게 물었다. 선영씨는, 그런 생각 해본 적 없나요? 뭐랄까, 내가 뭔가를 기억하는 단 한 사람이면 어떡하지, 하는 생각. 나 말고도 몇 사람 있었는데, 누군가는 아주 잊어버리고, 누군가는 세상을 떠나서 내가 마지막 남은 한 명이면 어쩌지, 하고요. 해본 적 없어요, 하고 나는 고개를 저었다. 그렇군요. 뭐랄까, 나한테는 이상한 강박이 있어요. 결국 나마저 잊어버리면, 이미 사라진 것이 완전히 사라지는 게 아닐까 하고. 이상하죠? 그가 말했다. 그치만, 모두가 잊어버렸다고 해서 없었던 일이 되는 건 아니지 않을까요? 내가 말했다. 그러자 그의 얼굴에서 웃음기가 사라졌다. 아뇨, 난 아니라고 생각해요. 아무도 기억하지 않으면, 없었던 일이나 마찬가지가 되어버린다고 생각합니다. 거기서 대화가 끊겼다. 어느새 가게 안은 사람들로 가득차 있었고, 둑이 무너진 것처럼 웅성거림이 우리의 침묵 위로 쏟아졌다. 한참을 그렇게 앉아 있었는데 그가 말했다. 나갑시다. 2차 가야죠.

우리는 대로변을 따라 직진했다. 2차에 도착할 때까지 2차가 어디인지 모른다는 게 술 산책의 매력이죠. 그는 말했다. 하지만 평소처럼 느릿한 발걸음이 아니었다. 왠지 목적 없이 가는 것 같지가 않은데요, 내가 웃으며 말했다. 들켰나요? 하고 그가 또다시 와하하 웃었다. 저기 곱창 골목에 알곱창을 기가 막히게 하는 곳이 있거든요. 선영씨도 꼭 가봐야 해요. 그가 말했다. 곱창 골목으로 접어들자 아주머니들이 분주히 호객했다. 한 아주머니가 그를 보더니 반색했다. 왔어? 네, 하고 그는 순순히 대답했다. 알곱창 2인분? 아주머니가 말했고 그는 네네, 하고 고개를 끄덕였다. 제일 구석에 자리를 잡았다. 테이블이 다섯 개 정도 있는 작은 가게였다. 벽에 붙어 있는 메뉴판은 간소했다. 알곱창, 야채곱창, 막창, 고추장불고기. 여기가 제일 맛있는데 왜 손님이 없지? 이상해요. 그가 말했다. 그래요? 내가 되묻자 사실 다른 집은 안 가봤어요, 하고 그가 웃었다. 알곱창이 그만이지만 고추장불고기도 맛있습니다. 연탄불에 굽거든요. 그가 말했다.

그의 말대로 알곱창은 맛이 기가 막혔다. 우리는 소주 두 병을 나눠 마시고 고추장불고기도 시켰다. 배가 불렀지만 기분이 좋았다. 3차도 가나요? 내가 물었다. 그럼요, 하고 그가 대답했다. 3차는 어딘데요, 하고 묻자 그는, 이번에는 정말 모릅니다, 진짭니다, 하고 대답했다. 곱창집에서 나와 대로변을 따라 걸었다. 금요일 밤이라서인지 종로 거리는 어딘가 들떠 보이는 사람들로 붐볐다. 없을 것 같은데 은근히 많은 데가 어딘지 아세요? 갑자기 그가 물었다. 네? 무슨 말이에요? 그가 어느 건물 쪽을 손가락으로 가리켰다. 기원이요. 건물 삼층에 기원이 있었다. 저기도요. 그가 다른 건물을 가리켰다. 거기에도 있었다. 종로라서 그런 거 아니에요? 내가 대꾸했다. 그런 것 같지만, 버스 타고 다닐 때 한번 찾아보세요. 없는 데가 없다니까요. 그가 말했다. 아, 전당포도요, 하고 그가 덧붙였다. 걸으면서 그가 가리키는 곳마다 기원과 전당포가 있었다. 그동안 나는 한 번도 보지 못한 것들이었다. 나는 어머, 어머, 하며 감탄했다.

걷다보니 광화문광장 쪽으로 향하고 있었다. 그가 잠시 담배를 피우겠다며 커다란 빌딩 뒤쪽에 있는 흡연구역으로 갔다. 그를 기다리고 서 있는데 저기 빌딩 사이 바닥에서 옅은 불빛이 흘러나오고 있었다. 나는 그쪽으로 가보았다. 유리바닥 아래 유적 같은 것이 보였다. 옛 집터라고 했다. 누가 살았을까 싶게 엄청나게 작은 집이었다. 그가 다가왔다. 담배냄새가 났다. 나란히 서서 같이 그걸 들여다보았다. 처음 봤어요. 내가 말하자 이 근처 곳곳에 있습니다, 하고 그가 대답했다. 근데 여기 누가 살았을까요. 이렇게나 좁은데. 내가 말했다. 조선시대 고시원 아닐까요. 그가 말했고 나는 피식 웃었다. 재미없네요. 내가 말했다. 그죠, 재미없네요. 그가 따라 했다. 근데 이걸 보니까 갑자기 가보고 싶은 곳이 생겼어요. 그가 말했다. 이번엔 정말 모른다면서요. 내가 말했다. 지금 생각난 거예요. 이런 게 술 산책의 묘미죠. 문득 생각나는 곳으로 가는 거. 말이 조금씩 달라지는 것 같은데요, 하고 내가 킥킥거렸다. 아닙니다, 정말입니다. 그가 말했다. 그게 어딘데요? 내가 묻자 그는 시간이 멈춘 곳을 알아요, 하고 대답했다.

*

은미가 살던 작은 방에 다시 찾아간 적이 있다. 몇 해 전 연휴의 끄트머리였다. 부모님 댁에서 설을 쇠었는데 종일 먹기만 했다. 배가 너무 불러 잠깐 걷기로 했다. 햇볕을 조금 쬐고 싶었는데 겨울 해는 야속하게 넘어가고 있었다. 도시가 좁아진 걸까. 예전에는 서로 한참씩이나 떨어져 있다고 생각했던 것들이 대체로 가까웠다. 널따란 대학 정문을 지나, 향교를 지나, 걷다보니 내가 다니던 고등학교의 벽돌담이 나왔다. 하지만 학교는 다른 곳으로 이전했고, 이제 그곳은 시청의 임시 청사가 되어 있었다. 시청은 피카디리극장 바로 앞에 있었는데 건물을 새로 짓고 있다는 얘기를 들었다. 교문 안을 빼꼼 들여다보니 학교 운동장 한가운데 있던 목백합이 그대로인 게 보였다. 그 목백합은 학교의 상징이어서 교복에 배지로까지 달아야 했는데 그것만 두고 갔다는 것이 이상했다. 워낙 뿌리가 깊어서 옮기기 힘들었을 거라는 생각이 들었지만, 막상 다시 보니 예전보다 조그맣게 느껴졌다. 분식집도 만화방도 이제는 사라지고 없었다. 은미와 함께 걷던 언덕

길을 따라 아래로 내려가자 새로 짓고 있는 시청 건물의 거대한 골격이 보였다. 그런데도 피카디리극장은 여전히 썰렁하고 낡은 모습 그대로 그 자리에 있었다. 극장이 문을 닫은 것은 벌써 십 년 가까이 지난 일인데 건물이 도통 팔리지 않는 건가, 혹은 주인이 아예 팔 생각이 없는 건가 싶었다. 극장 앞 유리로 덮인 게시판 안에 붙어 있는 빛바랜 포스터를 본 때, 은미와 내가 함께 본 마지막 영화가 생각났다. 크게 흥행했던 조폭 코미디 영화의 후속편이었다. 그 시간대에 볼 수 있는 것이 그것뿐이었다. 뻔한 웃음 코드에도 우리는 깔깔거렸다. 어느 순간 나 혼자 웃고 있어 고개를 돌려보니 은미는 고개를 옆으로 떨군 채 잠들어 있었다. 나는 스크린의 불빛에 그을린, 그애의 잠든 얼굴을 잠시 동안 바라보았다. 나는 그애에게 어깨를 빌려주지도, 그애를 깨우지도 않았다. 오랫동안 잊고 있던 기억. 은미의 집에 가봐야겠다는 생각이 들었다. 날이 어둑해지고 있었다. 몇 번밖에 찾아간 적이 없는데도 길이 익숙했다. 놀랍게도 그 집은 거기 그대로 있었다. 대문은 닫혀 있었지만, 담장이 낮아 발뒤꿈치를 들면 안을 들여다볼 수 있었다. 예전과 달리 마당은 깨끗했다. 처마에 걸려 있는 것도 없었다. 아무것도 없으니 더 누추하고 썰렁해 보였다. 바로 그때, 작은방 창문에 불이 켜졌다. 순간 마음이 선득했다. 은미가 아직도 거기 살고 있을 리는 없었는데도.

그애는 내게 비밀이라고 강조했지만, 사실 그건 공공연한 비밀이었다. 가족들과 고기를 먹으러 갔다가 은미를 본 아이들도 여럿이었고, 담임선생님도 알고 있었지만 은미의 사정을 고려해 용인해주고 있었다. 그리고 그해 겨울방학이 시작될 무렵, 은미는 정말로 휴대폰을 샀다. 그걸 사러 갈 때 나도 함께였다. 공중전화 부스까지 가지 않고도 할머니랑 통화할 수 있게 되었다며 그애는 기뻐했다. 나는 은미네 고향집 번호를 단축번호 1번에 저장해주었다. 그러자 은미는 내 번호를 2번에다 저장했다. 방학 동안에도 자율학습은 계속되었다. 또다시 자리를 바꾸게 되어 은미와 나는 교실의 양끝으로 멀어졌지만, 그래도 우리는 휴대폰으로 계속 문자를 주고받았다. 그걸 다 종이에 썼다면 구구절절한 편지 몇 통이 되었을 것이다. 은미랑만 붙어다녀서 그전에 몰려다니던 친구들과는 사이가 서먹해졌다. 그애들은 은미에게서 이상한 냄새가 난다고 말했다. 그러나 그애에게서 어떤 냄새가 난다면 그것은 어른의 냄새, 진짜 생활의 냄새일 거라고 나는 생각했다.

그 겨울의 어느 주말, 지금은 기억나지도 않는 사소한 일로 엄마와 말다툼을 벌이고 집을 나왔다. 찬바람을 맞으며 거리를 헤매다가 오후 서너시쯤 되어 무작정 은미가 일하는 고깃집으로 찾아갔다. 안을 들여다보니 손님은 하나도 없었다. 은미는 짧은 머리를 애써 하나로 묶고 앞치마를 두른 채, 테이블 앞에 앉아 마늘을 다듬고 있었다. 내가 들어서자 당황한 은미와, 역시 어쩔 줄 모르고 우두커니 서 있던 나를 번갈아 보던 사장 아저씨는 친구? 하고 은미에게 물었다. 은미가 고개를 끄덕였다. 왜 왔어? 은미는 그렇게 말했고, 나는 섭섭해서 아무 대꾸도 하지 않았다. 은미는 내게 밥을 먹었느냐고 물었고 나는 고개를 가로저었다. 그럼 밥 같이 먹어, 원래 이때쯤 밥 먹는 시간이야. 은미가 말했다. 곧 정신없이 바빠져. 그렇게 말하는 은미가 왠지 낯설었다. 그애는 옅게 화장을 하고 있었다. 잠시 후 은미가 쟁반에다 반찬 몇 가지가 담긴 접시들과 공깃밥 두 개를 담아 가져왔다. 사장 아저씨가 펄펄 끓는 된장찌개 뚝배기를 집게로 집어 와 테이블 위에 내려놓더니 나를 향해 사이다 마실래, 하고 물었다. 고개를 절레절레 저었는데도 그는 사이다 한 병을 가져왔다. 은미는 별다른 표정이 없었다.

진짜로 웬일이야? 그애가 물었다. 그냥 오면 안 되냐? 내가 대꾸하자 은미는 아무 말 없이 밥을 한 숟가락 떠서 입에 넣었다. 나 가출했어. 왜? 엄마랑 싸웠어. 그러자 은미는 피식, 하고 웃었다. 추운데 그냥 들어가. 싫어, 하고 나는 고개를 저었다. 그럼 뭐 어쩔 건데. 은미가 물었다. 오늘 네 방에서 자면 안 돼? 내가 그렇게 말하자 은미는 나를 물끄러미 쳐다보았다. 그러고는 대꾸 없이 숟가락으로 된장찌개를 떠서 입에 가져갔다. 그때 사장이 다시 나타나서는 구워서 자른 고기가 담긴 접시를 테이블에 올려놓았다. 그러고는 은미가 앉아 있던 자리에 앉아서 마늘을 다듬기 시작했다. 손님이 들어오자 은미는 태연히 밥을 먹고 사장이 뛰어가서 주문을 받았다. 밥을 다 먹고 나자 은미는 내게 열쇠를 건네주며 언니처럼 말했다. 돌아다니지 말고 방에 가 있어. 전기장판 켜고 있어.

나는 가게문을 나섰다. 돌아보니 은미가 사장과 이야기하며 웃고 있었다. 나는 심술난 아이처럼 찬바람을 맞으며 거리를 돌아다녔다. 더는 갈 곳이 없었다. 극장에 들어가서 혼자 영화 한 편을 보고 나왔는데도, 은미가 돌아올 시간까지는 아직 한참이나 남아 있었다. 대문은 열려 있었다. 주인할머니의 방에서 불빛이 새어 나오고 있었다. 나는 숨죽인 채로 은미의 방으로 갔다. 어둑한 방 안은 온기 없이 썰렁했다. 전등 스위치를 찾아 불을 켰다. 형광등 불빛에 방안이 창백해졌다. 손때 묻은 벽지와 빗물에 여러 번 젖었다 마른 천장이 눈에 들어왔다. 한쪽 구석에 흐트러진 이부자리가 있었고, 그 밑에 전기장판이 깔려 있었다. 앉은뱅이책상 위에 문제집이 몇 개 쌓여 있는 게 보였다. 책상 한쪽에 동그란 거울과 몇 가지의 로드숍 화장품이 놓여 있었다. 내가 모르는 브랜드의 향수도 하나 있었다. 뚜껑을 열어보니 달콤한 냄새가 났다. 은미의 교복이 다른 옷들과 함께 옷걸이에 걸려 있었다. 입은 것을 본 적 없는 원피스도 두어 벌 있었다.

나는 전기장판을 켜고 이부자리 밑에다 다리를 집어넣었다. 작지만 자기만의 공간이 있다는 것이 부러웠다. 나는 늘 여동생과 방을 나누어 써야 했으니까. 하지만 동시에 집에 돌아가고 싶다는, 따뜻한 물로 씻고 침대에 들어가 눕고 싶다는 생각이 들었다. 아귀가 맞지 않는 문틈으로 찬바람이 계속해서 새어들어왔지만 엉덩이 밑은 따뜻해서 나른해졌다. 차가운 기운에 잠에서 깼을 때 방안은 깜깜했다. 은미가 부스럭거리며 이불 속으로 들어오고 있었다. 숯불에 그을린 고기냄새가 났다. 왔어, 하고 내가 말했다. 응. 제대로 누울래? 은미의 말에 나는 고분고분 자리에서 일어나 그애 옆에 이불을 덮고 똑바로 누웠다. 등은 따끈한데 찬바람에 코끝이 아릿했다. 커튼이 달려 있지 않은 작은 창으로 가로등 불빛인지 달빛인지가 새어들어오고 있었다. 고개를 돌려 은미의 옆얼굴을 바라보고 싶었지만 어째서인지 그럴 수 없었다. 그때 선영아, 하고 은미가 내 이름을 불렀다. 응? 그때 있잖아. 언제? 그때, 나 깨우러 왔을 때. 응. 나 그때, 계속 자고 싶었거든. 잠이 다 깼는데도 그냥 계속 계속 누워 있고 싶었어. 은미는 계속해서 말했다. 네가 은미야, 하고 불렀잖아. 응. 누가 내 이름 그렇게 부르는 게 엄청 오랜만이었어. 우리는 어둠 속에 잠시 말없이 누워 있었다. 은미야. 은미가 응, 하고 대답했다. 은미야. 응. 은미야. 응. 그렇게 몇 번인가 부르다가 언젠지도 모르게 잠이 들었다.

소문이 들려오기 시작한 것은 겨울방학이 끝나갈 무렵이었다. 은미가 아르바이트하는 가게 사장과 그렇고 그런 사이라는 소문이었다. 극장 앞에서 웬 나이 많은 남자의 차에 타는 걸 보았다거나, 모텔에서 나오는 것을 보았다거나 하는 그런 얘기들이었다. 나는 그것들이 사실이 아니라고 생각하는 동시에 사실일지도 모른다는 생각 때문에 두려웠고 그래서 은미에게 아무것도 물어보지 못했다. 은미는 아무런 말이 없었지만, 나는 그애 역시 내게 묻고 싶은 것이 있다고 생각했다. 너도 그렇게 생각하니. 은미가 그렇게 묻는다면 뭐라고 대답해야 할지, 나는 그것을 줄곧 고민했지만 은미는 내게 아무것도 묻지 않았다. 곧 새로운 학년이 시작되었고, 그애와 나는 다른 반이 되었다. 나는 은미가 새로운 친구들을 사귀었으면 하면서도 한편으로는 그러지 않기를 바랐다. 내가 유일하기를, 유일하지 않기를. 그애는 줄곧 혼자인 것 같았다. 나는 몇 번인가 쉬는 시간에 그애의 교실로 찾아가기도 했지만, 그

횟수는 점차 줄어들었다. 은미는 나를 한 번도 찾아오지 않았다.

*

그곳에 가기 위해 우리는 모 대학 앞의 번화가를 지나야 했다. 상점의 불빛이 찬란했고, 거리는 사람들로 가득해 나란히 걷기가 어려울 정도였다. 그는 나보다 두 발짝 정도 앞서 걸었고, 나는 그의 구부정한 등을 보며 말없이 따라갔다. 이윽고 골목으로 접어들자 이번에는 아파트촌이 이어졌다. 길은 한적해졌지만 그는 여전히 나보다 앞서 걷고 있었다. 점차 거리의 소음이 멀어지고, 그와 내가 타박타박 걸음을 내딛는 소리가 들려올 만큼 고요해졌다. 가로등 불빛 아래 '범죄 예방을 위한 24시간 순찰, CCTV 녹화중'이라는 플래카드가 눈에 들어왔다. 그 너머로 검은 구멍이 뚫린 집들이 솟아 있었다. 그는 찢어진 가림막을 들추고 그 안으로 몸을 굽혀 들어갔다. 나도 뒤따라 들어갔다. 건물 사이로 좁고 가파른 계단이 나 있었다. 호흡이 가빠졌다.

계단 끝에는 폐허가 있었다. 어떤 집은 무너져 잔해로 남아 있었고, 아직 무너지지 않은 집들은 창문이 사라진 자리에 네모난 어둠이 들어차 있었다. 철근이 드러난 커다란 콘크리트 덩어리에 누군가 웃는 얼굴을 그려놓았다. 한쪽 눈으로는 윙크하고, 혓바닥을 살짝 내밀고 있는 얼굴. 집집마다 붙어 있는 포장이사 광고 스티커. 잔해와 뒤섞인 채 버려진 가재도구들. 깨진 사기그릇, 숟가락, 효자손, 짝 없는 운동화. 문짝이 사라진 문 안을 들여다보면, 반쯤 무너진 벽 너머로 맞은편의 폐허가 보였다. 남아 있는 벽에는 팔 년 전 달력이 걸려 있었다. 그런 풍경이 계속해서, 계속해서 이어졌다. 완만한 오르막길을 따라 걷다보니 곧 언덕 아래까지 한눈에 들어왔다. 드물게 불을 밝히고 있는 가로등 밑에서 그가 멈춰섰다. 잠깐 쉴까요? 그가 주머니에서 담뱃갑을 꺼냈다. 불 좀 빌려줄래요, 하고 그가 말했다. 없는데요. 내가 대답하자 그가 한쪽 손을 내밀며 사랑의 썰물, 하고 말했다. 나는 가방에서 성냥갑을 꺼내 그에게 건넸다. 왠지 성냥으로 불을 붙이면 담배맛이 더 좋은 것 같아요. 그가 그렇게 말하고는, 커다란 콘크리트 덩어리 위에 걸터앉아 담배에 불을 붙였다. 나도 아무데나 걸터앉았다. 언덕 아래 불빛들이 하나둘씩 켜지는 동안 언덕 위는 아무런 저항 없이 어두웠다. 아주 높은 곳에서 내려다보면 이곳은 마치 커다란 검은 구멍처럼 보일 것이다. 나는 생각했다. 먼 미래에는, 여기도 유리로 덮어씌워질까요? 그가 말했다. 그럴 수도 있겠네요, 하고 나는 웃었다. 그는 따라 웃지 않고 말했다. 여기가 내 방이었어요.

그는 간간이 담배 연기를 내뿜으며 이야기를 계속했다. 물론 집을 떠나 혼자 산 지 오래였지만, 내 방은 예전 그대로 남아 있었어요. 옷장 안에 고등학교 때 교복까지 그대로 걸려 있었죠. 가끔 집에 오면 아버지는 마치 내가 어제도 그제도 거기 있었던 것처럼 굴었어요. 예전처럼 별 대화 없이 저녁을 먹고, 뉴스를 보고, 자러 들어갑니다. 침대에 누우면 먼지냄새가 나요. 아무도 청소를 안 해서요. 나는 왔을 때 그대로 침대보만 덮어두고 다시 떠나곤 했죠. 아버지랑 나는 그런 식으로 오랫동안 지내왔거든요. 치우기 싫으면 어지르지 말자. 어머니가 돌아가신 뒤로 그게 우리 모토였어요. 어느 날인가 저녁식사 후에, 설거지를 하고 밖에 나와서 담배를 피우고 있는데 아버지가 따라 나오셨어요. 한 대만 줘봐라, 그래서 드렸죠. 아버지는 오래전에 끊으셨거든요. 요리하는 사람은 담배 피우면 안 된다고 어머니가 하도 잔소리를 해서요. 아버지는 거의 삼십 년 동안 해장국을, 해장국만, 끓이셨어요. 한참을 뻐끔뻐끔 연기만 내뿜다가, 아버지가 말씀하셨죠. 이 동네가 재개발 구역이 되었다고. 아버지의 가게는 저쪽에 있었어요. 걸어서 십 분 거리였죠. 집과 가게 모두 철거 예정 지역에 속해 있었어요.

마지막까지 버틴 사람들은 아버지를 포함해 열 명도 채 되지 않았어요. 이제 와 다른 곳에 가게를 열자니 보상금은 턱없이 부족하고, 무엇보다 아버지는 늙고 지쳐 있었죠. 사실 난 아버지가 그만두기를 바랐습니다. 장사도, 부질없는 싸움도 전부. 아버지가 용역들에게 끌려나갈 때마다 저는 여기 없었어요. 어쩔 수 없는 일이라고 수화기에 대고 아버지를 설득했죠. 아버지가 아무것도 어지르지 않고 조용히 여생을 보내셨으면 했어요. 우리의 모토대로요. 내가 한 말은 결국 틀리지 않았습니다. 이길 수 없는 싸움이었죠. 싸움이 계속되는 동안, 나는 집에 있던 가구와 물건들을 조금씩 내가 사는 곳으로 옮겼습니다. 아버지는 그때마다 천막 안에 꼿꼿하게 앉아서 눈을 꼭 감은 채로, 불러도 대답도 안 하셨어요. 철거일이 되었을 때, 저는 이리로 올라와서 포클레인이 집들을 하나씩 부수는 것을 지켜보았습니다. 그건 꽤 현실감이 없는 일이어서, 우리집 차례가 되었을 때도 나는 그냥 멍하니 보고 있었죠. 몇 번의 타격 끝에 마침내 한쪽 벽이 무너져내렸을 때, 액자가 보였어요. 해바라기를 그린 조악한 유화였지요. 해바라기 그림을 걸어두면 집에 돈이 굴러들어온다며 어느 날 아버지가 술에 취해 사들고 오셨던 바로 그 액자였어요. 액자 안의 해바라기가 햇볕 아래 무방비로 드러났을 때, 그때부터 내 강박이 시작된 것 같아요. 바로 그 순간에요. 그게 거기 있었다는 걸, 나는 정말 완전히 잊고 있었거든요.

그가 이야기를 마치자, 아까 지나온 캠퍼스 쪽에서 희미하게 노랫소리가 들려왔다. 성악과 여학생인 듯한 누군가가 아리아를 부르고 있었다. 무슨 곡인지는 알 수 없었지만 그와 나는 조용히 귀기울였다. 그때 가로등 불빛이 몇 번 깜빡거리더니, 꺼졌다. 사위가 완전히 어두워졌다. 어둠 속에 두 귀만이 남아 있는 것 같았다. 치익, 하고 그가 성냥 하나에 불을 붙였다. 그러고는 불이 꺼지지 않도록 조심하며 내게 그것을 건넸다. 나는 손끝이 뜨거워질 때까지 불빛을 들여다보다가, 후, 하고 입바람을 불어 그것을 껐다. 그 작은 불빛이 꺼지자 뭔가가 내려앉는 것 같았다. 어떤 표정을 지어도 괜찮을 것 같은 어둠 속에서, 문득 그의 목소리가 들려왔다. 내려가서 해장국 한 그릇 할까요? 그가 말했다. 술 산책은 해장 필요 없다면서요. 내가 대꾸하자 그가 하하 웃더니 말했다. 갑자기 먹고 싶어서요. 좋아요. 나는 대답했다.

| 작가노트 |

# 마음의 단층

어느 날 집을 나서다가 인근의 이층 주택이 철거되는 장면을 목격했다. 나는 108단쯤 되는 계단 위에서 그 모습을 내려다보고 있었다. 일정에 늦지 않으려면 걸음을 재촉해야 했지만, 홀린 사람처럼 그 자리에 서서 포클레인이 벽돌 건물을 타격하는 모습을 바라보았다. 그리고 마침내 한쪽 벽이 무너져내렸다. 그때 모습을 드러낸 해바라기 액자.

나는 한동안 그 장면에 사로잡혀 있었다. 그 장면에서 시작할 수 있는 여러 가지 이야기들을 머릿속에 떠올려보았다. 처음에는 버려진 액자에 이입했다. 그다음에는 액자를 두고 간 사람에 대해 생각했다. 그 액자는 언제부터 거기 걸려 있었을까. 그 사람은 왜 그것을 두고 갔을까. 버리고 간 걸까, 혹은 잊어버린 걸까. 만약 완전히 잊은 거라면, 그 순간 이미 액자의 존재는 세상에서 지워져버린 것이 아닐까.

그 질문을 강박처럼 품고 다니는 한 사람, 애써 기억하지 않는다면 무언가가 완전히 사라지는 게 아닐까 두려워하는 한 사람이 떠올랐다. 그 사람이라면 어떻게 행동할까. 나는 동네를 걸으며 눈에 잘 띄지 않는, 우습기도 하고 다정하기도 한 삶의 파편들을 수집하고 다녔다(초고의 제목은 '어떤 산책'이었다).

그날의 장면은 또한 언젠가의 북아현동 산책을 불러일으켰다. 거리의 소란을 피해 걷다가 우연히 접어들었던 폐허의 풍경. 그곳이 노른자위 땅이든, 보상이 얼마가 돌아오든지 간에 그곳을 결코 떠나고 싶지 않았을 누군가를 생각했다. 이제는 쓰레기가 되어버린 생활生活의 흔적들을 보며 왠지 모를 참혹함과 아름다움을 동시에 느꼈던 내 마음에 대해서도. 어느새 땅거미가 지고 있었다. 아무도 없다고 생각했는데, 순간 어느 집 창문에 유일하게 불이 켜졌다. '은미'는 그 방에서 태어났다.

많은 것들이 사라졌다. 연애 시절 K와 함께 종종 머물렀던 '모퉁이'란 이름의 카페, 김치나베가 맛있었던 식당, 집 근처의 조그만 정육점, 새벽까지 술잔을 기울이던 상수동의 그 술집도. 오래된 벽돌주택이 많았던 나의 동네는 무뚝뚝하게 생긴 건물들이 들어찬 빌라촌이 되어버렸다. 이따금 고향인 춘천에 가면 더했다. 변화의 속도를 미처 따라잡을 수 없을 정도였다. 소설에 등장하는 피카디리극장과 고등학교의 모습은 실제 내 기억 속의 그것이다.

나는 생각했다. 지금 있는 것들은 모두 무언가의 잔해 위에 있다는 생각. 어쩌면 마음도 마찬가지 아닐까. 마음의 단면을 잘라보면 나를 통과해간 기억과 감정의 잔해들이 켜켜이 쌓여 있을 것이다. 그 단층을 관찰하고 소환하는 과정에서, 이미 사라진 것들은 다시 '지금, 여기'의 일부로 새롭게 모양을 만들지 않을까.

며칠 전 본 의학드라마에서 주인공은 환자의 심혈관 안으로 빨려들어간 작디작은 유릿조각을 찾아낸다. 어쩌면 어떤 찰나들은 너무도 결정적인 동시에 사소해서, 눈치채지도 못한 사이 내 안쪽 어딘가에 박혀 있을지 모른다. 그래서 나는 이런 사람이 되었다는 것. 우리는 이런 우리가 되었다는 것. 혹은 되어버렸다는 것. 내가 그 찰나들을 붙잡아 기록해둔다면, 나의 소설쓰기가 그런 작업이 된다면 어떨까 생각했다. 고고학자의 마음으로. 누군가에게 성냥불을 건네는 마음으로. 내가 사랑하는 다른 소설들이 그러한 것처럼.

| 리뷰 |

# 방房, 그 원초적 중심으로 인도하는 몽상의 길

김화영(불문학자 · 문학평론가)

이번 심사는 좀 색다른, 어쩌면 기이하다고 할 만한 경험이었다. 예심을 통과한 열네 편의 작품을 일차적으로 다 읽고 각 작품의 제목 옆에 표시해둔 약식 평가를 살펴보니 유일하게 「두 개의 방」만 "A"였다. 이 작품의 무엇이 내 마음을 끌었던 것일까? 그러나 두번째의 정독 및 다른 작품들과의 비교 과정을 거치자 이 작품은 그저 수상작 일곱 편에 포함될 수 있다고 판단될 정도일 뿐으로, 특별히 대상大賞 작품으로 내세울 의지는 줄어들었다. 결국, 앞서의 심사 때와는 달리, 나는 대상 추천 작품을 마음속으로 정하지 못한 채 최종심 회의에 임했다. 심사위원들의 의견은 여러 가지로 갈렸고 수차의 토론과 투표 과정에서 이 작품이 대상으로 선정될 가능성은 그다지 높지 않아 보였다. 순간, 어떤 위기를 느끼듯(왜 '위기'로까지 느꼈을까?), 나는 「두 개의 방」이 던지는 공간의 기억과 존재의 테마를 형상화하는 과정이 깊은 울림을 지니는 만큼 적어도 수상작 일곱 편에는 포함되기를 바란다는 의견을 조심스럽게 말했다. 그런데 마지막 투표에서 뜻밖에도 이 작품이 다른 한 작품과 함께 세 표를 얻어 동률이 되었고 제삼의 작품에 표를 던진 한 위원이 상당한 주저 끝에 이 작품의 손을 들어주었다. 이런 구구한 심사 과정을 소개한 까닭은 이 작품이 비교적 단순한 이야기의 이면에 어떤 기이한 심층구조를 숨겨두고 있어서 쉽사리 그 역동성의 진원을 드러내지 않은 채 독자에게 어떤 '까닭 모를' 매혹의 힘을 행사하고 있다는 느낌을 주기 때문이다. 「두 개의 방」은 마치 이시하라 색맹 검사표를 연상시킬 만큼 표면적 서사의 내면에 알 수 없는 힘을 가진 동선들을 감추고 있지만 그 이미지들이 관계의 망을 구성하는 지도를 식별하기란 그리 쉽지 않다.

### 1. 줄거리

표면적 줄거리는 이렇다. 책의 편집자인 화자(여성)와 저자인 "그"(남성)는 같은 지역의 "동네 친구"라는 사실을 알고 어느 날 서로의 집 "중간쯤"에서 만나 골목길을 돌아다닌다. 화자는 저자의 제안에 따라, "걷다가 맘에 드는 가게가 나오면 들어가 술 한잔하고, 술이 깰 때까지 무작정 걷다가 또 한잔하"는 '술 산책'에 동행한다. 그 동행은 사라진 과거와 현재, 공간적 기억과 실재에 대하여 이야기하고, 또 화자의 고향 도시와 그곳에서 만난 친구 은미와 관련된 개인사를 떠올리는 계기가 된다. 술 산책은 1차의 전집, 2차의 곱창집을 거쳐 마침내 날이 어두워졌을 때 작가의 아버지의 집, 그리고 작가 자신의 "방"에 이른다. 그러나 그 지역은 재개발구역으로 지정되어 철거 작업이 이루어진 "커다란 검은 구멍" 같은, 사람이 살지 않는 폐허일 뿐이다.

## 2. 두 인물

우선, 숨겨진 지도의 실마리는 두 인물 사이의 관계다. 화자 선영은 출판사의 편집자, "그"는 그녀가 삼 년 전에 편집을 맡았던 "사라져가는 영화관"들에 대한 책의 저자다. 어쩌면 다음 책의 제목은 바로 "술 산책"이 될지도 모른다. 이 두 사람은 책, 혹은 이야기의 창조 주체로서 협력하는 서로의 '다른 나', 즉 알터 에고라고 할 수 있다. 그들은 의미 생산의 시니피앙과 시니피에 같은 뗄 수 없는 표리 관계를 이룬다. 그런데 두 사람은 책의 저자와 편집자의 관계에서 한 걸음 더 나아가 동일한 공간에 거주하는 "동네 친구"가 된 것을 인식하고, 함께 공간 읽기 행동에 나선다. 이리하여 그들의 "산책" 과정과 공간적 경험 그 자체가 한 편의 작품이 된 것이다.

## 3. 산책과 공간

여기서 두번째 실마리가 드러난다. "산책"이 그것이다. 즉 이 이야기는 전체가 공간 속에서 두 사람의 만남, 공간 속에서의 걷기, "무작정"의 술 산책, 공간에 대한 기억과 몽상의 과정에 바쳐져 있다. 나는 여기서 편의상 공간 '속에서'라고 말했지만 사실 공간은 단순히 내용물을 담는 그릇, 테두리, 영역만이 아니다. 인간적 공간은 수학적 공간과 달리 인간이 살아가면서 행동을 통해 판독하고 창조함으로써 존재하는 것이다. 이것이 바로 인간이 공간에 '거주하는habiter' 방식이다. 화자와 작가의 만남과 술 산책의 과정은 공간을 읽는 행위, 나아가 공간에 거주하고 공간을 기억하고 몽상하고 창조하는 행위다. 우선 두 사람의 만남이 그렇다. "중간이 어디냐고 내가 되묻자 그는 한번 알아봅시다, 라고 했다." 여기서 알아본다는 것은 직립한 몸으로 걸어가면서 공간, 즉 "미로처럼 얽힌 골목"과 동네, 혹은 도시를 읽어내는 공동의 체험 과정을 말한다. "저멀리 조그만 점 하나가 점점 커져서 결국 그가 되었을 때," 이런 표현은 이동하는 물체의 상이 동공의 수축과 확대를 통해서 초점이 맞추어지고 마침내 망막에 닿아 맺히는 과정을 정교하게 보여준다. 그러나 이 묘사는 명료한 의식이 시각을 통해서 세계를 인지할 때에 국한된 것이다.

### 4. 서기와 눕기, 의식과 몽상

세번째 실마리는 소설 속 등장인물들의 두 가지 '몸가짐', 그리고 그 몸가짐들에 따르는 명료한 의식, 의지, 행동/휴식, 몽상, 무의식의 대립적 관계다. 우리가 공간에 거주하는 방식으로 취하는 몸가짐은 서기와 앉기와 눕기, 세 가지다. '서기'의 직립 자세를 활용하는 변주가 걷기 혹은 달리기라면 '앉기'와 '눕기'는 지표면과 평행된, 휴식과 몽상과 잠으로 통하는 몸가짐이다. 산책, 즉 걷기는 직립 자세의 연장이다.

직립이란 무엇인가? 에르빈 슈트라우스는 "직립 자세는 위쪽을 가리키고 바닥에서 일어남을 의미한다. 이 자세는 몸을 묶어 두고 구속하는 중력 작용의 반대 방향이다. 일어나는 자세를 취할 때 우리는 물리력의 직접 지배에서 벗어나기 시작한다"[1]라고 말한다. 직립 자세만이 엄격한 의미에서 "자세"라고 할 수 있다. 직립 자세를 취할 때 인간은 명철한 의식과 자유의지를 실현하고 주변세계와 맞설 수 있기 때문이다. 직립 자세는 인간의 의식과 의지의 산물이다. 직립한 인간은 세계의 사물과 분명한 거리를 두며 그를 둘러싼 공간은 자유로운 조망의 장으로 변한다. "직립한 인간의 주변에는 많은 공간이 존재한다."[2] 저자와 화자가 걸어가는 동안 '바라보는'(보는 주체와 거리를 둔) 대상인 동네의 월드부동산, 냉면집, 카페, 빵집, 철물점, 옷가게…… 연립주택 산타바바라, 청기와빌라는 그 많은 공간의 좌표들이다.

그러나 이 두 사람의 산책, 즉 직립 자세의 계속적 유지와 이동 행위는 그것이 "무작정", 즉 의식적으로 정해둔 목적지의 부재라는 점에서, 또 "술" 특유의 알코올성 효과로 인하여 명료한 의식과 의지에서 점차 멀어지면서 기억, 몽상, 상상의 세계와 근접하거나 겹쳐지는 경향을 보인다. "걷다가 맘에 드는 가게가 나오면 들어가 술 한잔하고, 술이 깰 때까지 무작정 걷다가 또 한잔하"는 술 산책에서는 직립 자세가 간단없이 휴식과 몽상의 앉기(나아

1) 에르빈 슈트라우스, 「직립 자세에 관한 인간학적 연구」, 오토 프리드리히 볼노, 『인간과 공간』, 이기숙 옮김, 에코리브르, 2011, 222쪽에서 재인용.

2) 같은 쪽.

가, 기억과 상상에 의한 잠과 무의식의 눕기)라는 수평적 세계로 이어지는 경향이 있다. 산책중의 두 사람이 전집, 곱창집을 거쳐 끝으로 작가의 집 "폐허"에 이르자 "그"는 "커다란 콘크리트 덩어리 위에 걸터앉아" 담배에 불을 붙였고 "나도 아무데나 걸터앉았다." 그러나 앉기는 눕기의 예비적 자세에 불과하다. 오토 프리드리히 볼노는 말한다. "누워 있을 때 우리는 서 있을 때와는 다른 방식으로 세계와 관계를 맺는다. 그것은 그냥 앉아 있는 경우에도 해당된다. 안락한 소파에 몸을 맡기기만 해도 자세가 요구하는 긴장감은 해소되면서 몸이 편안해지고 주변의 자극에 소극적으로 반응한다."[3] 몸을 똑바로 세운 자세에서 지표면과 수평을 이루는 자세로 옮겨간다는 것은 인간이 깨어 있을 때 취하는 대결 자세를 포기한다는 뜻이다. 직립 자세가 세계와 맞서 자신을 주장하는 의식적 · 의지적 자세의 전형이라면 눕는다는 것은 휴식과 몽상의 태도, 자신을 세계에 맡기는 방임이다. 누워 있는 인간에게는 사물과 현실이 먼 곳으로 달아난다.

「두 개의 방」에서는 유난히 앉거나 엎드리거나 누워 자는 인물들을 자주 만나게 된다. 저자와 편집자가 수직 상태를 유지하고 걸어갈 때 세탁소의 백구는 대조적으로 "세상만사 귀찮다는 듯 누워" 있고 안락의자에 앉은 주인아저씨는 "백구를 품에 안은 채 잠들어" 있는가 하면 전집의 주인아저씨는 "카운터에 엎드려 자고 있"다(결국 아주머니가 나타나 "자고 있는 아저씨의 등짝을 내리

3) 오토 프리드리히 볼노, 앞의 책, 224쪽.

쳤다.” 그를 직립의 자세로 환원시키는 행동이다). 화자의 친구인 은미는 “알람시계 건전지가 다 되어서 늦잠을 잤”고. 화자가 그를 찾아갔을 때도 (아마도 막 잠에서 깬 듯) “부스스한 얼굴로 나타났다.” 그녀는 함께 영화를 감상하는 극장 안에서도, 학교에서도 “쉬는 시간만 되면 엎드려 잤다.” 밤에도 알바를 하기 때문에 잠이 모자라기 때문으로 짐작된다. “그때, 나 깨우러 왔을 때. 응. 나 그때, 계속 자고 싶었거든. 잠이 다 깼는데도 그냥 계속 계속 누워 있고 싶었어.”

앉거나 엎드려 자는 잠, 그리고 아침의 늦잠은 대낮의 잠이다. 진정한 휴식의 잠은 밤에 ‘누워서’ 자는 잠이다. 마침내 은미의 방에 찾아가 “은미야. 응. 그렇게 몇 번인가 부르다가 언젠지도 모르게 잠이” 드는 화자, 그리고 그 옆에 누운 은미의 잠이 진정한 휴식의 잠이다. 자리에 누워 잘 때 우리는 따뜻하고 편안한 주위의 세계와 하나가 됨을 느낀다.

### 5. 남성의 방과 여성의 방

마침내 두 인물의 산책이 도달하는 공간이 표면으로 떠오른다. 소설의 표제가 짚어 보이는 ‘두 개의 방’이다. 그러나 저자의 발걸음이 실제로 당도한 곳은 그의 아버지의 집과 저자 자신의 방이 있던 빈 공간, 즉 어두운 폐허다. 그곳은 “유리바닥 아래 유적 같은 것”을 보자 자유연상에 의하여 “문득 생각”난 곳이다. 일종의 잠재의식적 몽상이 인도한 공간이다. 그는 말한다. “여기가 내 방이었어요.” 이곳은 시간의 흐름과 외부의 인위적 작용에 의하여 파괴되고 비워져버린 "먼지냄새"의 공간이다. 여기가 바로 이 저자의 "강박", 즉 기억과 증언의 모험이 시작된 지점이다. "결국 나마저 잊어버리면, 이미 사라진 것이 완전히 사라지는 게 아닐까" 하는 강박 말이다. 이때부터 그는 "사라져가는 영화관에 대한 글"을 쓰게 되었는데 그는 "영화보다 영화가 상영되는 공간에 더 관심이 많았다." 다시 말해서 그는 시니피에보다 시니피앙에 더 관심이 많은 것이다. 눈에 보이는 빈 공간의 내용을 채우는 환영, 즉 영화관에서 상영되는 영화는 눈에 보이지 않는 몽상의 몫, 나아가서는 그의 알터 에고인 화자의 몫이기 때문이다. 그 "영화"는 완전한 어둠 속에서 한순간 켜졌다가 꺼지는 "성냥불"로 암시되어 있다. "그가 성냥 하나에 불을 붙였다. 그러고는 불이 꺼지지 않도록 조심하며 내게 그것을 건넸다. 나는 손끝이 뜨거워질 때까지 불빛을 들여다보다가, 후, 하고 입바람을 불어 그것을 껐다." 술 산책이 마침내 도달하는 공간이 분화되어 '두 개의 방'인 까닭은 바로 여기에 있는 것이 아닐까? 결론부터 말하자면, 두 인물이 이 철거된 집과 방의 빈 공간에 가 '앉아서' 그려보는 몽상의 "영화"는 다름 아닌 "은미의 방"이라고 할 수 있다. 이렇게 하여 두 개의 방은 하나의 방으로 겹쳐지며 완성된다.

이 빈 공간이 시간이 멈추어버린 "영화관"을 연상케 하는 지표들은 수다하다. 이곳은 "불빛이 찬란"한 "번화가"에서 문득 좁은 "골목"을 통해 진입하게 되어 있을 뿐만 아니라(명료한 의식으로부터 몽상의 세계로 들어가는 입구는 언제나 은밀하고 협소하다) 돌연한 침묵이 가득하고 영화의 환유인 듯한 "CCTV 녹화중"

이라는 플래카드가 붙어 있다. 또 인물들이 "찢어진 가림막을 들추고" 진입하는 은밀한 방식은 지난날 고등학생인 화자와 친구가 "매번 근처 지하 노래방의 더럽고 좁은 화장실에서 몸을 부딪쳐 가며 사복으로 갈아입"고 영화관에 진입하던 또다른 은밀한 행동과 동일 선상에서 이해된다.

저자의 방과 은미의 방, 쌍을 이루지만 결국에는 하나로 겹쳐져 완성되는 이 '두 개의 방'은 뚜렷한 대조를 보인다. 수직적으로 "가파른 계단"을 따라 올라가는 전자의 부서진 방이 아버지와 저자, 두 남성만의(어머니는 돌아가셨다) 공간이라면 은미의 방은 집주인인 할머니의 집의 가장 깊숙한, "제일 끝에 있던 작은 문" 안에 위치한, 게다가 고향의 "할머니"가 집세를 내주는 여성들만의 내밀한 공간이다. 그래서 전자의 집이 재개발구역의 파괴적 세력에 대한 아버지의 이길 수 없는 "싸움"의 공간이라면 은미의 방은 "엄마랑 싸"우고 가출한 소녀에게 영양을 공급하고 따뜻한 잠자리를 제공하는 보호와 안식의 모성적 공간이다. 은미가 화자에게 일종의 모성적 대역임은 도처에 암시되어 있다. 첫 만남 때부터, 객지에 "혼자 살고 있"는 은미가 화자에게 점심시간에 "빵과 우유"를 공급할 뿐만 아니라 자신이 일하는 식당에서 가출한 화자에게 밥을 먹이는가 하면, 자신의 방 열쇠를 건네주며 "언니처럼", 돌아다니지 말고 방에 가서 "전기장판 켜고" 있으라고 일러준다. 그 공간은 직립한 인간의 시각적, 의식적 공간이라기보다는 훨씬 더 비물질적이고 원초적인 "냄새"(메주냄새, 달콤한 향수냄새, 그을린 고기냄새, 어른의 냄새, 진짜 생활의 냄새)와

정답게 부르는 "목소리"가 지배하는 몽상과 보호와 안식, 그리고 진정한 만남과 통일의 공간이다. 은미와 화자는 이 공간에서 타자와, 세계와 하나가 된다. "우리는 어둠 속에 잠시 말없이 누워 있었다. 은미야. 은미가 응, 하고 대답했다. 은미야. 응. 은미야. 응. 그렇게 몇 번인가 부르다가 언젠지도 모르게 잠이 들었다."

### 6. 소멸과 기억

이 안식과 화합의 공간에 이르기까지 우리는 얼마나 많은 것이 시간과 외적 힘에 의하여 파괴되고 사라지는 것을 목도했는가? 재개발 예정지가 된 아버지의 집 구역은 물론이고 삶을 통해서 익숙해졌던 세탁소가, 분식집이, 만화방이 없어졌다. 저자는 문을 닫고 사라져가는 영화관들을 찾아다닌다. 그는 연재를 그만둔다. 그의 글을 연재하던 잡지가 발행을 그만두었기 때문이다. 심지어 극장 앞 호프집의 이름까지도 사랑의 "썰물"이다. 종로 거리의 어느 골목 안에는 옛 집터가 "유적"이 되어 남았다. 옛적에 다니던 고등학교는 다른 곳으로 이전했다. 그런데 예외적으로 은미가 살던 집만은 "그대로 있었다." 썰렁하고 누추한 그곳. 그런데 "바로 그때, 작은방 창문에 불이 켜졌다." 몽상이 '원초적 방'의 영화를 상영하기 시작한 것일까? 바슐라르는 말한다. "내밀하게 파악될 때, 더할 수 없이 비천한 거소居所라도 아름답지 않겠는가?"[4] 비천한 숙소가 비천한 것은 그 속에 참으로 거주하는 자가

4) 가스통 바슐라르, 『공간의 시학』, 곽광수 옮김, 민음사, 1990, 115쪽.

꿈꾸는 그것의 "원초성" 때문이다.

### 7. 웃음, 그 형상학적 조명

우리는 이제야 "완전히 사라"져버리게 만드는 시간의 파괴력 앞에 승산이 없는 기억의 싸움을 밑바닥에 깔고 있는 이 소설 속에서 왜 그토록 잦은 낙관의 웃음소리가 들려오는지 알 수 있게 되었다. 쓸모없음을 말하며 "아하하 웃"는 저자는 "확실히 잘 웃는 사람이었"다. 은미도 빈번히 웃는다. "배시시" 웃기도 하고 "쿡쿡, 하고" 소리내어 웃는다. 고등학생 두 친구는 영화를 보며 "깔깔거린다." 화자 역시 저자와 산책하며 "킥킥거"리며 웃는다. 이야기는 결국 "웃음"과 긍정으로 끝난다. "그가 하하 웃더니 말했다. 갑자기 먹고 싶어서요. 좋아요. 나는 대답했다." 왜냐하면 산책이 이른 곳은 파괴된 폐허이기도 하지만 동시에 모든 인간이 이르고자 하는 공간의 '중심' 혹은 '뿌리'인, 보호와 안식과 통일의 공간이기 때문이다.

헤르만 브로흐는 노래한다. "모든 먼 곳의 중심에/ 이 집이 있다."[5] 집과 방은 세계의 중심이다. 방은 가깝고 친숙한 것들이 있는 영역을 가리키며 이 영역을 중심으로 사방에 먼 곳이 자리잡고 있다. 어느 곳에도 매여 있지 않은 현대인은 고향을 잃었다. 인간은 위협적으로 달려드는 세계에서 망명자가 되었다. 그러나 현

5) 헤르만 브로흐, 『시집』, 오토 프리드리히 볼노, 앞의 책, 162쪽에서 재인용.

대인에게도 여전히 본질의 실현은 "중심의 존재"[6]에 닿는 것에 달려 있다. "우리들은 집안에 있지만 마찬가지로 집 또한 우리들 안에 있다."[7] 웃음은 번쩍, 빛을 발하며 그 "중심"의 현재를 드러내는 일종의 현상학적 조명이다.

6) 오토 프리드리히 볼노, 앞의 책, 163쪽.

7) 가스통 바슐라르, 앞의 책, 110쪽.

**윤대녕**

# 시계입구가게앞검문소

**작가노트**

누군가의 이야기가 다시 시작되는 지점

**리뷰 | 권희철**

때와 장소

**윤대녕**

1990년 『문학사상』 신인상에 단편소설 「어머니의 숲」이 당선되어 등단. 오늘의젊은예술가상, 이상문학상, 현대문학상, 이효석문학상, 김유정문학상, 김준성문학상, 소나기마을문학상 황순원작가상 수상. 소설집 『은어낚시통신』 『남쪽 계단을 보라』 『많은 별들이 한곳으로 흘러갔다』 『누가 걸어간다』 『제비를 기르다』 『대설주의보』, 『도자기 박물관』 『누가 고양이를 죽였나』, 장편소설 『옛날 영화를 보러 갔다』 『달의 지평선』 『장미 창』 『미란』 『눈의 여행자』 『호랑이는 왜 바다로 갔나』 『피에로들의 집』 등이 있다.

# 시계입구가게앞검문소

1

시계입구가게앞검문소는 경기도 고양시와 서울시 은평구 경계에 있는 버스 정류장의 이름이다. 정류장은 고양시 덕양구 동쪽 끝에 위치해 있다. 거기서 백 미터쯤 완만한 오르막을 통과하면 내리막이 시작되면서 서울로 진입하게 된다. 선진운수 소속 702A, 702B번 버스가 덕양구 용두사거리와 서대문 영천시장을 왕복하는데, 서울 시내에서는 각각 노선을 달리하여 운행한다. 역시 선진운수 소속의 9701번 버스가 있는데, 일산 가좌동과 영천시장을 왕복한다. 서울과 경기 북부를 오가는 선진운수의 본사는 은평구 구산동에 있으며 수색, 용두, 일산에 각각 영업소를 두고 있다.

작년 가을 아버지가 세상을 뜬 뒤 혼자 남은 어머니를 보살피기 위해 이십 년 만에 일산에 있는 본가로 들어왔다. 나는 서울 서대문에 소재한 도서관에서 사서로 근무하고 있는데, 여섯시 삼십분에 기상해 한 시간 뒤에 집을 나선다. 시계입구가게앞검문소를 통과하는 시각은 대략 여덟시. 도서관에 도착하면 여덟시 삼십분이 된다. 승용차를 이용해 출퇴근을 하므로 사실 버스를 타본 적은 없다. 다만 그 정류장 앞을 일주일에 다섯 번 오갈 뿐이다.

은평구에서 고양시로 진입하는 첫번째 정류장인 시계입구가게앞검문소에서 오전 여덟시 전후에 버스를 기다리는 사람이 있다. 직장이 고양시에 있는 듯하다. 사십대 중후반의 남자로 중키에 마른 몸매, 그리고 항상 검은 재킷에 청바지 차림이다. 타고 내리는 승객이 많지 않은 정류장이어서 그의 모습은 쉽게 눈에 들어온다. 그를 볼 때마다 나는 어쩐지 익숙한 얼굴이라고 생각한다. 그렇게 아침마다 버스 정류장에 서 있는 그를 일별하며 출근을 한 지 어느덧 일 년이 되었다.

열흘 전쯤에 나는 유튜브 영상 속에서 그를 보게 되었다. 전국의 노포 맛집을 찾아다니며 소개하는 유튜브 채널에서 그 남자의 모습을 우연히 발견하게 된 것이다. 시계입구가게앞검문소에서 도보로 오 분 거리에 있는 해장국집. 비닐하우스에 검은 루핑을 덮은 허름한 가건물로 특이한 것은 식당 내부에 화분들이 빼곡히 놓여 있다는 것이었다. 식당 안에 웬 화분들인가 싶었는데, 주변이 화훼단지인 것과 관련이 있는 성싶었다. 영상의 제목은 '꽃집으로 위장한 해장국 성지'였다. 노부부가 삼십 년 넘게 운영해오고 있는 그곳은 해장국뿐만 아니라 소머리국밥, 수육 등도 파는 집이었다. 영상 속의 그는 벤자민 화분 옆 사각 테이블에 앉아 혼자 국밥에 소주를 마시고 있었다. 그제야 나는 오래전에 그를 만난 적이 있다는 사실을 깨달았다. 그동안 긴가민가했는데, 마스크를 벗은 모습을 보니 그가 맞는다는 걸 확신할 수 있었다.

## 2

시청 민원 콜센터에 전화를 걸어 시계입구가게앞검문소란 명칭의 유래에 대해 문의하니, 대중교통과라는 부서로 회선을 돌려주었다. 담당 공무원은 사십대 중반으로 짐작되는, 발음이 또렷하고 목소리의 울림이 맑은 사람이었다. 그러나 먼지 같은 야릇한 피로감이 배어 있었다. 업무로 바쁜 터에 귀찮게 하는 게 아닌가 싶어, 나는 조심스럽게 용건을 말했다. 잠깐 정전이 된 듯 그녀는 침묵했다. 조금 당황한 눈치였다.

"아…… 그 버스 정류장요? 근데, 제가 이쪽 부서로 옮겨온 지 얼마 되지 않아 아직 업무 파악이 다 안 된 상태거든요. 전화 끊지 마시고 잠시 기다려주시겠어요?"

그녀가 옆자리의 직원과 잠시 얘기를 주고받는 소리가 들려왔다. 이윽고 통화가 다시 이어졌는데 여전히 난처한 기색이었다.

"저, 죄송하지만 확인할 시간이 좀더 필요할 것 같습니다. 내일이나 모레쯤 다시 전화주시겠어요?"

나는 머뭇거리다 대꾸했다.

"담당자님 성함을 알려주시면 그렇게 하겠습니다."

"……"

"곤란하시면, 시간 나실 때 저한테 전화를 주셔도 되고요."

그녀는 곧 연락을 주겠노라고 했다. 나는 내 휴대폰 번호를 알려주고 전화를 끊었다.

그녀에게서 전화가 걸려온 것은 다음날 오후 세시 무렵이었다. 그녀가 알아본 바를 요약하면 이랬다. 시계입구가게앞검문소란 명칭에서 '시계市界'는 짐작대로 서울시와 고양시의 경계를 의미하며, 과거 그곳에 검문소가 있었다는 것이다. 나는 인근에 아직도 군부대가 주둔하고 있다는 사실을 떠올렸다. 그러나 '가게앞'이라고 할 때의 그 가게가 어떤 가게였는지에 대해서는 대중교통과에 근무하는 다른 직원들도 아는 바가 없었다. 정류장 명칭을 등록할 때 근무하던 담당자를 추적하기도 현재로서는 어렵다고 했다.

"추가로 말씀드리면, 그 정류장의 정확한 행정적 표기는 '시계입구·가게앞·검문소'입니다. 처음엔 시계입구였다가 검문소와 가게앞이 각각 추가됐다고 보시면 될 것 같습니다."

"가게앞이 추가된 경위를 더 알아볼 방법은 없을까요?"

그녀가 낮게 한숨을 내쉬는 소리가 들려왔다.

"정류장 명칭을 정할 때 종종 민원이 들어온다고 해요. 가령 자신이 운영하는 가게 앞에 정류장이 들어서게 되면 '가게앞'이란 이름을 꼭 넣어달라는 식으로 말이죠."

나로서는 얼른 이해가 되지 않는 말이었다.

"영업에 도움이 될 거라고 생각해서겠죠. 조사를 하다보니 서울 북부운수 2230번 버스 용마산교차로 정류장도 과거에는 '가게앞'이란 이름을 사용했었다고 합니다."

서울 북부운수 용마산교차로 정류장. 나는 그녀에게 어쩐지 미안하다는 생각이 들었다. 평소에 얼마나 많은 민원 전화에 시달리겠는가.

"한 가지 더 말씀드리면, 강원도 고성군 봉포항이란 델 가면 '도자기별주차장'이란 버스 정류장이 있는데, 그건 정식으로 등록된 명칭이 아니고, '도자기별'이란 카페의 주인이 정류장 전봇대에 임의로 붙여놓은 거예요. 물론 카페 영업을 위해서죠. 행정적으로는 불법에 속하는 일이지만요."

그녀의 입에서 강원도 고성 얘기까지 나올 줄은 미처 몰랐다.

"많이 알아보셨군요."

"……이건 알아본 게 아니라, 제가 그곳에 가본 적이 있거든요. 도로 옆에 작은 삼층 건물이 있는데, 삼층에서 커피를 팔고 있죠."

나는 무심코 물었다.

"저 말고 혹시 이런 문의를 해온 민원인이 또 있었나요?"

잘못 들은 걸까. 저쪽에서 바람에 스쳐가듯 희미하게 웃는 소리가 들려왔다.

"아뇨, 저로서는 처음입니다. 사실 선생님의 전화는 민원에 속한다고 볼 수도 없고요. 혹시라도 '가게앞'이 어떤 가게였는지를 알게 된다면, 다시 연락드리도록 하죠."

하지만 그런 일은 없을 것 같았다. 애써주셔서 고맙다는 말을 남긴 뒤, 나는 전화를 끊으려고 했다. 순간 잡아채듯 그녀의 목소리가 귀에 파고들었다.

"근데, 선생님은 왜 그게 궁금하신 거죠? 단지 정류장 이름이 유별나서 문의 전화를 해오신 건가요?"

"제가 대답을 해야만 하는 질문인가요?"

그러자 그녀는 재빨리 뒤로 물러났다.

"아, 그건 아닙니다."

"만약 다시 통화가 되면, 그때 대답을 생각해보죠. 지금은 저도 분명히 모르겠거든요."

다만 나는 어떤 지점을 찾아 올라가는 중이라고 생각했다.

## 3

다음날 퇴근길에 나는 시계입구가게앞검문소 근처에 있는 해장국집을 찾아갔다. 서오릉과 가까운 그곳은 장어구이집들이 모여 있었고, 가운데 길로 오십 미터쯤 들어가니 왼쪽 후미진 기슭에 '화개장터'라는 간판이 눈에 들어왔다. 직접 와보니 과거에 꽃을 재배하던 비닐하우스를 식당으로 개조해 영업을 하고 있다는 느낌이 들었다.

주인 노부부가 메마른 화분처럼 앉아 있다가 문소리가 나자 무표정한 얼굴로 돌아보았다. 저녁참인데도 손님은 없었다. 나는 소머리국밥을 주문했다. 노부부는 당최 말이 없는 사람들이었다. 식당에서 나올 때 카드를 내밀자 여긴 현금만 받아요, 라고 했다. 그 한마디뿐이었다. 혹시나 싶었으나 내가 그곳을 떠날 때까지 그는 나타나지 않았다.

## 4

2011년 4월의 일이었다. 당시 나는 한 대학의 문헌정보학과에 시간강사로 강의를 나가고 있었다. 화요일이었던 걸로 기억한다. 그날 오후 여섯시에 성북동에서 약속이 있던 나는 강의를 끝내고 정류장에서 버스를 기다리고 있었다. 그사이 봄비가 안개처럼 부슬부슬 흩뿌리기 시작했다. 우산을 살까 망설이는 터에 빗속에서 성북동으로 가는 1111번 버스가 다가오는 게 보였다. 나는 다음 버스를 타기로 하고 편의점에 들어가 비닐우산을 구입한 다음 정류장으로 돌아왔다. 그로부터 약 칠 분 후에 1111번 버스가 다시 정류장에 도착했다.

그런데, 그 버스 안에서 믿기 힘든 일이 벌어졌다.

퇴근시간대였으므로 버스 안은 혼잡했고 눅눅한 습기로 가득했다. 그 혼잡함 속 누군가 뒷전에서 연우 선배, 하고 조그맣게 내 이름을 부르는 소리가 들려왔다. 처음엔 그저 잘못 들었으려니 싶었다. 뒤미처 어깨를 툭 치며 어떤 여자가 다시 나를 불렀다. 돌아보니 놀랍게도 대학 동아리 후배인 해옥이었다. 학교를 졸업한 뒤 거의 십 년 만에 버스 안에서 다시 만나게 된 것이었다. 그것이 다만 우연이었을까. 훗날 나는 그런 생각에 자주 시달리곤 했다.

그녀는 성북구에 있는 한 복지재단에서 사회복지사로 일하고 있다고 했다. 집은 은평구 연신내로 연립주택에서 부모와 함께 살고 있었다. 대학 때도 연신내에 산다는 얘기를 들은 기억이 났다. 그녀는 한성대입구에 업무차 나가는 길이라고 했다. 그녀가 우산이 없었으므로 나는 두 정류장 먼저 버스에서 내려 그녀를 편의점 앞까지 데려다주었다. 봄비 속에서 벚꽃이 지는 거리를 훔쳐보며 그녀와 나는 쫓기듯 얘기를 주고받았다.

"이따 여기 편의점 앞에서 열시쯤 다시 만날까? 오랜만에 극적으로 해후했는데, 이대로 헤어지면 뭔가 중대한 의미를 저버리는 것 같아서 그래."

해옥이 후후거리며 되받았다.

"여전하네요, 선배는."

"뭐가?"

"그냥, 그 말투요."

"사회복지사 일 힘들지?"

"안 힘든 일이 있나요, 뭐."

그녀는 초조한 기색으로 손목시계를 들여다보았다.

"내 질문엔 끝내 대답을 안 할 작정인가?"

그녀가 반문하듯 말했다.

"왜, 꼭 다시 만나야겠어요?"

"오늘처럼 우리가 다시 마주칠 확률은 사실 제로에 가깝잖아.

앞뒤로 무한히 연결된 시간과 그 안에 포함된 찰나의 현재를 생각해봐. 오직 이 순간에만 머물다 허망하게 사라져버리는 소수점 이하의 현재 시점 말이야."

그녀가 가물가물한 눈빛으로 나를 바라보았다. 나는 해옥이 탄 버스에 내가 동승하게 된 경위를 말했다. 그러니까 '다음 버스'에 대해서. 그러자 그녀의 입가에서 문득 웃음기가 사라지더니 왠지 화난 표정으로 변했다. 이마를 찌푸린 채 그녀가 툭 내뱉었다.

"다음 버스. 참 묘한 말이네요."

뭔가 생각하는 눈치더니 그녀는 이렇게 말하고 돌아섰다.

"오늘 같은 일이 다시 한번 반복되면, 그땐 진지하게 생각해볼게요."

하지만 그런 일은 아마 일어나지 않을 터이었다.

그런데, 그날 밤 열시가 조금 지난 시각에 그녀와 나는 혜화동에서 다시 만나게 되었다. 성북동에서 지인과 헤어지고 집으로 가는 지하철을 타려다, 왠지 공허한 마음에 이끌려 혜화동까지 걸어와 서울대병원 정문 옆에 있는 포장마차에서 홍합 국물에 소주를 마시고 있을 때였다. 혜화동은 대학 때 동아리 사람들과 자주 어울리던 곳이었다. 물론 해옥이도 늘 함께였다.

비는 좀 잦아들어 있었다. 혼몽한 취기에 흔들리며 이런저런 상념에 빠져 있을 때, 누군가 포장마차 안으로 들어와 우동 한 그릇을 주문했다. 곧이어 그녀가 깜짝 놀란 얼굴로 나를 내려다보았다.

"아니, 뭐예요?"

나 또한 놀라지 않을 수 없었다.

"그런 너는?"

그녀는 동요하는 기색이었다.

"선배가 왜 여기에 앉아 있냐고요."

난들 이 상황을 이해할 수 있겠는가.

"그만 진정하고, 일단 앉아서 얘기하자."

해옥이 신경질적인 투로 중얼거렸다.

"웃겨, 정말."

술이 두어 잔 들어가고 나서야 해옥은 좀 진정이 된 듯했다.

"아빠가 병원에 입원해 계셔서 면회 마치고 나오는 길이에요. 아깐 한성대입구에서 급한 볼일이 있었던 거고요. 이때까지 저녁을 못 먹어 배가 고파 들어왔는데, 이제는 좀 무서운 느낌이 드네요. 선배가 제 뒤를 계속 따라다닌 건 아닐 테고."

무서운 느낌.

"이런 거 안 좋은 건데."

그때 그녀가 한 말의 의미를 나는 정확히 헤아리지 못했다.

"아버님은 어디가 안 좋으셔서 입원까지 하신 건가?"

"평소 자주 가슴에 통증이 느껴진다고 하셨는데, 그게 협심증에 심근경색 증상이었다네요. 조금만 늦었어도 큰일날 뻔했어요. 엊그제 밤에 여기 응급실로 실려와 스텐트 시술을 받았거든요. 담배는 이제 좀 끊으셨으면 좋겠는데."

해옥은 길게 한숨을 몰아쉬었다. 그녀의 아버지는 시내버스 운전기사로 오랫동안 일해오고 있었다.

"선배는 그동안 어떻게 지냈어요? 강의를 나간다면 앞으로 학교에 남을 생각인가요?"

"글쎄, 지금 박사과정이긴 한데 늦게 시작한 공부라 그런지 힘이 부치네. 그런데다 남을 가르치는 게 점점 내 일 같지가 않아. 그건 해옥이가 하는 일처럼 어느 정도 자기 희생이 필요한 일인데, 요즘은 강의실에 들어갈 때마다 숨이 막히곤 해. 더 나이들기 전에 내 자리를 찾아야지 싶어."

"결혼은요?"

"그럴 만한 처지가 못 돼. 직장이 있다면 또 모를까. 나는 그렇고, 해옥이 너도 이제 삼십대 중반이잖아."

딴청을 부리듯 허공을 응시하다 그녀가 말했다.

"부모님 사시는 걸 보면 가정을 꼭 가져야 하나 싶어요. 너무 고생들을 하며 사니까, 자식 입장에서도 마음이 늘 안 좋아요. 물론 상상할 수 없을 정도로 더 힘들게 사는 사람들도 많긴 하지만요. 제가 주로 그런 사람들을 만나며 살아요. 나이가 들수록 사는 게 참 끔찍하고 무서운 거라는 생각이 들어요."

밤이 늦었으므로 그녀와 나는 포장마차에서 나와 버스 정류장으로 나란히 걸어갔다. 옆에서 그녀가 물어왔다.

"혹시나 해서 묻는 말인데, 저 좋아한 적 있어요? 아니라고 해도 상관없지만요."

"알고 있었지 않나?"

그녀가 홱 나를 돌아보며 쏘아붙였다.

"근데 왜 그때는 아무 말도 하지 않았어요? 옹졸하게 제가 먼저 다가가길 기다렸나요?"

대꾸를 하자니 구차스러운 변명을 늘어놓는 기분이었다.

"그때 해옥이 너는 어느 숲에서 날아온지 모를 하얀 새 같았고, 주위의 사내들은 까마귀떼처럼 숨어서 오직 너만 훔쳐봤지. 게다가 나는 영혼까지 탄광처럼 어두운 놈이었고."

그녀가 공허한 소리로 웃었다.

"뭔가 단단히 오해하고 계셨네요. 저, 그런 사람 아니에요. 삶이 사람을 그렇게 하얀 빛으로 무방비하게 놔둘 것 같나요?"

꺼끌한 소리로 나는 물었다.

"그럼 어떤 사람인가, 해옥이는?"

"악착같고 모질어요. 그래야지만 살아갈 수 있는 거더라고요."

그녀가 타고 갈 버스가 왔지만, 그녀는 다음 버스를 타겠다며 몇 분을 더 나와 함께 정류장에 서 있었다. 비는 그쳐 있었다.

## 5

그해 여름 해옥과 강원도 고성에 간 일이 있다. 현재 도자기별 카페가 위치한 봉포항에서 북쪽 아야진항까지는 도보로 사오십 분 정도가 소요된다. 당시에는 봉포라는 항구가 있는 줄도 몰랐고 따라서 들러볼 생각조차 하지 않았다. 5월에 중고로 구입한 아반떼 승용차에 동승해 아야진해수욕장에 도착했으나, 평일임에도 피서 인파가 북적여 해수욕은 포기하고 거진항을 거쳐 화진포까지 올라갔다가 아야진항으로 돌아와 하루를 묵었다. 피서 인파가 썰물처럼 빠져나간 밤의 항구는 고적했다. 그녀와 나는 함바집처럼 생긴 작은 술집에서 주인할머니가 내준 생선구이와 홍게라면으로 저녁을 먹었다. 중간에 늙은 어부가 들어와 할머니에게 오늘 잡은 꽃새우라며 바구니를 건네주고 맥주컵에 소주를 콸콸 따라 단숨에 마셨다. 할머니는 우리에게 먹어보라며 접시에 산 새우를 몇 마리 담아주고는 얼굴이 새까만 어부와 마주앉아 술을 주거니 받거니 했다. 그 집에서 해옥은 이런 말을 꺼냈다.

"선배, 나 할 얘기가 있어요."

사뭇 심각한 표정이었기에 나는 그녀를 물끄러미 바라보다 짐짓 에둘러서 대꾸했다. 무슨 얘기인지 모르겠으나, 그녀에게 거듭 생각할 여유를 주고 싶었다.

"우리도 소주 한잔 할까? 오늘은 아무래도 여기 민박 같은 데서 묵어야 할 것 같은데. 속초까지 나가기엔 이미 늦었잖아."

"그래요. 저도 이 항구가 마음이 들어요. 아야진, 이름도 참 예쁘고."

붉은빛이 도는 산 새우를 초장에 듬뿍 찍어 통째로 씹으니 입안에 싱그러운 단맛이 돌며 더욱 술이 당겼다. 해옥은 미간을 찌푸리며 그걸 정말 산 채로 먹네요, 라고 무의미한 말을 했다. 술을 한 잔씩 나눠 마신 뒤 해옥이 말했다.

"저 실은 만나는 사람이 있어요."

문득 대꾸할 말이 없어 나는 어, 그래? 하고 되받았다. 속내로는 당황했으나 내색하고 싶지 않았다.

“뭐하는 사람인지 물어봐도 돼?”

“고등학교 졸업하고 군대 갔다 와서 그동안 택배 일도 하고 공사장 일도 하며 살았다는데, 지금은 연신내 시장에서 남의 가게 일을 돕고 있어요. 치매에 걸린 노모를 모시고 단칸방에서 둘이 살고 있고요.”

“근데?”

“그 사람이 저하고 결혼을 하고 싶어해요. 적극적으로 말은 못하지만.”

“그게 무슨 말인지 나는 모르겠는데.”

나는 해옥의 마음을 알고 싶었다.

“나이는?”

“저보다 두 살 많아요.”

그녀는 주말마다 연신내 시장에서 장을 보는데, 몇 개월 전에 채솟가게에서 일하는 그와 말문이 트여 이후 자주 만나게 되었다. 집도 서로 멀지 않았다.

접시 위의 산 새우 한 마리가 튀어 바닥으로 떨어졌다. 나는 그것을 주워 다시 접시에 담았다.

“좋은 사람이니 만나겠지.”

내가 할 수 있는 말은 고작 그 정도였다.

“그것도 그렇지만, 저는 그 사람처럼 고생을 당연하게 여기는 사람을 보지 못했어요. 그런데도 자기 삶에 대해 불평이나 한탄을 하는 소리를 들어본 적이 없어요. 남을 비방하거나 탓하지도 않고요. 그냥 그렇게 힘들게 사는 걸 너무 당연하게 받아들여요.

근데 그 사람의 지친 얼굴을 볼 때마다 저는 이상하게 마음이 아파요. 어떤 때는 견디기 힘들 정도로 말예요."

그게 혹시 사랑이라는 걸까? 아마 그런지도 몰랐다.

"그 사람은 어렸을 때 관광지 바닷가에 살았는데, 가끔 방파제에서 사람이 빠져 죽는 일이 있었대요. 근데 사체를 발견한 사람한테는 보상금이 주어졌다네요. 그래서 그 어린아이가 돈을 벌기 위해 날마다 사체를 찾아다녔다죠. 더 끔찍한 건 늦게 발견할수록 보상금 액수가 올라가 사체를 발견한 뒤에도 곧장 신고하지 않고 며칠씩 기다렸다가 신고한 적도 있다는 거예요."

그런 경험이 있었기에 세상의 힘든 일쯤이야 대수롭지 않게 생각할 거라고 나는 막연히 생각했다.

"올봄에 연신내 시장 안에 있는 식당에서 밥을 먹다, 그 사람이 갑자기 어린아이처럼 흐느껴 우는 거예요. 버스 안에서 우연히 선배를 만나기 얼마 전이죠. 아무튼 겨우 진정시키고 나서 왜 그러느냐고 물어봤더니, 제가 자기 인생에서 사라질까봐 두려워서 그렇다는 거예요. 왠지 곧 떠나갈 것 같다고. 애초에 안 만났더라면 좋았을 텐데, 저를 만나고 나서부터 하루하루가 숨쉬기 힘들 만큼 고통스럽다는 거예요. 저란 사람이 언젠가부터 자신의 전부가 돼버린 것 같다고 하면서요."

그녀와 나는 한동안 침묵에 빠져 있었다. 파돗소리가 점점 귀에서 커지고 있었다. 함바집 지붕에서 뭔가 후득이는 소리가 들려 나는 소변을 볼 겸 밖으로 나가보았다. 목판화처럼 깊게 가라앉은 항구의 어둠 속으로 비가 하얗게 쏟아지고 있었다. 담배를 피우고 안으로 들어가 그녀 앞에 마주앉으며 나는 말했다.

"해옥이도 그 남자를 사랑하고 있는 건가?"

그 말에 그녀는 화들짝 놀라 어깨를 흠칫했다. 술기운으로 얼굴이 불콰하게 달아올라 있었다.

"사랑요?"

"그래, 매우 불가사의하고 또한 오로라처럼 신비한 현상."

뒤미처 그녀가 단호하게 되받았다.

"사랑이란 말은 흔히 과도한 자기 집착의 맹목적 상태를 상대에게 공격적으로 표현하는 말이 아닌가요? 그때 상대는 자아를 보증하는 도구에 불과한 거고요. 그러다 감정이 식으면 곧 냉정한 주체로 돌아서곤 하죠. 감정은 공기처럼 형체가 없고 자주 변하게 마련이니까요."

한편 그렇기도 하겠지만, 그녀의 입에서 이런 말이 나오리라고는 전혀 생각지 못하고 있었다. 이를테면 그녀는 사랑이라는 감정의 추상성과 가변성을 불신하고 있었다. 그녀에게 그것은 이기적이고 변덕스럽고 사치스러운 감정에 속했다.

그렇다면 해옥이 그 사람에 대해 품고 있는 생각은 무엇일까.

"저는 실체가 불분명한 감정에 이끌리기보다는, 저를 실제적으로 필요로 하는 사람을 오히려 신뢰하는 편이에요."

그쯤에서 나는 그녀가 하는 말을 알아들을 것 같았다. 의식하지 못하고 있었는데, 어느새 나는 마음이 차분해져 있었다.

"해옥이 너도 그 사람을 그토록 간절히 필요로 한다면 서로 동등한 조건이 성립되는 거겠지."

"아뇨, 저는 상대가 저를 필요로 하면 그걸로 족하다 생각해요. 상대에게 의지하는 것은 아무래도 싫으니까요."

그건 과연 어떤 관계일까. 누군가에게 거룩하게 봉사하는 삶을 의미하는 걸까. 아니면 그 누구도 신뢰하지 않는다는 뜻일까. 불현듯 그녀가 그동안 어떤 삶을 살아온 것인지 의구심이 들었다. 그래, 사는 게 끔찍하고 무서운 일이긴 하지. 비록 입을 다물고 있다 해도 세상 사람 모두가 그렇다는 사실을 알고 있다.

함바집 할머니가 소개시켜준 민박집에서 어수선한 밤을 보낸 뒤, 다음날 그녀와 나는 곰칫국으로 해장을 하고 아야진 북방파제를 걸었다. 방파제 끝에 빨간 등대가 있었고 거기엔 다음과 같은 위치 표시가 돼 있었다. 북위 38° 16′ 15.5″ 동경 128° 33′ 35.9″. 등대는 1993년 1월 28일 처음 점등을 했다고 기록돼 있었는데, 십팔 년 전이면 내가 고등학생일 때였다. 그해 1월 28일에 나는 무엇을 하고 있었을까. 이런 엉뚱한 생각에 빠져 있을 때 뒷전에서 해옥이 중얼거렸다.

"저기 바다 한가운데 쓰러져가는 등대가 있네요."

그녀의 말을 좇아 눈길을 돌리니 환영처럼 바다 한가운데 등대가 있었고, 사십 도쯤 앞으로 기울어져 있었다. 언젠가 수장이 될 등대를 바라보며 나는 게걸음으로 방파제를 돌아나왔다. 방파제가 시작되는 곳 바다에 낡은 일인용 소파와 죽은 새가 한 마리 떠 있는 게 보였다.

# 6

고성에서 돌아오고 얼마 뒤, 그가 예고 없이 나를 찾아왔다. 어느 날 강의를 마치고 나오는데 복도에 웬 사내가 서 있었다. 덥수룩한 수염에 검은 반팔 티와 청바지 차림이었고 마른 근육질의 팔뚝엔 핏줄이 도드라져 있었다. 때가 낀 그의 낡은 운동화를 내려다보며 나는 그가 누구인가를 직감적으로 깨달았다. 눈앞에 해옥의 얼굴이 스쳐지나갔던 것이다. 강의실을 나서는 학생들이 그와 나를 흘끗거리며 지나갔다.

자신을 김태우라고 소개한 그는 내 이름을 확인한 뒤 얘기를 좀 나누자고 했다. 여기까지 나타날 정도면 내 전화번호도 알았을 텐데, 굳이 찾아온 이유가 무엇일까. 그의 몸에서는 지독한 땀내가 풍겼고 지금껏 한 번도 보지 못한 이상한 빛이 눈에 서려 있었다. 굳이 말하자면 숲에서 맞닥뜨린 동물의 눈빛과도 같았다. 본능적인 적의와 경계심으로 빛나는 눈.

교문을 다 벗어날 때까지도 그와 나는 학생들의 시선에 갇혀 있었다. 오후 네시 반이 지나고 있었다. 그가 줄곧 침묵하고 있었으므로 나는 커피나 한잔 할까요? 라고 먼저 말을 건넸다. 그가 피식 웃으며 커피요? 그 돈이면 나는 라면을 한 그릇 먹겠소, 라고 했다. 나는 학교 앞의 분식집으로 들어갔다. 안 그래도 강의를 마친 뒤라 속이 허룩한 참이었다.

자리에 앉자 그가 다짜고짜 물어왔다.

"선생, 해옥이 지금 어디 있는지 알아요?"

나는 어리둥절한 마음으로 그를 바라보았다. 그녀와 마지막으로 연락을 주고받은 게 언제였더라. 고성에 다녀온 뒤부터 서로 연락을 주고받은 기억이 없었다. 모른다고 나는 무덤덤하게 말했다.

"그럼 나는 알아요?"

"무슨 뜻이죠?"

"내가 누군지 아냐구요."

"내가 어떻게 압니까. 김태우씨라면서요. 나를 찾아온 이유가 뭐죠?"

그는 대꾸 없이 라면 그릇을 앞으로 끌어당기더니 후룩거리며 먹기 시작했다. 라면을 다 먹을 때까지 그와 나는 대화를 나누지 않았다. 식당에서 제공하는 믹스커피를 빼와 내 앞에 앉으며 그가 다시 입을 열었다.

"일주일째 해옥이하고 연락이 안 돼 찾아왔수다. 직장에도 출근하지 않고 집에도 들어오지 않는다고 하더군요. 어디 여행을 갔다고 하면서."

"그래서요?"

"결혼식 날짜를 잡아놓고 여자가 사라졌다 그 말입니다."

"결혼식 날짜가 얼마나 남았는데요?"

"열흘 남았수다."

"그럼 기다려보시든지요."

순간 희번덕 그의 눈에 동물성의 빛이 한껏 서렸다.

"정말 모르는 겁니까?"

"모르지만, 알아도 얘기하지 않습니다. 해옥이의 선택을 존중

해야 하니까요."

그제야 그의 낯빛이 조금 누그러졌다.

"돌아올 것 같소?"

"모르죠. 하지만 내가 아는 해옥이는 약속을 지키는 사람입니다. 무슨 사정이 있겠죠. 실종된 것도 아니고 여행을 갔다는데."

"해옥이가 돌아오지 않으면, 그땐 선생도 각오해야 할 거요."

"뭘요?"

"나도 알고 있소. 근래 두 사람이 자주 만났다는 거."

"자주는 아니지만 그럴 만해서 만났던 겁니다. 덕분에 김태우 씨하고 라면까지 먹고 있네요. 하지만 앞으론 찾아오지 마십시오. 더군다나 예고 없이."

그가 핏발 선 눈으로 나를 노려보았다.

"이제 그만 가보시죠. 커피까지 다 드신 것 같으니."

"선생 시간을 뺏었으니 라면값은 내가 내고 갑니다."

자리에서 일어나 돌아서는 그의 등에 대고 나는 말했다.

"해옥이가 돌아오면, 나한테도 연락 한번 달라고 하세요. 나도 궁금하니까요. 그리고 한 가지 더, 해옥이를 새장에 가둬두려고 하지 마세요. 그거 절대 못 견디는 사람이니까."

그는 못 들은 척 라면값을 지불하고는 밖으로 나가버렸다. 그런데 잠시 후, 그가 되돌아와 테이블에 사진 한 장을 내려놓더니 이게 해옥에 대한 내 마음이오, 하고는 다시 밖으로 사라졌다. 눈여겨보니 산불이 난 현장을 항공 촬영한 사진이었다. 사진은 네 귀퉁이가 닳아 있었고 가로세로로 접혀 있던 흔적이 보였다. 거대하고 푸르른 숲이 검붉은 연기를 하늘로 토해내며 사납게 타들어가고 있었다. 나는 얼마 전 뉴스에서 본 대형 산불을 떠올렸다. 산속에서 오도 가도 못하고 불길에 타 죽은 수많은 짐승의 검은 사체들을.

해옥에게 몇 번 전화를 해보았지만 받지 않았다. 문자를 남겨도 대꾸가 없기는 마찬가지였다. 불길한 마음이 떠나지 않았으나, 나로서도 어쩔 수 없는 시간들이 흘러갔다. 그와 만났을 때 전화번호라도 물어볼 걸 그랬나, 하는 때늦은 생각이 들었다.

## 7

그해 가을에 해옥이 결혼했다는 소식을 들었다. 결혼하고 한 달쯤 뒤에야 그녀는 내게 문자로 소식을 전해왔다. 부디 잘살기 바란다고, 세상엔 해옥을 좋아하고 필요로 하는 사람들이 많다고 나는 덕담을 했다. 그후 그들이 어떻게 살아가고 있는지에 대해 들은 바가 없었다. 더이상 해옥과 연락을 주고받거나 만난 적이 없었기 때문이다.

그러다 크리스마스를 며칠 앞둔 날 나는 청천벽력 같은 뉴스를 접하게 되었다. 싸락눈이 내리고 있는 저녁, 집 근처 식당에서 순댓국밥을 먹고 있을 때였다. 식당 벽에 걸려 있는 텔레비전에서 사회복지사 살해 사건과 관련된 뉴스가 보도되고 있었다. 무슨 느낌이 들었던 걸까? 나는 반사적으로 텔레비전을 올려다보았다.

뒤미처 나는 숟가락을 바닥에 떨어뜨렸다. 여권 사진처럼 경직된 해옥의 얼굴이 화면에 떠 있었던 것이다. 앵커는 독거노인을 돌보던 한 복지재단 소속 사회복지사 A씨가 오전 열시쯤 성북구 석관동에 있는 노인의 반지하방에서 무참히 살해되었다고 전하고 있었다. 노인은 정신질환을 앓고 있었고 그녀가 살해당할 당시 동행한 복지사는 동네 슈퍼마켓으로 물건을 사러 나갔었다고 덧붙였다. 성추행이나 성폭행이 있었는지는 범인이 함구하고 있어 아직 밝혀지지 않은 상태였다.

그날 밤 나는 빈소가 마련된 병원 장례식장으로 갔다. 도무지 실감이 나지 않는 일이었기에 감정이 무감각하게 마비된 느낌이었다. 뜬눈으로 꿈을 꾸고 있다는 말이 과연 이런 것이구나 싶었다. 그녀의 가족과 남편을 마주할 엄두가 나지 않아 나는 빈소 복도에서 멀리 해옥의 영정 사진을 바라보다 발길을 돌려 병원을 빠져나왔다.

그 밤에 나는 차를 몰아 어디론가 가고 있었다. 정신을 차리고 보니 고속도로를 달리는 중이었다. 싸락눈은 폭설로 변해 있었고 중간에 추돌사고가 나서 한 시간이나 도로가 통제됐다. 속초를 거쳐 가까스로 아야진항에 도착했을 때는 이미 새벽이었다. 뭔가 내가 잘못한 게 아닌가, 라는 자책감을 도무지 떨쳐낼 수가 없었다. 나는 몸부림을 치며 며칠을 민박집에 누워 있었다. 나는 왜 이토록 고통스러워하는가. 설혹 내가 잘못한 게 없더라도, 그녀의 죽음은 두고두고 내 인생의 일부를 장례식으로 만들어놓을 거라는 예감이 들었다.

이후 나는 걷잡을 수 없는 속도로 마음이 늙어가기 시작했다.

## 8

그를 한 번쯤 만나봐야겠다는 생각을 줄곧 하고 있었으나, 나는 실제로 그렇게 하지는 못했다. 이제 와 만난들 서로 무슨 얘기를 주고받겠는가. 나는 다만 그의 존재를 가까이에서 확인해보고 싶었다. 어느 날 나는 마스크로 얼굴을 가린 채 아침 일곱시 반부터 시계입구가게앞검문소 정류장에서 그를 기다렸다. 깔끔하게 새로 설치된 부스에 서서 건너편을 바라보니 장어구이집들과 얼마 전 가본 해장국집으로 이어지는 길이 눈에 들어왔다.

주위를 둘러보았으나 과거에 가게가 있었을 만한 공간이나 흔적은 찾아보기 힘들었다. 그 가게는 도대체 어떤 가게였을까. 과연 가게라는 게 존재하기는 했던 것일까. 한겨울의 북서풍이 도로의 자디잔 쓰레기를 날리며 불어가고 있었다.

그가 정류장에 나타난 것은 일곱시 오십오분이었다. 그때 정류장에 서 있는 사람은 나를 포함해 네 사람이었다. 십 년 사이에 그도 어쩔 수 없이 나이가 들어 보였고 머리엔 듬성듬성 새치가 나 있었다. 그는 돌 같은 얼굴로 우두커니 건너편을 주시하고 있었다. 예전보다 몸이 더 말라 보였다. 눈빛도 땅에 고인 물처럼 흐릿했다. 여덟시가 막 지나 선진운수 702B번 버스가 도착했고 나는 그를 따라 버스에 올라탔다. 버스는 서오릉입구를 지나 몇 정류장을 더 가더니 '용두7통앞'에 정차했고 그가 내렸다.

거기서 그는 몇 분을 더 기다렸다가 075A번 버스로 갈아탔다. 그리고 십 분쯤 후에 삼송에 위치한 대형마트 앞에 내렸다. 그는 마트 건물 옆에 설치해놓은 벤치에서 마스크를 벗고 담배를 피운 다음 노인처럼 느린 동작으로 유리문을 밀고 마트 정문을 통과했다. 그사이 전화가 걸려왔는지 그는 잠시 ATM기가 있는 곳에서 통화를 했다. 이어 그는 에스컬레이터를 타고 이층으로 올라가 식자재 마트가 있는 곳으로 향하더니, 매장 입구 옆의 '직원 외 출입금지'라고 쓰여 있는 문을 열고 안으로 들어갔다. 나는 돌연 망연한 기분에 사로잡혀 잠시 그 앞에서 서성이다 발걸음을 돌렸다.

잠시 후 뒤에서 문이 열리는 소리가 들리면서 누군가 밖으로 나왔다. 나는 무심코 뒤를 돌아보았다. 그가 문 앞에서 이쪽을 바라보고 있었다. 순간 나는 그가 나를 주시하고 있다는 것을 깨달았다. 그와의 거리는 십 미터 정도였다. 가깝다면 가까운 거리였지만, 그는 멀리서 나를 바라보는 듯한 모습이었다. 마스크를 쓰고 있다는 것을 빌미로 그와 나는 거리를 좁혀 다가가지는 않았다. 하지만 그가 나를 알아본 것만은 분명했다. 언젠가 그가 불청객으로 나를 찾아왔듯이 이번에는 내가 그렇게 그를 찾아왔다는 생각이 들었다. 그와 나는 일 분에 가까운 긴 순간을 그렇게 마주보고 서 있었다.

이윽고 그가 먼저 몸을 돌려 다시 문안으로 사라졌다.

# 9

주말에 나는 차를 몰고 고성으로 갔다. 십 년 만에 다시 와본 아야진항은 풍경이 조금 변해 있었다. 해옥과 생선구이와 홍게라면을 먹던 바닷가의 함바집은 사라지고 그 자리에 빨간 벽돌로 지은 '유리집'이란 이름의 작은 식당이 들어서 있었다. 입간판처럼 세워놓은 메뉴판을 보니 생선구이, 조림, 매운탕을 팔고 있었다. 주인으로 보이는 오십대 중반의 여자가 창가에 앉아 바다를 내다보고 있다가 나와 눈이 마주치자 시선을 피했다. 그 집에서 늦은 점심이라도 먹을까 싶었으나, 나는 더 가볼 데가 있어 그만 자리를 떴다.

길게 이어진 아야진 북방파제를 걸어 빨간 등대가 있는 북위 38° 16′ 15.5″ 동경 128° 33′ 35.9″ 지점에 서서 나는 여태도 끊지 못한 담배를 피웠다. 기울어진 등대도 바다 한가운데 그대로 있었다. 신기하게도 아직 수장되지 않은 것이다.

그곳을 떠나 내처 봉포항으로 갔다. 차로 채 십 분도 걸리지 않는 거리였다. 봉포항 주차장에 차를 대고 도자기별 카페를 찾아보니 불과 오 분 거리. 도로 옆의 낡은 삼층 건물. 일층은 꾸이꾸이라는 고깃집. 전봇대에 서툰 글씨로 도자기별주차장이라고 쓰여 있는 것을 확인하고 나는 좁은 계단을 올라가 이층에 다다랐으나 문이 굳게 잠겨 있었다. 이어 삼층으로 올라가 나는 동해가 훤히 내다보이는 창가에 앉아 에스프레소를 마셨다. 구석 테이블 위에 세라믹으로 만든 아기자기한 소품들이 놓여 있는 게 보였다.

무연히 바다를 바라보다 나는 잊었던 듯 그녀에게 전화를 걸었다. 그때 내가 왜 그랬는지 설명하기는 힘들었다. 오후 다섯시 반. 전화를 받은 그녀는 네, 잠깐만요, 하고는 뭔가 부스럭거리는 소리를 냈다. 나는 잠자코 기다렸다.

여보세요? 라는 예의 발음이 또렷하고 울림이 맑은 목소리가 휴대폰을 통해 흘러나왔다. 오늘도 다소 지쳐 있는 목소리. 나는 내가 누구인가를 먼저 얘기했다. 그러자 그녀가 아, 네, 그런데요? 하고 또 잠시 침묵했다. 내가 '가게앞'의 그 가게가 어떤 가게인지를 다시 물으려고 전화를 건 줄 아는 모양이었다.

"여기는 도자기별입니다. 그러니까 봉포항에 있는 도자기별 카페."

그녀의 침묵이 이어졌다. 주위에서는 계속 부산스러운 소리가 들려왔고, 그녀는 머뭇거리다 사뭇 냉랭한 투로 되받았다.

"그러니까 그 말씀을 하시려고, 시청에 전화를 거신 건가요?"

그런 셈이었지만 나는 더이상 대꾸를 하지 못했다.

"지금은 업무 마감시간이라 바쁜 상태여서 행정적 용무가 아니면 통화할 여유가 없습니다. 이해해주시고, 이만 전화 끊겠습니다."

그녀는 ARS처럼 말하고는 냉큼 전화를 끊었다. 나는 상관없다고 생각했다. 다만 내가 여기에 왔다는 것을 누군가에게 전한 것으로 됐다 싶었다. 이제 내게는 그럴 만한 사람조차 존재하지 않으니까.

봉포항과 천진항 경계에 위치한 남경식당이란 곳에 들어가 섭국에 달홀주를 마시며 통유리창으로 저물어가는 바다를 내내 바라보았다. 왼편으로 아득하게 아야진 북방파제의 빨간 등대가 보였다. 바다 한가운데 스러져가는 등대는 해무에 가려 보이지 않았다.

여덟시 반쯤 낯선 번호의 전화가 걸려왔다. 평소에 모르는 번호로 걸려오는 전화는 받지 않는 터여서 그대로 놔뒀더니, 다시 같은 번호로 전화가 걸려왔다. 순간 어떤 느낌에 사로잡혀 나는 통화 버튼을 눌렀다. 그녀는 내게 자신의 이름부터 알려주었다. 시청 대중교통과에 근무하는 공무원이었다. 네번째 통화였다. 서로의 이름을 알고 통화하는 것은 첫번째.

"아직 봉포신가요?"

"네, 그렇게 됐네요."

저쪽에서 짧게 웃는 소리가 들려왔다. 별 의미 없이 들려오는 웃음소리였다.

"아까는 업무중이라 사무적으로 받을 수밖에 없었습니다."

"이해합니다."

"근데 거긴 왜 가신 거죠? 혹시 여쭤봐도 되나요?"

"이미 물어보셨으니 대답하죠. 실은 이쪽에 사연이 있어서 왔습니다. 어느덧 세번째네요. 이번엔 무려 십 년 만이지만요."

그녀는 다시금 까마득하게 침묵했다. 지금 내가 내다보고 있는 밤바다처럼. 나는 그 침묵이 어쩐지 익숙하다고 생각했다. 잠시 후 그녀가 목이 막힌 소리로 중얼거렸다.

"그렇죠, 누구나 사연이 있죠."

막걸리 두 병에 가물가물해진 나는 급기야 생각지 않았던 말까지 늘어놓고 있었다.

"네, 어이없는 이별이나 무참한 죽음도 있고, 그래서 뒤에 남겨진 사람의 삶의 일부가 장례식이 되기도 하는 그런 일들이 종종 발생하죠."

"……"

"제가 술을 좀 마신 터라, 터무니없는 얘기를 하고 있네요. 불편하시면 지금 전화를 끊으셔도 됩니다."

"괜찮습니다. 저도 지금 마시고 있는 중이니까요. 밤의 도둑고양이처럼."

아까 매서운 바람이 불어가던 방파제에서 먹이를 찾아 돌아다니던 길고양이들이 떠올랐다.

"선생님 얘기를 듣고 있으니, 저도 장롱 속에 처박아둔 이야기를 꺼내고 싶어지네요. 모르는 분한테 그래도 되는지 모르겠지만요."

나는 가만히 숨죽이고 있다가 대꾸했다.

"누구나 가끔은 낯모르는 사람한테 자신의 얘기를 털어놓고 싶을 때가 있다고 하더군요. 제가 지금 그러고 있거든요."

그녀가 일껏 딴소리를 했다.

"실례지만, 무슨 술 마셔요?"

"달홀주라는 막걸리입니다."

"아, 기억합니다. 달홀은 고성의 옛이름이라고 하더군요."

나는 오늘 처음 알았다.

"이 얘기를 하고 이제 끊어야겠네요. 그러니까 평소에는 아무한테도 얘기할 수 없었던, 오래된 장롱 속의 낡은 옷처럼 가슴에 꼭꼭 숨기고 있던 저만의 사연."

나는 침묵하며 기다렸다.

"가깝던 사람이 오래전에 제 방에서 자살을 한 적이 있습니다."

나는 반사적으로 눈을 감았다. 그녀가 깊게 한숨을 몰아쉬고 나서 말했다.

"대학 때 제 자취방에서 그런 일이 벌어졌어요. 제 인생에서 일어나지 말았어야 하는 일인데, 어쨌든 그 일은 일어났고 그후로 지금까지 그 방이 꿈에 나타나요. 되풀이되는 악몽처럼 거의 매일요. 그 사람이 왜 그랬는지, 혹시 저 때문이었는지 아직도 그 이유를 확실히 모르는 채 살고 있습니다. 아까 선생님이 말씀하신 것처럼 저도 제 삶의 일부는 그렇게 장례식처럼 살고 있어요."

"……"

"그런데 신기한 것은 그래도 삶은 계속되더군요."

사이를 두었다가 나는 앵무새처럼 대꾸했다.

"네, 그러나 삶은 계속되더군요."

통화가 길어지는 사이 앞치마를 두른 직원이 다가와 아홉시에 문을 닫는다고 말했다. 그렇다면 이제 통화를 끝내야 할 시간이었다. 나는 지나가듯 그녀에게 이런 질문을 던졌다.

"실례지만, 공무원 생활을 하기 전에는 어떤 일을 하셨나요?"

그녀는 침착하게 아까 하던 말을 계속했다.

"몇 년 전 제 자취방이 있던 집에 찾아가본 적이 있어요. 그때도 이미 낡은 집이었는데, 더이상 사람이 살지 않는지 대문 손잡이에 녹슨 쇠사슬이 친친 감겨 있더군요. 그 집 앞에 가게가 하나 있었어요. 조그만 동네 구멍가게."

가게 앞, 하고 나는 속으로 되뇌었다.

"그 구멍가게도 이제는 사라지고 없더군요. 그냥 텅 빈 공터로 남아 있었어요."

한껏 잠긴 목소리로 그녀가 말했다. 텅 빈 공터.

"저는 여고 때부터 대학 때까지 줄곧 글을 썼어요. 일테면 소설 같은 거. 근데 혼자 힘으로 살아야 해서 직업을 가질 수밖에 없었고, 대학을 졸업한 뒤 아르바이트를 전전하다 말단 공무원이 됐어요. 세월이 참 빠르기도 하죠, 그게 벌써 이십 년 전이네요."

나는 신중하게 물었다.

"그럼 소설은 더이상 안 쓰시는 건가요?"

망설이는 듯하다 그녀가 이렇게 대꾸해왔다.

"솔직히 말씀드리면, 선생님과 통화한 뒤부터 뭔가 다시 써야겠다는 생각을 하기 시작했어요. 몹시 신기한 일이긴 하지만."

그 말을 듣고 있자니 나 역시 이상하게 가슴이 뛰었다.

"꼭 쓰셨으면 좋겠네요. 저는 도서관에서 사서로 일하고 있습니다. 제 예감의 일부가 맞은 셈이네요."

환청 같은 웃음소리가 저편에서 들려왔다. 이번에는 어떤 의미를 담고 있다는 생각이 들었다. 통화를 끝내기 전 그녀가 이런 말을 건네왔다.

"저, 괜찮으시다면, 가끔 전화드려도 될까요? 아주 가끔요."

나는 대답을 하기 전에 어둠이 내린 바다 쪽으로 시선을 돌렸다. 비록 보이지 않는 상태였지만, 바다는 분명 저쪽에서 몸을 뒤치고 있을 거였다.

"네, 괜찮을 것 같은데요. 오늘 전화주셔서 고맙습니다. 이런 전화를 받게 될 줄은 꿈에도 몰랐거든요."

다시금 저쪽에서 아득한 웃음소리가 들려오는가 싶었는데, 돌연 전화가 끊겼다.

## 10

그녀의 말대로 그래도 삶은 계속되고 있다. 살다보면 필연 같은 우연이 있고 또한 우연 같은 필연도 있음을 알게 된다. 우연과 필연은 애초에 하나의 이름인지도 모르겠다. 그렇다는 것을 근래 어렴풋이 깨닫게 되었다. 시간의 고요한 흐름에 몸을 맡긴 채 주위로 흘러오고 또 흘러가는 것들을 바라보노라면 간혹 생이 반짝, 하고 빛난다고 느껴질 때가 있다. 저 먼 밤의 항구에서 외롭게 명멸하는 등대의 불빛처럼. 그러한 빛이 존재하기에 또 살아가고 있는 게 아닌가 생각해본다. 우리가 사는 세상엔 여전히 비가 오고 꽃이 피고 눈이 내리고, 한편 이쪽과 저쪽이 있고 변함없이 밤과 낮이 있다. 그리고 그 어딘가쯤에 당신과 내가 있다. 그래, 당신. 비바람과 눈보라가 몰아쳐가는 아슴푸레한 경계를 사이에 두고 그렇게 당신과 내가.

나는 요즘 주말이면 가끔 선진운수 버스(어쩌면 해옥의 아버지가 운전하는)를 타고 서오릉입구를 지나 시계입구가게앞검문소를 지나 구산동과 홍제역과 독립문을 지나 종로와 남대문시장을 돌아 영천시장에서 내린 다음, 연신내 시장까지 걸어가 밥이나 술을 먹고 돌아온다. 그리고 일산에도 물론 대형마트가 있지만 부러 삼송에 있는 마트에 들러 장을 보기도 한다. 여기에 어떤 의미가 있다고는 생각하지 않는다. 아직까지 풀리지 않는 수수께끼들이 존재하지만, 이렇게 삶이 계속되고 있다는 것을 느낄 뿐이다.

하나 달라진 게 있다. 이 우연하고 남루한 삶에 가뜩이나 환영할 만한 일이지 싶다. 명절처럼 드물게 찾아오긴 하되, 부지불식간에 그녀에게서 전화가 걸려온다. 그때마다 언 땅속에 묻어둔 김칫독처럼 마음 저 깊숙한 곳에 감춰두었던 얘기를 꺼내 서로 속삭이듯 주고받는다. 각자 아득한 저편 모서리에서. 그녀와 나는 여전히 낯모르는 사람(어쩌면 정류장이나 기차역, 혹은 휴게소나 재래시장 같은 곳에서 스쳐지나가며 눈을 마주친 적이 있는지도 모르지)이고 굳이 만나자는 말은 하지 않는다. 꼭 그럴 필요가 없다는 것을 이제는 그녀도 나도 알고 있는 것이다. 그녀가 다시 글을 써서 언젠가는 꼭 책을 냈으면 싶다. 나도 무언가를 새로 시작해야겠다는 간절한 생각을 거듭하고 있다. 그렇다면 그걸로 된 것이리라.

| **작가노트** |

# 누군가의 이야기가 다시 시작되는 지점

하나의 텍스트에는 여러 가지 요소가 씨줄과 날줄로 겹쳐 있기 마련이다. 아닌 게 아니라 'text'란 말은 천을 짜고 염색하거나 수를 놓는다는 뜻의 'textile'에서 유래됐다고 한다.

단편 「시계입구가게앞검문소」는 2021년 1월과 2월에 걸쳐 강원도 고성에 머물며 쓴 소설이다. 2020년 같은 기간에도 나는 같은 장소인 바닷가의 조그만 펜션에서 '한 달 살이'를 했다. 이제나 그제나 코로나 펜데믹 상황인데다, 딱히 갈 곳이 없어 인터넷을 뒤지던 중 알게 된 곳이었다. 속초 북단 고성 초입에 위치한 한적한 해변. 낮에는 글을 쓰지 않는 체질이라 나는 '아점'을 먹고 나면 매일 북쪽 해안도로를 따라 왕복 16킬로미터를 걸어서 다녀오곤 했다. 꼭 뭘 쓰자는 생각은 없었으나, 으레 그렇듯 노트북은 챙겨 갔다. 열흘 가까이 나는 밥이나 해먹고 심심하면 낚시도 하고 물고기를 못 잡게 되면 속초 동명항으로 차를 몰고 가서 어부들이 잡은 물고기를 사와 회, 초밥, 구이, 조림, 탕으로 조리 솜씨를 갈고닦았다. 그리고 저녁을 먹고 나면 차에 싣고 간 실내 자전거를 한 시간 탄 뒤 샤워를 하고 책을 좀 읽다가 잠들기를 반복했다.

그러다 왠지 무위도식하는 기분에 사로잡혀 '강원도까지 왔는데, 뭘 좀 써야 하지 않나?'라는 생각을 하게 되었다. 바람과 파도가 유독 심한 날, 여느 날처럼 걸어서 아야진항에 이르렀을 때였다. 단편 한 편을 쓰는 데 대개 보름쯤 걸리는데, 남은 날짜를 어림잡아보니 어찌어찌 될 것 같았다.

상실감—2018년 12월에 나는 어머니를 떠나보냈다. 고향에 어머니를 묻고 돌아오던 날 저녁, 서울역에서 집으로 향하는 지하철 안에서 급기야 참았던 울음이 터져나왔다. 그동안 살아오면서 많은 상실을 경험했으나, 그렇게 감정을 주체하지 못한 적은 없었다. 이후 나는 전혀 글을 쓰지 못하고 지냈다. 아니, 쓰겠다는 의지 자체를 상실한 채로 살았다. 그러다 2020년 겨울에 고성에서 어머니를 추억하는 형식의 단편을 쓰면서 간신히 글을 회복했다. 그래서 이듬해 나는 다시 고성으로 갔는지도 모른다.

시의 경계—어머니가 암투병을 하던 와중에 나는 십 년 넘게 산 서울 정릉에서 경기도 일산 부근으로 이사했다. 일산은 정릉으로 가기 전 역시 십 년 이상을 살았던 곳이다. 다시 경기도로 돌아오자 출근길이 멀어졌는데, 고양시를 벗어나 서울 은평구와 종로구를 지나야만 직장인 성북구에 다다를 수 있었다. 그러던 어느 날 나는 시계입구가게앞검문소라는 긴 이름의 버스 정류장이 있음을 알게 되었고, 언젠가 같은 이름으로 소설을 쓰게 되리라는 예감을 받았다.

은평구 재래시장—지인 중에 은평구에서 태어나 늘 그곳을 그리워하며 사는 이가 있다. 지금은 강남에 거주하는데, 틈만 나면 고향인 은평구에 들러 재래시장에서 저녁과 술을 먹고 다시 강남으로 돌아가곤 한다. 그럴 때 가끔 나를 부르기도 하는데, 일이 년에 한 번쯤 그이와 술과 음식을 나눠 먹고 헤어지곤 한다. 은평구에는 재래시장이 다섯 개나 있다. 그런데 한결같이 7, 80년대 분위기를 그대로 간직하고 있다. 짐작건대 그이는 자신이 성장해온, 자신의 정체성이 형성된 시공간을 확인하기 위해 그렇듯 매번 되돌아오는 것 같다.

혜화동—대학로라고 불리는 거리를 나는 참 숱하게 드나들었다. 정릉에 살 때도 버스를 타고 내려와(정릉은 산동네이다) 연극도 보고 사람들도 자주 만났다. 가을의 마로니에공원과 그 주변의 커다란 은행나무들이 가끔 눈앞에 떠오를 때가 있다. 오래전 은행잎이 무수히 떨어지던 날 저녁, 어떤 사람과 서울대병원 앞 포장마차에서 술을 마시고 마로니에공원 벤치에서 헤어진 경험이 있기 때문이다. 이제는 대학로에 나갈 일이 사실상 없어졌는데, 얼마 전 서울대병원 장례식장에 잠깐 들른 적이 있기는 하다.

그 가을에 나와 헤어진 사람은 지금 어디서 잘살고 있는지 모르겠다.

봉포항과 아야진항—내가 묵은 펜션은 강원도 고성군 토성면 봉포리에 있다. 말했듯 속초에서 가깝고, 가깝지만 속초에 비해 매우 한적한 동네이다. 속초에서 차를 몰고 고성으로 진입하다보면 이런 현수막을 목격하게 된다. "여기서부터는 금강산입니다". 그렇게 나는 두 번의 겨울을 금강산에서 보낸 셈이다. 봉포에 머무는 동안 단골로 가는 식당과 미용실과 커피숍이 생겼다. 동해가 훤히 내다보이는 '도자기별'이라는 커피숍에 자주 가곤 했다. 또한 봉포항과 천진항 경계에 있는 맛집 '남경식당'에서 섭국에 막걸리를 마시기도 했지.

아야진은 아주 오래전 가족과 여름 휴가를 보냈던 곳이다. 2020년 겨울에 가보니 풍경이 조금 달라져 있었다. 봉포와 함께 어느덧 관광지화돼가는 그런 느낌. 그럼에도 저녁이면 여전히 고적하고 한가로운 항구이다. 방파제를 걷다보면 바다 한가운데 스러져가는 등대가 보이는데, 여전히 침몰하지 않고 그대로 있는지 이번 겨울에 다시 가봐야겠다.

시계입구가게앞검문소—돌아보니 그때 이 소설을 쓰게 돼서 참 다행이란 생각이 든다. 2018년 12월 이후 나는 극도의 허망에 빠져 오랫동안 신경안정제를 두통약처럼 복용하며 살았다. 그런데 이 소설을 쓰고 나서 어느 날 내가 신경안정제를 더이상 복용하지 않고 있다는 사실을 깨달았다. 소설은 독자가 읽음으로써 비로소 텍스트로 완성되는 것이지만, 쓰는 동안만큼은 온전히 작가의 소관일 것이며 그로써 작가 자신도 치유되거나 회복하게 됨을 새삼 알게 되었다. 이를테면 누구나 필연적으로 겪게 되는 상실의 아픔과 고통을 생의 일부로 기꺼이 끌어안는 일이 또한 글쓰기가 아닐까 하는 것이다.

| **리뷰** |

# 때와 장소

권희철(문학평론가)

「시계입구가게앞검문소」의 화자인 연우는 십 년 전 어느 비 내리는 봄날에 대학 시절 좋아하던 해옥을 버스에서 우연히 만났다. 하필 우산을 사느라 탔어야 할 버스를 보내고 '다음 버스'를 탄 바람에 이뤄진 만남이어서 연우에게 이 우연한 만남은 각별하게 느껴졌을 것이다. 게다가 각자 볼일을 마치고 밤에 다시 만나자는 제안을 물리쳤던 해옥이 그날 밤 연우가 소주를 마시는 포장마차에 들어서는 바람에 우연한 만남이 연거푸 이뤄졌으니 이날의 해후가 운명이라고 생각하지 않기가 어려웠겠다. 그러나 계절이 바뀌어 둘이 함께 아야진항으로 여행을 떠난 밤 해옥은 뜻밖의 말을 꺼낸다. 해옥은 만나는 남자가 있고 연우와 해후하기 얼마 전 그 남자가 결혼하고 싶다는 마음을 내비쳤다는 것. 나중에 드러나는 사실이지만 이때 해옥은 이미 그 남자와 결혼 날짜까지 잡아둔 처지였다. 그러니까 운명적인 만남처럼 보였던 그 해후라는 것이 그야말로 '다음 버스'였을 뿐이다. 타야 할 버스는 이미 떠난 것이다. 연우는 대학 시절 그랬던 것처럼 자기 욕망을 남 일처럼 관망하는 남자였고 해옥이 그 남자와 결혼하는 일에 대해서도 그렇게 했다. 그러나 해옥의 결혼 과정이 순탄치는 않아서 연우와 여행을 다녀온 뒤 해옥은 두 남자 모두와 잠시 연락을 끊었고 그때 문제의 남자가 해옥의 소식을 알기 위해 연우가 가르치는 대학 강의실까지 찾아온 적도 있었다. 그리고 그해 가을 결혼한 해옥은 사회복지사로서 자신이 담당하던 독거노인에게 살해당하고 연우는 그 일을 뉴스로 접했다. 연우는 자신이 뭔가 잘못한 게 아닌가 하는 자책감을 떨쳐버리지 못했다. 아야진항에서 함께 밤을 보낸 그 여행에서 연우는 자신의 욕망에 충실해야 했을까? 그렇게 해서 해옥이 떠밀리듯 결혼하는 일을 막았더라면 그런 불상사는 일어나지 않게 되는 것이었을까? 알 수 없지만 연우는 그런 생각을 했을 것이다.

그런데 연우는 이런 일을 왜 십 년이 지난 지금 회상하고 있는가. 시계입구가게앞검문소라는 특이한 이름의 정류장에서 매일같이 버스를 기다리는 한 남자가 죽은 해옥의 남편 김태우라는 사실을 최근에야 알게 되었기 때문이다. 십 년 전 김태우가 해옥의 일로 느닷없이 연우를 찾아왔던 것처럼 이번에는 연우가 김태우를 찾아갔고 두 사람은 십 미터 정도 떨어진 거리에서 대략 일 분 동안 서로를 바라보았다. 그뿐이었다. 충격적인 일이 할퀴고 지나간 바람에 두 사람이 어딘가 앙상하게 변하고 말았다는 것.

그럼에도 두 사람은 어쨌든 살아 있다는 것, 그들의 상처와 생존은 그들을 할퀴고 지나간 전설과도 같은 그 일이 실제로 있었던 일임을 입증하고 있다는 것 등을 일 분 동안 일별하고 확인했다는 듯. 그것으로 되었다는 듯. 이 소설 「시계입구가게앞검문소」는 이 세 남녀의 인생에서 결정적이었을 한 대목을 십 년 뒤의 우연한 만남을 통해 회상하게 하면서, 운명처럼 보이는 우연 안에 시간의 엇갈림 같은 것이 들어 있고 그 엇갈림에 의해 누군가는 "삶의 일부가 장례식이 되기도 하는 그런 일들"을 겪게 된다는 것을, 그럼에도 삶은 어쨌든 살아진다는 것을, 누군가에겐 삶의 진실이라고 부르고 싶어질 만한 것을 말하는 듯하다.

누구나 한 번만 읽어보면 다 알 수 있을 소설의 내용을 이렇게 길게 정리해본 것은 「시계입구가게앞검문소」에는 '불필요한' 내용이 너무 많이 들어 있다는 점을 확인해보고 싶어서다. 연우는 저 기막힌 사연을 회상하기 전, 엉뚱하게도 죽은 해옥의 남편이 매일 나와 있던 버스 정류장이 그렇게 특이한 이름을 갖게 된 사연을 알고자 시청 민원 콜센터에 전화를 거는 것으로 되어 있다. 그런데 정류장 이름의 연원을 궁금해하는 것이 연우에게, 그리고 이 소설의 전체 이야기틀에서 도대체 필요한 일이었을까? 이 소설은 모두 열 개의 절로 되어 있는데, 이 가운데 1절과 2절 그리고 9절, 분량으로 따지자면 3분의 1이 넘는 지면이 정류장 이름 에피소드와 그 후속으로 되어 있다. 하지만 그것이 연우-해옥-김태우가 겪은 일을 들여다보는 데에 꼭 필요한 에피소드도 아니고 그들을 이해하는 데 모종의 도움을 주는 것 같지도 않다. 그런데도 왜 이 소설은 그렇게나 많은 분량의 불필요한 내용을 끌어안고 있어야만 했을까?

그것은 「시계입구가게앞검문소」가 불필요한 이야기에 대한 욕망으로 되어 있거나 그런 욕망을 자극하는 소설이기 때문이 아닐까. 시계입구가게앞검문소라는 이름은 다음과 같은 사정을 반영한다. 그 버스 정류장은 서울과 고양의 경계에 있기 때문에 '시계市界입구'라는 이름을 얻었다. 그리고 지금은 찾아볼 수 없지만 거기에는 한때 어떤 가게가 있었을 것이고 또 검문소가 있었던 때도 있을 것이다. 그래서 버스 정류장 이름은 '시계입구·가게앞·검문소'가 된 것이다. 분명히 거기에 있었고 그것이 거기에 있었기 때문에 다른 여러 존재들이 어떤 순간 어떤 경험을 거기서 가져갔거나 거기에 묻어뒀겠지만 이제 그런 것들은 모두 사라지고 그 흔적이 수수께끼 같은 이름으로만 남아 있는 것이다. 기억과 망각의 경계, 사라진 것들과 사라질 것들의 경계를 표시한다는 듯이. 그 한가운데서 양쪽을 뒤섞고 서로에게 유입시키는 어떤 힘이 우리의 삶에 개입해들어올 때를 기다리면서 항상 어딘가에 웅크리고 있다는 듯이. "다만 나는 어떤 지점을 찾아 올라가는 중"이라고 할 때 그 지점이 저 경계를 뜻하는 것이 아닐까.

왜 그 버스 정류장에는 그런 특이한 이름이 붙여져야 했는가. 거기에 가게가 있었다면 대체 그 가게는 어떤 가게였는가. 그것을 알아야 할 이유는 없다. 그것은 현재의 맥락에 아무런 소용도 없고 불필요한 것이다. 하지만 이제 와서는 불필요해진 그 사라진 것들이야말로 우리 삶을 이뤄온 거의 전부이고, 우리의 미래라는 것도 사라질 것들 이외에 아무것도 아니다. 그러니까 그런 것들을 욕망하고 추적하는 일은 생생하게 살아 있는 일과 별로 다르지 않다. 혹은 그것이야말로 삶을 살아 있게 만드는 일이다. 연우가 한 일이 그것이다. 그는 그 특이한 버스 정류장 이름에 관심을 가졌고 그랬기 때문에 그 정류장에 매일 나오는 남자를 드디어 알아봤고 십 년 전 그 남자가 연우를 찾아왔던 일을 거꾸로 반복하는 의례를 치르면서, 다시 말해 해옥의 장례식을 그 나름으로 마무리하면서 해옥과 관련해 끊임없이 자신을 괴롭히지만 도무지 정리해버릴 수 없었던 어떤 생각이나 마음을 견디며 그것들과 함께 살아갈 수 있게 된 것 같다. 그리고 연우가 그 특이한 버스 정류장 이름에 관심을 가졌기 때문에 시청 직원과 말문을 트게 됐고 그 말문이 "삶의 일부가 장례식"이 되어버린 두 사람의 숨구멍이 되어주어 두 사람은 드디어 뭔가를 새로 시작할 의욕을 느낄 수 있었다. 그것은 이 소설 속 인물들이 불필요한 것들을 향한 욕망을 따라 부유했기 때문에, 사라졌고 불필요했던 것이 다만 삶을 이어나갈 수 있게 해주는 반짝거리는 순간으로 되살아났기 때문에 가능해진 일이다.

끝으로 수상작품집에 실리는 리뷰로는 부적절한 이야기를 덧붙여야 할 것 같다. 만일 이 소설이 연우-해옥-김태우의 강렬한 이야기로만 되어 있었다면, 이 소설은 연우와 김태우 두 남성 각각의 성적 판타지를 충족시키는 여성 인물에 대한 회상이자 연우의 나르시시즘을 충족시키는 회상이라는 독해를 피하기 어려웠을 것이다. 그것이 최근의 감수성으로 다시 읽히는 윤대녕 소설에 대한 유력한 독해이기도 하고 심사장에서 실제로 벌어졌던 토론의 일부이기도 하다. 그렇다면 사라진 것, 불필요한 것을 욕망하고 그것들을 삶을 가능하게 하는 순간으로 새롭게 이해하려는 욕망에 남성 판타지가 무분별하게 뒤섞이지 않도록 세심한 주의를 기울이며 윤대녕의 글쓰기가 방향을 바꿔야만 하는 것일까? 그게 아니라면 사라진 것, 불필요한 것에 대한 욕망과 긴밀히 연결되어 있기 때문에 제거해버릴 수 없는 뭔가가 모종의 이유로 자꾸만 남성 판타지라는 잘못된 가면을 쓰고 나타나는 것일까? 그렇다면 그것이 가면을 벗고 맨얼굴을 드러낼 때까지 그것을 더 욱더 밀고 나가야 하는 것일까? 내게는 이 선택의문문이 '90년대 작가'로 한정할 수 없을 윤대녕 작가에게 주어진 것처럼만 보인다. 나는 그가 이 질문을 받아들일지, 받아들인다면 그에 어떻게 답할지 지켜보고 싶다.

**손홍규**

# 지루한 소설만 읽는 삼촌

**작가노트**

기뻐서 눈물난다는 당신께

**리뷰 | 전경린**

지루한 소설의 전략과 반전하는 힘

**손홍규**
2001년 『작가세계』 신인상에 단편소설 「바람 속에 눕다」가 당선되어 등단. 노근리평화문학상, 백신애문학상, 오영수문학상, 채만식문학상, 이상문학상 수상. 소설집 『사람의 신화』 『봉섭이 가라사대』 『톰은 톰과 잤다』 『그 남자의 가출』 『당신은 지나갈 수 없다』, 장편소설 『귀신의 시대』 『청년의사 장기려』 『이슬람 정육점』 『서울』 『파르티잔 극장』 『예언자와 보낸 마지막 하루』가 있다.

# 지루한 소설만 읽는 삼촌

삼촌이 한 명 있다. 삼남매의 맏이인 아버지에게는 여동생과 남동생이 한 명씩 있으니 내게 삼촌이 하나인 게 당연하지만 굳이 그렇게 말할 수밖에 없는 이유는 삼남매의 막내인 그가 작은아버지나 숙부라 불리기를 끔찍이 싫어해서였다. 그냥 삼촌이라고 불러. 괜찮아. 언제 했던 말인지는 정확히 기억할 수 없지만 어쨌든 삼촌은 그렇게 말했고 나와 누나 그리고 어머니 역시 예전부터 부르던 대로 그냥 삼촌이라고 불렀다. 삼촌은 당신을 한 번 갔다 온 사람이라고 표현했다. 그 말이 무슨 뜻인지 알게 되기까지는 세월이 좀 필요했다. 젊은 시절의 삼촌은 명랑하고 경쾌하며 낙천적이었다. 그는 상대가 누구든 유쾌한 웃음을 터뜨릴 수 있는 우스운 이야기 몇 개쯤은 늘 마련해두었으며 그런 이야기를 언제 해야 하는지 어떤 목소리로 해야 하는지도 잘 알았다. 내가 어렸을 때 삼촌이 들려준 유머들이 무슨무슨 시리즈라고 불리던 그 시절의 유행이었다는 것은 나중에야 알게 되었다. 지금 돌아보면 유치한 유머들이었는데 삼촌이 그런 이야기를 들려주면 나는 숨도 못 쉰 채 뒹굴었고 아마도 그게 삼촌을 의기양양하게 했던 듯하다. 그렇지만 언제부턴가 삼촌의 유머는 변하지 않은 채 그대로였기 때문에 점차 쓸모가 없어졌다. 무엇이 먼저인지는 분간하기가 어려웠다. 새로운 유머를 배우려 하지 않아 쓸모없게 된 건지 쓸모없다는 생각이 들어 더는 배우려 하지 않았던 건지. 어쨌든 삼촌은 상대가 누구든 상대방을 유쾌하게 해주려는 노력을 더이상 기울이지 않았다. 삼촌은 점점 재미없는 사람이 되어갔고 다행스럽게도 그만큼 불쾌한 사람이 되지는 않았다. 침울하고 소침하고 맥없는 사람이라고나 할까. 물론 때로는 그런 모습 탓에 삼촌을 진지하고 신중하고 사려 깊은 사람이라 착각할 수도 있었고 나 역시 가끔은 그랬다.

그렇게 변한 삼촌을 가장 못마땅해하는 건 아버지였고 변함없이 신뢰하며 옹호하는 건 어머니였다. 우리 남매는 아버지와 어머니 가운데 어느 쪽을 유난히 편든다는 느낌을 주지 않으면서 적당히 맞장구를 쳐주는 데는 이골이 났다. 이 균형은 그럴듯해 보이긴 하지만 실제 삶에서는 전혀 득이 되지 않았다. 삼촌에 대한 아버지와 어머니의 견해가 확고부동해서였다. 아버지에게 삼촌은 모든 지원을 다 해줬음에도 불구하고 신세를 망친 탕아였고 어머니에게 삼촌은 세상에 다시 보기 힘든 순정파이며 법 없이도 살 수 있는 사람이었다. 아버지는 삼촌 이야기만 나오면 으르렁거렸다. 순옥이 봐라, 순옥이. 순옥이는 아버지의 여동생, 그러니까 우리 고모의 이름이다. 순옥이만 생각하면 가슴이 북받친다. 해준 게 없는데도 반듯하게 자라 그 들어가기 어렵다는 은행에 취직해서 좋은 신랑 만나 애들 쑥쑥 잘 낳고 잘 키워서 얼마나 멋지게 늙었냐. 순옥이가 고졸이야 고졸. 그런데 이놈은 있는 돈 없는 돈 끌어다가 대학까지 보내줬지. 전자공학과 가라고 알아듣게 타일렀는데도 기어이 토목공학과에 갔지. 제 나름대로 기를 써서 취직이야 했지만 직장도 때려치우고 떠돌더니 지금 봐라, 남은 게 뭐냐? 내가 이런 말까지는 안 하고 싶지만 니들 할머니가 그리 일찍 돌아가신 것도 그놈 탓이었다. 아버지는 이런 식으로 삼촌의 인생을 요약해서 냉정하고 잔인하게 평가해버리곤 했다. 어머니는 좀 달랐다. 삼촌 이야기가 나오면 아련한 눈빛으로 삼촌과 얽힌 사연 몇 가지를 들려주곤 했다. 그 시절에는 니들 아버지가 접대니 뭐니 하며 하루라도 술에 떡이 되어 돌아오지 않는 날이 없었다. 대학생이던 삼촌은 그런 적이 없어. 친구들과 어울려 술자리에 참석은 했지만 술에 취해 돌아온 적은 한 번도 없었으니까. 그러고는 가만히 내 옆에 앉아서 재미있는 이야기를 들려주곤 했어. 언제였더라. 니들 어릴 때 살았던 그 동네 시장 골목 말이다. 난 거기가 참 무섭더라. 누가 해칠 것 같아서가 아니라 장을 보고 돌아오는 길이 참 허전해서 무섭더라. 호떡 하나도 돈이 아까워 못 사먹던 때였는데 어느 날인가는 삼촌을 골목 입구에서 마주쳤어. 형수님, 이리 주세요 하면서 장바구니를 딱 채가더니 호떡을 주더라. 맘속으로 참 신기하네 했다. 누가 장바구니 좀 들어주면 좋겠다, 누가 식은 호떡이라도 한 장 주면 좋겠다, 이런 생각을 했거든. 그런데 말이다, 삼촌이랑 함께 살면서는 그런 순간이 정말 많았다. 니들 아버지? 한 번도 없었어. 꼭 내가 힘들 때 울적할 때 쓸쓸할 때 울고 싶을 때면 귀신처럼 알고 삼촌이 나타나서는 웃겨줬던 거야. 그러면 우리는 조심스럽게 어머니는 삼촌 같은 사람을 만났어야 한다며 고개를 주억거렸다. 아버지 눈치가 심술을 부릴 것 같다 싶으면 아버지만한 사람도 드물지 않냐, 두 분이 별 탈 없이 살아왔으니 된 거 아니냐며 다독였다.

아버지만한 사람도 드물지 않느냐는 말이 반드시 맹탕인 것만은 아니었다. 아버지와 어머니는 같은 지방 소도시에서 나고 자랐다. 간신히 초등학교만 다닌 어머니와 달리 아버지는 대학을 나왔다. 먼 친척 하나 없는 서울로 혼자 올라온 아버지는 스스로 생활비를 벌었고 악착같이 공부해서 장학금을 받았다. 술 담배는 물론 그 흔한 미팅 한번 하지 않고 착실하게 학교를 다녔다. 한마디로 고지식한 젊은이였다. 아마도 아버지는 군대에서도 고문관 취급을 받았을 거였다. 아버지는 졸업과 동시에 취직했다. 외국계 기업이라 제법 괜찮은 직장이었지만 그 시절 사람들은 별로 알아주질 않았다. 그즈음 고향에서 혼담이 오갔는데 맞선을 보기로 한 여자가 결혼하기 싫다며 서울로 도망가버렸다는 소식을 들었다. 아버지는 회사 근처에 하숙을 구해 살고 있었다. 음식 솜씨가 형편없는 안주인 때문에 하숙을 옮기고 싶었지만 하필이면 그 안주인이 고향 사람이었다. 안주인은 아버지를 동생 같다며 아꼈고 날마다 맛없는 밥상을 차려주었다. 어느 휴일에 안주인이 은근한 목소리로 물었다. 동생도 슬슬 결혼 준비를 해야지. 혹시 혼담 들어온 거 있어? 아버지는 고개를 저었다. 그럼 내가 참한 고향 아가씨 하나 소개해줄까? 아버지는 선선히 고개를 끄덕였다. 아직 어린 친척 동생인데 손끝이 야무져서 음식 솜씨가 기가 막혀. 그 말에 아버지의 마음은 반쯤 기울어버렸다. 약속 시간보다 조금 일찍 다방에 간 아버지는 여느 여자들과는 달리 먼저 와서 기다리던 그 사람에게 마음이 벌써 거의 기울어버렸다. 이런저런 대화를 나누던 아버지가 정신을 번쩍 차린 건 왜 혼자 서울에 올라와서 고생하느냐고 물었을 때 고향에서 어른들끼리 혼담이 오갔는데 결혼하기 싫어서 도망쳐왔다는 대답을 듣고서였다. 그 순간에 아버지의 마음은 반쯤 돌아섰다. 아버지는 혼담이 오간 사람이 어떤 사람이냐 물었고 그 여자는 왜 그런 걸 묻는 거냐며 머뭇거렸지만 서울에서 대학을 나와 직장을 다니는데 홀어머니와 동생이 둘 있는 단출한 집안의 장남이라는 것밖에 모른다고 답했다. 사진 한 장 안 봤냐고 묻자 여자는 손으로 입을 가리며 부스스 웃었다. 그냥 그랬어요. 아버지는 달아오른 얼굴을 감출 방법이 없어 횡설수설했는데 이미 마음은 거의 돌아선 뒤였다. 남자 얼굴 파먹고 살 건 아니잖아요. 맞아요. 그냥 재미없게 생겼어요. 웃을 줄 모르는 얼굴 같았어요. 아버지는 현명하게도 그게 바로 나라는 말은 하지 않았다. 아버지가 난생처음으로 거울을 그처럼 오랫동안 들여다본 건 여자와 헤어지고 돌아온 그날 밤이었다. 불을 끄고 자리에 누워서도 잠이 오기는커녕 가슴이 두근거렸다. 이상한 건 그 여자가 싫지 않다는 거였다. 여자를 알지 못하던 순간으로는 되돌아갈 수 없을 것 같았다. 그뒤로 여자와 몇 번 더 만나며 탐색을 해보았지만 여자는 전혀 모르는 눈치였다. 심지어 여자는 아버지에게 미남이라고 했을 뿐만 아니라 웃는 얼굴이 참 보기 좋다는 말까지 했다. 물론 훗날 어머니는 그런 말을 한 적이 없다고 단호하게 부정했지만 아버지는 그런 칭찬을 여러 번 들었다고 확신했다. 일 년 뒤 두 사람은 결혼하여 부부가 되었다. 신혼부부는 배짱도 좋게 대출을 받아 구로에서 안양천을 건너 그리 멀지 않은 곳에 있는 경인선 부근의 신축 주택을 덜컥 구입했다. 어머니는 종종 이런 말을 했다. 내 집인데도 내 집 같지는 않았지. 은행이 주인인 집에 잠시 세 들어 산다는 생각이 더 컸어. 이자 갚느라 쫓기는 기분으로 살아서인지 그 집을 떠올리면 그때 느꼈던 불안까지 떠올라. 하지만 이 무모한 선택은 결과적으로 괜찮은 선택이었다. 한 십여 년 살다보니 집값이 올랐고 집을 처분할 때에는 은행빚을 갚고도 꽤 많은 돈을 쥘 수 있었다. 경인선을 따라 삼사 년에 한 번씩 집을 갈아타며 서울 중심부로 다가가는 여정이 그때부터 시작된 셈이었다. 어쨌든 그 집에서 어머니는 삼촌을 거두었고 우리 남매를 낳았다.

결혼 뒤 아버지와 어머니는 전혀 다른 사람이 되었다. 수틀리는 일이 있으면 집을 뛰쳐나올 정도로 강단 있던 여자는 우울증을 앓으면서도 살림을 억척스럽게 일구는 재미없는 사람이 되었고, 소심하고 고지식한데다 융통성도 없던 남자는 착실하게 승진하면서 능력보다 좋은 대우를 받는 허풍쟁이가 되었다. 아버지는 여느 사내들과 전혀 다르지 않아 새벽같이 집을 나갔다가 밤늦게 돌아왔고 휴일이면 늘어지게 잠을 자거나 후줄근한 차림으로 겨우 동네 슈퍼나 다녀올 뿐이었다. 대학 진학을 위해 서울로 올라와 함께 살던 삼촌이 아니었다면 그 시절의 당신들에게 추억이라 할 만한 일은 전혀 없었을 것이다. 어머니와 아버지 모두 정확한 연도는 기억하지 못했지만 어머니 생일 기념으로 영화를 보았다는 사실은 분명하게 기억했다. 젊은 당신들과 삼촌, 이렇게 세 사람은 영화를 보고 외식을 하기로 했다. 표를 미리 구해놓지 않아서 가장 가까운 극장을 찾아갔다. 〈우리에게 내일은 없다〉가 상영중이었다. 거의 십 년 전에 개봉해 흥행에 성공한 영화였고 예전부터 들어서 잘 알고 있는 영화이기도 했다. 저게 지금도 하네. 이건 아버지의 반응이었다. 구닥다리 영화 말고 최신 영화를 상영하는 개봉관을 찾아가자는 아버지의 말이 끝나자마자 어머니가 혼잣말처럼 차분하게 물었다. 오늘이 누구 생일이지요. 아버지는 어깨를 으쓱했다. 정말 이게 보고 싶단 말야? 삼촌이 지혜롭게 조언을 했다. 형님, 오늘만은 형수님 뜻대로 해요. 어쨌든 당신들은 약간의 호기심을 품은 채 극장에 들어섰다. 오랫동안 수많은 영화관을 떠돈 탓에 필름 상태가 좋지 않아 자주 끊어졌고 화면도 거칠었지만 영화는 인상적이었다. 하필이면 왜 그 영화였을까. 우리에게 내일은 없다. 이 제목은 특히 어머니의 마음을 뒤흔들었다. 어머니의 눈에는 나에게 내일은 없다로 보였으니까. 그런 점에서 보자면 어머니야말로 영화에 가장 순수하게 몰입한 관객이었다. 삼촌은 이미 그 영화를 한 번, 아니 여러 번 본 사람처럼 굴었다. 그런 이야기에 열광하기에는 너무 늦었다고 느꼈는지도 모른다. 그러나 영화에 진짜 충격을 받은 사람은 아버지였다. 아버지는 보니와 클라이드가 수십 발의 총탄을 맞아 벌집처럼 구멍이 나서 죽는 마지막 장면에서 벌어진 입을 다물지 못했다. 어머니의 설명을 따르면 집에 돌아와서 잠들 때까지도 벌어져 있었다고 한다. 아버지의 감상평은 졸렬하기 짝이 없어서 그 영화를 한 편의 교훈극으로 여겼다. 젊은 놈들이 내일이 없다는 듯이 천방지축으로 날뛰면 비참하게 죽는다. 이게 아버지 가슴에 새겨진 교훈이었다. 언젠가 누나가 그 영화의 CD를 구해와서 아버지와 어머니 그리고 우리 남매, 이렇게 온 식구가 둘러앉아 본 적이 있다. 퍽 오래된 영화인데도 감각적이고 세련되어서 그 시절 사람들에게 무척이나 충격적이었으리라는 걸 납득할 수 있었다. 물론 오랜 세월 동안 당신들도 다른 많은 영화를 보았을 테고 어쩌면 아무리 충격적인 영화라 해도 당신들이 살면서 겪어야 했던 일들만큼 강렬하지는 않았을 테지만 그 시절의 어머니와 아버지 그리고 삼촌은 아직 그런 일들을 덜 겪은 젊은이들이었다. 기억에 남는 젊은 시절의 영화를 늙은이가 되어 다시 볼 때 어떤 기분일지 사실 우리 남매는 알 수 없었다. 그렇다 해도 당신들이 어떤 반응을 보일지 예상은 해볼 수 있었는데 어머니와 아버지의 반응은 우리가 기대한 것과는 사뭇 달랐다. 어머니는 영화 내용을 기억하지 못하는 듯했다. 처음 보는 영화 같다고 했다. 그에 비해 아버지는 기억력이 좋은 편이 아니었음에도 다음 장면이 어떻게 이어지는지를 정확히 언급해 우리를 놀라게 했다. 아버지의 감상평도 예전과는 달라져서 철없는 젊은이의 객기를 거론하는 대신 보니와 클라이드가 치밀하지 못해 경찰의 매복에 걸렸다며 당신이라면 어떤 방식으로 경찰을 따돌릴 것인지, 어떻게 푼돈이 아닌 거액의 은행털이에 성공해 완벽하게 잠적하여 호의호식할 것인지를 노련한 사기꾼처럼 자세하게 설명했다. 이 설명 덕분에 아버지의 감상평이 겉보기만 다를 뿐 전혀 달라진 게 없음을 우리는 알게 되었다. 아버지는 이 빌어먹을 세상에서 멋지게 한탕을 하여 남부럽지 않게 살 수 있으려면 치밀하고 완벽해야 한다는 교훈을 찾아낸 거였다. 그게 아버지의 지론이기도 했다. 아버지는 한 번도 보니와 클라이드의 사랑에 대해 말한 적이 없었다.

사랑이라니. 그런 이야기는 어머니도 한 적이 없었다. 영화를 다 보고 난 뒤 어머니는 무언가를 생각해내려 애썼다. 떠오를 듯 말 듯한 이야기. 손에 잡힐 듯 말 듯한 무언가가 어머니를 조금 괴롭혔다. 이윽고 찌푸려진 눈살이 천천히 펴지더니 그늘이 걷힌 이마 위로 환한 빛이 어른거렸다. 어머니가 기억해낸 건 클라이드의 형이 들려준 농담이었다. 그 형은 클라이드를 처음 만났을 때 들려준 농담을 인질로 붙잡은 두 남녀에게도 똑같이 들려주었다. 농담은 이런 내용이었다. 어떤 작자가 술을 전혀 마실 줄 모르는 자기 어머니에게 술을 조금 섞은 우유를 준다. 어머니는 처음에는 인상을 찌푸리지만 아들이 매일 갖다주는 그 우유에 길들여진다. 어느 날 어머니가 아들에게 말한다. 얘야, 그 암소는 절대 팔지 말거라. 어머니는 이 유쾌한 패륜아 농담에서 삼촌을 떠올렸다. 언젠가 삼촌이 이와 똑같은 농담을 들려준 적이 있는 것 같다고 했다. 어머니가 헷갈렸을 가능성도 없지 않았다. 젊은 시절의 삼촌은 농담을 즐겼으니 영화에서 본 장면과 평소 삼촌의 모습이 겹쳐 구분하기 어렵게 되었을지도 모르니까. 진실이야 무엇이든 어머니는 이렇게 덧붙였다. 삼촌이니까 그렇게 생각했을 거야. 삼촌이니까. 우리는 무슨 뜻이냐 물었고 어머니는 삼촌이 한 번도 어머니에게, 그러니까 우리의 할머니에게 그런 농담을 하거나 실없는 행동을 하지 않아서였다고 말한 뒤 이렇게 덧붙였다. 친어머니한테라면 그랬을까 하고 생각했던 모양이야. 우리는 서로의 얼굴을 바라보았다. 친어머니라뇨. 몰랐니. 삼촌은 니들 아버지의 배다른 동생이잖아. 니들 할아버지가 난봉꾼이었다는 뜻이지. 수십 년을 아버지의 친동생으로 알고 살았으니 놀랍다면 놀라운 일이었다. 다만 우리가 그런 일에 깜짝 놀라기에는 제법 나이를 먹었던지라 실제로는 담담했으나 조금 놀란 표정을 지을 줄도 알았다. 그 시절에야 다섯이 모이면 그중 한 명쯤은 서자이거나 비슷비슷한 사연이 있기 마련이어서 난 아무렇지도 않았는데 삼촌이 그걸 자꾸 의식하는 것 같더라. 그래서일 거야. 삼촌이 원하는 게 있어도 똑바로 말을 못하고 빙 돌려서 말하는 습관이 생긴 거나 난처한 상황에선 농담이나 우스운 이야기로 회피하려 했던 것도 말야. 누나에게 들으라고 하는 말임을 알았지만 누나는 불쾌해하지 않았다. 내가 놀랐던 건 어머니가 그 영화를 제대로 이해했다는 점이었다. 겨우 초등학교밖에 나오지 못한 어머니가 누구보다 더 정확하게 클라이드의 형이 왜 그런 농담을 했는지를 이해했다고 나는 믿었다. 그 농담은 영화에서 직접 언급되지 않는 두 형제의 과거, 두 형제의 어머니, 두 형제가 어떤 유년 시절을 보냈는지를 에둘러 말해주는 것임을. 형제가 감옥을 전전하는 삶을 살게 된 희미한 근거임을 어머니는 알아보았다. 동생에게 농담을 들려주는 형이 정말로 하고 싶은 말은 무엇이었는지를 상상해야만 한다는 것도. 그런 사실을 처음 그 영화를 본 젊은 시절의 어느 날, 당신의 생일이기도 했던 그날 이미 알았으리라는 걸 나는 깨달았다.

삼촌 이야기가 나오자 아버지는 못 들은 척하며 자리를 피했다. 어머니는 여전히 과거로 돌아가 거기에 머물고 있는 듯한 눈빛이었다. 까맣게 잊었는데 갑자기 떠오른다. 지금이야 아이 낳은 여자들이 우울해하면 관심 있게 지켜보며 보살펴주지만 그때는 그게 아프다는 신호라는 것도 우울증이라는 것도 몰랐잖니. 그냥 아이 낳아서 힘든 거라고만 생각들 했으니까. 힘들지 않은 사람은 없으니까 내색도 할 수 없고 병은 깊어가는데 그걸 병이라고 생각해주는 사람도 없고…… 어느 날인가는 나란히 누워 잠든 내 새끼들을 내려다보는데 와락 모가지를 졸라서 죽여버리고 나도 죽고 싶다는 생각이 들더라. 어머니는 잠시 당신의 두 손을 내려다보았다. 그때 콱 목을 졸라버리지 그러셨어요, 그랬으면 좀 편하게 사셨을 텐데. 나는 너스레를 떨었다. 웃자고 한 말이었는데 내 말에 웃는 사람은 아무도 없었다. 어머니는 고개를 들고 나이 마흔이 코앞에 이른 당신 새끼들의 얼굴을 찬찬히 들여다보았다. 차마 그러지는 못해서 목이라도 매달까 하고 끈을 찾는데 결혼 전에 쓰던 핸드백이 우연히 눈에 들어온 거야. 나들이 차림으로 옷을 갈아입고 핸드백을 들고 집을 나갔다. 다시 돌아오지 않을 생각으로 나갔어. 나가기 전에 너희들 얼굴을 이렇게 찬찬히 보았어. 잘들 자더구나. 원수 같은 새끼들을 뒤로하고 내 집이지만 내 집 같지 않은 집을 나가는데 한 걸음씩 멀어질 때마다 마음이 후련해지기는커녕 저것들이 잠에서 깨면 배고프다며 엄마를 찾겠지, 만약 이대로 영영 이별이면 저것들을 누가 키워주려나, 뭐 그런 걱정만 떠오르더라. 그렇게 뛰쳐나오긴 했는데 어디로 가야 할지도 모르겠는 거야. 고향에서 도망쳐나올 때는 서울로 가겠다는 목표가 있었는데 여기가 서울이구나 싶으니까 외려 질정없는 발걸음이 되더구나. 결국 그 동네조차 떠나지 못하고 근처만 맴돌다가 밤이 되었어. 아이들도 하나 없는 어두운 놀이터에 앉아 있었다. 눈물을 조금 흘렸나. 누가 내 앞에 멈춰서는 기척이 느껴졌어. 어머니는 한숨을 내쉬었다. 삼촌이었군요. 그래, 삼촌이었다. 삼촌은 내가 왜 거기에 있는지 다 아는 것 같았지. 아무것도 묻지 않았어. 그러더니 형수님…… 하면서 이야기를 하더라. 너무 어린 시절에 아버지 집에 들어갔던 터라 친엄마에 대한 기억이 없었단다. 하지만 언제부턴가 이상하다는 생각이 들더래. 어머니가 어머니 같지 않고 형이 형 같지 않고 누나가 누나 같지 않더란다. 나중에는 아버지도 아버지 같지가 않았다지. 이해가 가는 이야기였어. 아무리 어렸다 해도 한 해 한 해 지날수록 분별이 생겼을 테고 여느 집 막내와는 좀 다른 대접을 받으며 산다는 게 이상하지 않을 수 없었을 테니. 식구들 가운데 누구도 그런 말을 한 적이 없는데도 삼촌은 알 것 같았단다. 삼촌을 구박하지는 않았지만 살갑게 대하지도 않았지. 어쩌면 그게 더 무시무시했을지도 모르지. 그래서 어느 날 집을 나갔대. 친엄마를 찾겠다는 생각으로. 그 어린 녀석이 대체 어디로 가야 하는지 어떻게 알 수 있었겠니. 저도 형수님처럼 동네를 벗어나지 못하고 근처만 맴돌았어요. 그러다가 어느 골목 쓰레기통 앞에 앉았는데 저멀리 형이 보이더라구요. 나를 찾아왔나 싶어 쓰레기통 옆에 숨었지요. 형은 나를 못 보고 지나쳐갔는데 형을 뒤따라가고 싶더라구요. 형은 지금도 그렇지만 그때도 참 둔해서 내가 미행하는 줄을 전혀 모르더라구요. 그 말에 우리는 함께 웃었단다. 형은 나를 찾아오라는 어머니의 말을 듣고 나오긴 했지만 짜증이 났을 거예요. 나 같은 거 사라져도 형은 별 감흥이 없었을 테니까요. 그리고 지금이 놀이터 같은 곳을 지날 때였어요. 거기는 우리 동네에서 조금 떨어진 곳이라 모르는 애들만 있거든요. 형도 그곳은 거의 가본 적이 없었을 거예요. 그런데 형이 거기에 간 거예요. 제가 남몰래 혼자 가는 곳인데 그걸 형이 어떻게 알았을까요. 그게 궁금하더라구요. 내가 여기에 오는 건 아무도 모르는데 형은 어떻게 알고 왔지. 형은 아이들에게 나를 보았냐고 물었어요. 다들 고개를 저었는데 어떤 녀석이 내 욕을 좀 한 모양이에요. 뭐 텃세를 좀 부린 거지요. 형이 만만하게 보였던 거구요. 형이 그 녀석의 멱살을 잡더니 대번에 땅바닥에 꽂아버리더군요. 정말 놀랐어요. 형수님도 아시겠지만 형이 좀 고지식하잖아요. 머리는 나쁜데 모범생처럼 보이려 애쓰는 얼간이잖아요. 그 말에도 우리는 함께 웃었단다. 그러고 보면 삼촌이 이야기하는 동안 그 이야기에 쏙 빠져서 여태 우울한 심사였다는 것마저 깜빡 잊었던 것 같아. 어쨌든 삼촌은 계속 말했지. 결국 형은 여러 놈이 달려드는 바람에 버텨내질 못하고 좀 두들겨맞았어요. 어떤 어른이 고함을 치며 달려오지 않았다면 호되게 당했을 거예요. 아이들은 도망쳐버렸고 형은 툭툭 털며 일어나더니 마구 욕을 하더군요. 형이 그렇게 상스러운 욕을 하는 것도 처음 보았지요. 어느새 어둑어둑해졌고 형은 포기한 듯 돌아갔어요. 그런 줄 알았는데 형은 아픈 곳을 손으로 문지르고 절뚝거리면서도 저를 찾아 여기저기를 헤매더군요. 참 많이 망설였어요. 결국 저는 형이 지나갈 만한 곳에 먼저 가 있었어요. 저를 발견한 형이 성큼성큼 다가오는 게 보였어요. 몇 대 맞겠구나 싶었지요. 그래도 참고 맞아주려 했어요. 형도 분명 그럴 생각이었을 거예요. 다짜고짜 몇 대 쥐어박고 집으로 끌고 가야지, 이렇게 생각하는 게 눈에 보일 정도였으니까요. 그런데 형의 눈길이 제가 멘 가방을 쓰윽 훑더군요. 둔한 형도 알았나봐요. 제 가방을 낚아채더니 지퍼를 열고 들여다보더군요. 그러고는 이렇게 말했어요. 겨우 감자 두 알. 이거 가지고 가다가는 발병도 나기 전에 굶어죽겠다. 저도 모르게 웃었어요. 아마 활짝 웃었을 거예요. 형이 그런 농담도 할 줄 알다니 하면서요. 형은 가방을 메더니 제 손을 꼭 잡았어요. 그리고 함께 집으로 돌아갔지요. 그때 저는 앞으로 어떤 일이 있든 무슨 일을 겪든 이 집에서 죽겠다고 마음먹었어요. 형수님…… 그 목소리가 지금도 생생해요. 내 동생 건들면 다 죽여버린다, 개새끼들아. 믿기지 않으시죠. 저도 그래요. 그런데 그때 형은 그렇게 말했어요. 도망치는 아이들 뒤통수에 대고요. 그러더니 삼촌이 소리없이 울더라. 어쩔 수 없이 삼촌을 위로해야 했지. 삼촌을 위로하는 동안 나도 묘하게 위로받는 기분이 들었어. 그게 삼촌의 방식이었던 거지. 내 이야기를 한마디도 하지 않으면서 내 이야기를 다 해준 듯한 기분, 내 말을 다 들어준 듯한 기분이 들었으니까. 얼마나 시간이 흘렀을까. 울음이 잦아들었는지 삼촌이 목소리를 가다듬고 말하더구나. 그때 알았던 것 같아요. 둔한 사람이란 정말 둔한 사람이 아니라 어떤 일을 일부러 무시하고 지나치는 사람을 뜻할 수도 있다는 걸요. 형수님, 형은 아마 먹고사는 일, 자기 가족을 지키고 건사하는 일이 아니라면 다 무시할 거예요.

어머니의 이야기가 끝난 뒤 우리는 각자 생각에 잠겼다. 내 경우에는 지금 삼촌은 어디에서 무엇을 할까, 살아는 있는 거겠지, 이런 생각을 했다. 누나도 어떤 생각에 잠기기는 했으나, 얕은 줄 알고 발을 담갔다가 생각보다 깊어 화들짝 놀라며 꺼내는 것처럼 그 생각에서 서둘러 빠져나왔다. 그렇다고 내 돈 떼먹고 도망간 게 용서되지는 않아. 누나의 말에 어머니는 천천히 고개를 끄덕였다. 그러니까 이 이야기는 조카의 돈을 떼먹고 도망가버린 삼촌과 삼촌에게 돈을 떼인 조카의 화해로 끝나야 할 것 같았다.

나와 누나의 이야기라면 그런 식으로 결말을 지을 수도 있었다. 우리는 남매 작가였다. 물론 독자는 우리가 남매라는 걸 몰랐다. 스토리는 내가 쓰고 그림은 누나가 그렸다. 우리에게 자신감을 불어넣어준 건 유머 감각이라곤 전혀 없는 한 사람이 가족을 비롯한 주위 사람들의 환심을 사기 위해 어설픈 농담을 구사할수록 그들에게 외면을 당하면서 겪는 일상적인 이야기들을 담은 첫 작품이었다. 이 사람은 결국 고립되고 격리되어 쓸쓸하게 죽을 운명인 것처럼 보였다. 그러나 주위 사람들이 저마다의 위기에 처했을 때 뜻밖에도 이 사람의 어설픈 농담에 용기를 얻게 되어 극적으로 관계가 회복되고 화해를 한다는 줄거리였다. 우리는 이 작품으로 누나가 회사에 다닐 때 받았던 연봉에 버금가는 돈을 두 달 만에 벌었다. 우리는 자신감을 갖고 일에 뛰어들었다. 그때만 해도 삼촌이 어디에서 무얼 하는지 어떻게 사는지 우리 식구 모두가 알았다. 삼촌은 명절이나 제사 혹은 생일 따위를 잊지 않고 소식과 안부를 전하거나 선물을 들고 직접 나타나기도 했다. 직접 나타나면 그동안 읽은 지루한 소설들에서 느낀 점을 정말로 지루하게 들려주었고 내가 아는 지루한 소설이 있다면 주저하지 말고 추천해달라 했다. 말이 쉽지 실제로는 쉽지 않은 일이었다. 지루한 소설을 끝까지 참고 읽는 사람이란 드물기 때문에 이 책이 정말로 지루한지 그렇지 않은지를 판단하기가 쉽지 않았고 일단 지루할 것 같다 싶으면 아예 읽지 않는 경우가 더 많아서였다. 삼촌은 지루한 소설에 정통한 사람이어서 무슨 책을 추천하든 그건 별로 안 지루해, 지루하기는커녕 눈 깜빡할 새에 다 읽어버릴 소설이야, 하면서 고개를 저었다. 그럼에도 삼촌이 읽어야 할 지루한 소설은 아직도 많았다. 가끔은 신기하기도 했다. 지루하기로 정평이 난 소설을 그토록 많이 읽어왔음에도 여전히 읽어야 할 지루한 소설이 많다는 건 이 세상 어딘가에서 누군가가 지금 이 순간에도 지루하기 짝이 없는 소설을 쓰고 있다는 뜻일 테니까. 그리고 나 역시 그런 사람 가운데 하나였다. 삼촌이 나를 좋아했던 이유도 내가 그런 소설을 쓰는 사람이었고 언젠가 당신을 흡족하게 할 만큼 완벽하게 지루한 소설을 쓸 수 있다고 믿어서였을지도 모른다.

어머니에 따르면 내가 지루한 소설을 쓰게 된 건 결국 삼촌 때문이었다. 삼촌이 대학을 다니던 시절에는 사회적으로 뒤숭숭한 일이 잦아 휴교령이 내려진 건 아니더라도 휴교한 것과 마찬가지인 날들이 흔했다. 내가 태어날 무렵에는 군대가 대학 교정에 들어와 상주했다고도 했다. 일찌감치 군대를 갔다 온 삼촌이 복학했을 때 군인은 없었지만 대신 사복경찰이 상주했다. 대학생들은 경찰의 눈을 피해 전단지를 뿌리거나 구호를 한 번 외친 뒤 늘씬 얻어맞고 어디론가 끌려가기 일쑤였다. 삼촌은 시간이 남아돈다고 해서 놀러 다닐 사람은 아니었다. 학교에 가지 않는 날이면 작은 방에 틀어박혀 꼼짝 않고 공부를 했다. 밤이면 공단 근처의 야학에 가서 기술이나 공업 과목을 가르치기도 했다. 그러면서도 어머니의 잔심부름을 군말 없이 해주었고 어머니의 기색을 살피며 조금이라도 울적해하는 기미가 엿보이면 즐겁게 해주려 애썼다. 삼촌이 늘 그 일에 성공했던 건 아니었다. 삼촌의 순박하고 실없는 농담에 어머니도 가끔 짜증이 났지만 그즈음 어머니는 삼촌을 받들어 모셔야 할 도련님이 아니라 허물없는 친동생처럼 여기고 있었기에 그럭저럭 참아낼 수 있었다. 어머니는 이렇게 덧붙이곤 했다. 삼촌이 공부하는 걸 보기만 해도 머리가 지끈거리더라. 토목공학이라는 게 결국은 길 닦고 다리 놓고 물 가두는 거 아니냐. 하루종일 삽질하고 공구리 치는 걸 공부한다는 게 어디 제정신으로 할 수 있는 일이겠니. 이렇게 재미없는 공부를 하는 사람이니까 좀 실없는 농담을 하더라도 이해해줘야지 했다. 삼촌은 실제로 쓸모 있는 토목공학도였다. 담장이나 수돗가처럼 보수가 필요한 곳은 삼촌의 손길이 닿으면 말끔해졌다. 삼촌은 직접 산이나 개천가에서 모래흙을 퍼다 날라 체로 거른 뒤 정확한 비율로 시멘트와 섞어, 어머니 말마따나 공구리를 쳤다. 삽과 곡괭이뿐만 아니라 미장이들의 작업도구가 창고에 차곡차곡 쌓여갔다. 삼촌은 콘크리트를 사랑했고 어떤 점에서는 운명적인 사랑이기도 했다. 콘크리트가 양생되는 데 시간이 필요한 것처럼 삼촌 역시 무언가를 받아들여 자신의 것으로 삼기까지 시간이 필요했다. 그런 탓에 삼촌은 오해를 받았다. 좋은 일이거나 나쁜 일이거나 반응이 느려서 무심하거나 무정한 사람으로 여겨지기도 했다. 그러나 그건 어머니의 눈에 비친 삼촌의 일부일 뿐이었다. 삼촌과 콘크리트가 진짜로 닮았다고 할 만한 부분은 콘크리트가 양생되는 시간보다는 그것이 절정에 도달하는 시간과 관련이 있었다. 창고를 짓거나 담을 쌓을 때 흔히 쓰는 시멘트블록은 양생되기까지 닷새 정도면 충분했다. 그 정도면 무얼 짓는 데 쓰더라도 상관없을 만큼 단단했다. 그러나 그 상태는 시멘트블록이 단단해질 수 있는 한계치의 구십 퍼센트 정도라고 할 수 있었다. 닷새면 충분히 단단해질 수 있지만 나머지 십 퍼센트를 채우려면 삼십 년 동안의 양생 과정을 거쳐야 했다. 삼촌도 그와 비슷해서 어떤 고통을 고통으로 오롯이 받아들이기까지 열흘이 걸렸다면 그 고통의 최대치를 느끼기까지는 백 년이 필요한 사람이었다. 이 유사성의 절정은 결국 시멘트블록이 대부분 삼십 년을 버티기 전에 재개발 등으로 사라져버리듯 삼촌 역시 그렇게 될 때까지 살 수 없다는 데 있었다. 삼촌이 아무리 오래 산다 해도 백 년 이상은 못 살 테고 삼촌이 죽는 순간 그때까지 삼촌이 겪었던 일들 가운데 가장 오래된 일마저도 구십오 퍼센트 정도에 멈춰 있을 거였다.

삼촌은 대학 시절만이 아니라 직장에 다니면서도 우리집에서 살았다. 삼촌은 독립하는 게 도리라고 여겼지만 어머니는 삼촌과 함께 살고 싶어했다. 아버지도 삼촌을 붙잡았다. 삼촌이 아버지의 빈자리를 착실하게 채워줬기 때문이기도 하고 아버지가 다니던 외국계 회사가 그즈음 불안정해서이기도 했다. 아버지 회사만의 문제는 아니었다. 당시 모든 산업 분야에서 생산력은 폭발적으로 늘었는데 노동자들의 처우는 나아진 게 없었다. 대학생들은 공장에 위장 취업을 해서 노조를 결성한 뒤 파업을 선동했고 사측은 위장 폐업을 하거나 아예 사업장을 폐쇄하는 식으로 대응했다. 토목기사 자격증까지 취득한 삼촌은 무난하게 직장을 구할 수 있었다. 각종 대형 토목공사를 수주하면서 몸집을 불려가던 기업이었다. 신입이라서 그랬는지 삼촌은 출장이 잦았고 집에 들어오지 못하는 날도 많았다. 그때 누나는 중학생이었고 나는 아직 초등학생이었다. 우리가 어렸을 때와 마찬가지로 삼촌은 우리와 많은 시간을 보내려 애썼지만 누나와 나는 이미 가족보다는 친구들과 어울리는 데 푹 빠진 나이였다. 누나는 사춘기였을 것이다. 그 시기 우리집도 부침을 겪었다. 아버지 회사가 직영하는 공장에서 파업이 일어났고 파업 대표단이 본사가 있는 독일로 원정 시위를 갔다. 본사는 폐업만은 하지 않겠다는 입장이었지만 사원들 사이에는 비록 당장은 아니더라도 결국 그렇게 되고야 말 거라는 소문이 떠돌았다. 어머니와 아버지가 머리를 맞대고 의논하는 모습을 난생처음 보았던 우리는 뭔가 심각한 변화가 도래했음을 느꼈다. 그리고 당신들이 처음으로 장만한 집을 팔고 이사를 갔다. 더 작은 집이었는데도 이전 집보다 비쌌다. 이사 가던 날 마지막까지 옛집을 둘러본 사람은 삼촌이었다. 그곳에는 우리 가족의 한 시절이 깃들어 있었고 삼촌의 흔적도 곳곳에 남아 있었다. 초여름이었고 붉은색 여름꽃들이 막 피어나려던 때였다. 작고 붉은 봉숭아 꽃잎이 햇빛을 받아 반짝거렸다. 그 꽃들이 자란 화단을 가꾼 사람도 삼촌이었다. 자연석으로 만든 화단의 경계석은 얼마나 교묘하게 쌓았는지 다듬어진 돌로 그랬다 해도 믿을 만큼 매끈했다. 돌아보면 가장 젊었던 시절인 삼촌의 이십대 대부분이 그 집에 있었다. 마지막으로 그 집을 나서면서 삼촌이 무슨 생각을 했을지는 알 수 없었다. 다만 삼촌의 눈빛은 말할 수 없이 쓸쓸했다. 난봉꾼인 할아버지는 오래전에 돌아가셨지만 그때까지도 할머니는 고향에 남아 있었다. 할머니는 일 년에 한두 번 그 집을 찾아와 며칠 머물다 갔는데 그때의 할머니가 딱히 삼촌을 남의 자식 보듯 했던 기억은 없었다. 그러므로 삼촌의 눈에 얼비친 쓸쓸함은 당신 자신과 깊은 관계가 있을 거였다.

내가 기억하기에 삼촌의 여자친구를 처음으로 보았던 날은 새집으로 이사를 간 당일은 아니었다. 하루나 이틀쯤 지나서였다. 짐 정리를 다 마치지 못해 어수선했는데 삼촌의 여자친구가 와서 하루종일 집안 정리를 도왔다. 그날 저녁에는 중국집에 가서 이사 당일에도 먹지 못했던 짜장면과 탕수육을 배가 터지도록 먹었다. 어머니는 동서 역할이 아닌 시누이 역할에 푹 빠져 꼬치꼬치 캐물었고 아버지는 근엄한 어른 역할을 하느라 말을 삼갔지만 한번 말을 하면 앞뒤가 맞지 않아 분위기를 망치곤 했다. 삼촌은…… 그냥 얼간이 같았다. 입을 벌린 채 다물 줄을 몰랐고 정말 저 사람이 우리가 알던 삼촌인가 싶을 만큼 얼빠진 바보가 되어 있었다. 삼촌의 콘크리트네. 누나는 이런 식으로 말했던 것 같다. 어쨌든 화기애애하면서 불안한 하루가 저물었고, 여자친구를 바래다주고 돌아온 삼촌과 아버지는 밤이 늦도록 이야기를 나누었다. 흥분한 아버지는 목소리를 낮추기는커녕 호통까지 쳐서 우리 모두 삼촌의 여자친구가 어떤 사람인지 알게 되었다. 한마디로 무시무시한 여자였다. 아버지의 회사는 노무관리에 철저했다. 그 시절의 외국계 기업은 일종의 치외법권을 가져 우리나라의 법보다는 본국의 법에 더 강하게 매여 있었다. 그런 사정을 아는 이들이 외국으로 항의 시위를 조직해 갔던 거였다. 회사가 가장 두려워하는 일도 본사에 현지의 분규가 알려지는 거였기에 원천적으로 분규 자체를 통제하려 애썼다. 아버지도 그런 일을 했다. 아버지가 회사에 출근해서 가장 자주 하는 일이 블랙리스트를 점검하며 불순분자들이 회사에 침투하지 못하게 미연에 방지하는 거였다. 그래도 노조가 결성되거나 파업이 일어나긴 했지만. 삼촌의 여자친구는 노무관리자 사이에서는 잘 알려진 사람이었다. 아버지는 삼촌에게 으르렁거렸다. 너 희숙씨가 어떤 사람인지 알아? 경찰서 정보과가 주시하는 사람이 아니야. 보안수사대가 관리하는 사람이라고. 다 알면서도 안 잡아가는 건 일망타진하기 위해 기회를 노리는 거야. 삼촌은 아버지에게 대들지 않았다. 삼촌은 묵묵히 듣고만 있었다. 나는 속으로 희숙씨, 희숙씨 하고 불러보았다. 왠지 정겨웠다. 다음날 아침 삼촌의 얼굴은 하얗게 질려 있었다. 말투와 행동거지는 평소와 다름없었지만 밤새 한숨도 못 잔 모양인지 삼촌의 두 눈에는 핏발이 서 있었다. 다녀오겠습니다. 원래 아버지보다 먼저 출근하는 삼촌이었지만 그날따라 평소보다 삼십 분이나 일찍 집을 나섰다. 삼촌은 깜빡했다는 듯 어머니를 돌아보았다. 참, 형수님, 제가 출장이 있어서 며칠 못 들어올 테니 걱정하지 마세요.

그날 삼촌은 출근은 했지만 조퇴를 했다. 얼굴이 하얗게 질려 있던 터라 조퇴는 순조로웠다. 삼촌은 희숙씨를 찾아가 집요하게 설득했다. 사실 아버지는 삼촌에게 거짓말을 했다. 희숙씨는 블랙리스트에 올라 있었지만 보안수사대가 관리한다고 해서 반드시 거물이라는 뜻은 아니었다. 아버지는 희숙씨가 상당한 재력가 집안의 딸이어서 보안수사대가 특별 관리를 하는 것뿐임을 알았는데도 삼촌이 오해하도록 내버려두었다. 아버지가 정말로 삼촌에게 하고 싶은 말은 이런 거였는데 내가 그걸 잘 아는 이유는 내게도 똑같은 말을 한 적이 있어서였다. 남자는 자기보다 좀 처지는 집안의 여자를 골라야 한다. 그래야 행복한 가정을 꾸릴 수 있는 거야. 아버지는 희숙씨 집안이 삼촌의 집안, 그러니까 바로 아버지를 비롯해 어머니, 할머니, 고모 그리고 우리 등등을 포함한 이 보잘것없는 집안을 심각하게 압도한다는 점이 걱정스러운 거였다. 아버지는 당신 세대의 평범한 겁쟁이다운 생각을 했을 뿐이지만 아무리 그렇다 해도 삼촌이 오해하도록 교묘하게 비틀어 이야기한 건 비겁한 짓이었다. 삼촌은 당신이 사랑하는 사람이 커다란 위험에 처했다는 생각에 사로잡혔고 어떻게든 도와줘야 한다고 결심했다. 몇 마디 말에 설득될 거라고는 삼촌 역시 믿지 않았다. 물론 블랙리스트에 대해서는 결코 언급하지 않았다. 두 연인의 말다툼은 점점 격렬해졌다. 우리는 눈으로 보지 않아도 삼촌이 어떤 방식으로 싸웠을지 알 수 있었다. 우리가 자주 목격한 말다툼은 물론 삼촌과 아버지 사이에서 일어난 것들이었다. 아버지는 훈계하고 비꼬고 호통치고 협박하는 쪽이었고 삼촌은 대체로 묵묵히 듣는 쪽이었다. 그럴 때마다 우리는 조마조마한 심정이었다. 저러다 언젠가 한 번쯤은 삼촌도 폭발하겠지 싶어서였다. 과연 삼촌도 폭발할 때가 있었다. 아버지는 늘 하던 대로 삼촌을 힐난했다. 젊은 녀석이 왜 꿈이 없어? 넌 대체 꿈이 뭐야? 그 말이 왜 삼촌을 자극했는지는 모르겠으나 삼촌은 아버지를 똑바로 쳐다보고 소리쳤다. 왜 꿈이 없겠어요. 저도 꿈이 있어요. 아버지는 흠칫 놀랐지만 기세를 누그러뜨리지는 않았다. 흥, 네까짓 게 꿈이 있다구? 그래 그 잘난 꿈이 뭔지 좀 들어보자. 삼촌은 거의 울먹이는 목소리로 말했다. 제 꿈은 우리 식구들, 어머니, 형님, 형수님, 누님 그리고 조카들 모두 대궐 같은 집에 모셔놓고 평생 떵떵거리며 놀면서 살 수 있게 부자가 되는 거예요. 그 말에 아버지는 입을 딱 벌린 채 한동안 아무 말도 못했다. 아버지 머릿속으로는 내가 지금 무슨 소리를 들은 거지, 이런 생각이 스쳐지나갔을 것이다. 우리도 그랬으니까. 결과적으로 보면 삼촌은 노련한 싸움꾼일 수도 있었다. 아버지와의 말다툼에서 한 번도 진짜로 져본 적은 없었으니 말이다. 어쩌면 그것마저 삼촌의 유머였을지도. 결국 삼촌이 연루된 말다툼이든 싸움이든 뭐든 결말은 싱거울 수밖에 없었다. 그러니 삼촌이 희숙씨와 아무리 격렬하게 다툰다고 해도 어떤 양상으로 진행되고 마무리될지 눈에 훤히 보였다.

삼촌은 정말 느린 사람이었다. 희숙씨와 다투는 동안 삼촌은 평생 한 번도 들어본 적 없는 비난을 들어야 했다. 삼촌은 희숙씨의 말 한마디 한마디에 상처를 받았지만 이 상처들이 커다란 충격이 되어 삼촌을 짓밟는 데에는 조금 더 시간이 필요했다. 그때까지 삼촌의 귓가에서는 희숙씨의 목소리가 한없이 맴돌게 될 거였다. 당신 같은 기회주의자들 때문에 세상이 바뀌지 않는 거예요. 삼촌에게 이런 비난은 부당했지만 희숙씨를 탓할 수는 없었다. 연인이 싸울 때에 서로에게 하는 말, 특히 맹목적인 비난은 거의 진심이 아니므로. 진심이 아니라 해도 상대방에게 상처를 줄 수 있다는 점에서 희숙씨에게도 전혀 책임이 없지는 않았다. 삼촌은 사랑하는 사람의 날선 말들에 가슴을 베였다. 그것만으로도 삼촌은 견딜 수가 없었다. 결과적으로 삼촌은 희숙씨에게 설득되고 말았다. 나중에 사건의 진상을 알게 된 뒤 모든 식구들이 깜짝 놀라지 않을 수 없었다. 며칠 만에 집에 들어온 삼촌은 우리 모두가 잠든 깊은 밤에 아버지의 서류가방을 뒤져 원하던 블랙리스트를 찾아냈다. 사랑에 빠진 이 용감한 클라이드는 밤새 그 서류를 베낀 뒤 원본을 무사히 가방에 되돌려놓았다. 삼촌은 그걸 희숙씨에게 넘겼다. 희숙씨는 삼촌이 베껴쓴 서류를 가지고 어딘가에 다녀왔다. 물론 빈손으로 돌아왔다. 삼촌과 희숙씨는 자주 가던 전통찻집에 앉아 앞일을 의논했다. 정체가 노출된 줄 몰랐던 몇몇 활동가들이 현장을 옮기거나 지하로 숨어들기로 해서 갑작스럽게 돈이 필요해졌다. 삼촌은 걱정하지 말라고 했다. 나 같은 기회주의자들이 그런 건 잘하거든요. 희숙씨는 쑥스러워하며 웃었다. 어쨌거나 삼촌은 그 돈을 고향의 할머니한테서 구했다. 독립을 할 생각으로 대출을 받았지만 돈이 부족하니 주선해주시면 좋겠다는 부탁을 할머니가 들어주었다. 삼촌은 이 일을 꽤나 은밀하게 해치워서 아버지는 한동안 눈치채지 못했다. 머지않아 아버지도 돈이 필요해졌다. 어머니와 아버지는 퇴직금을 챙길 수 있을 때 회사를 나오는 게 현명하다는 판단을 했다. 퇴직금과 대출금 등을 더해 시장에 점포를 낼 계획이었다. 회사만 다니던 아버지와 살림만 하던 어머니가 장사를 하기로 마음먹은 건 당신들에게는 일생의 중대한 결심이기도 했다. 아버지는 뒤늦게 삼촌이 할머니의 돈을 돌려쓴 걸 알게 되었다. 우리는 삼촌이 어른들에게 늘 듣던 몹쓸 인간들, 그러니까 소 판 돈을 훔쳐 도망간 후레자식과 곗돈을 떼먹고 도망간 계주 등과 같은 반열에 올라선 걸 알게 되었다. 사실 그 돈은 삼촌 몫의 유산을 먼저 챙긴 거라 할 수도 있었으니 아버지가 크게 억울해할 일은 아니었지만 그런 일을 아무도 모르게 해버렸다는 데 문제가 있었다. 날마다 얼굴을 마주 대하고 사는 삼촌이었는데 우리 식구 모두가 감쪽같이 속아넘어간 셈이었다. 아버지는 단단히 별렀지만 당신이 맞닥뜨린 문제가 심각했던지라 삼촌에게 신경쓸 겨를이 없었다. 그 이후 세월은 이런 식으로 흘렀다. 어머니와 아버지는 시장 입구에 점포를 얻어서 천냥하우스를 개업했다. 실패하면 모두 목매달아 죽자는 각오로 시작했다. 물론 그런 일이 생겨도 나는 빠져나갔을 테지만. 어쨌든 천냥하우스는 성공적이었다. 오 년 만에 웬만한 빚을 해결했다. 비슷한 상점이 여럿 생겨났지만 오륙 년을 더 운영한 뒤 점포를 넘기고 만화방을 삼 년쯤 노래방을 오 년쯤 했다. 그 시절부터 상호는 무조건 부부로 지었다. 부부만화방, 부부노래방. 그런 상호인데도 장사가 되는 게 신기했지만 한편으로는 부부가 성실하게 운영한다는 인상을 주어서 뜨내기손님보다는 단골손님을 잡는 데 도움이 되었던 듯도 하다. 마지막으로 피시방을 운영했지만 부부피시방은 썩 재미가 좋지 않았다. 마침내 당신들은 모든 일을 접고 은퇴했다. 당신들에게 남은 건 집 한 채였다. 아버지는 당신 식구만이 아니라 처가 식구들이 어려움을 겪을 때에도 흔쾌히 돈을 빌려주었다. 돌려받은 돈은 거의 없었지만 어머니와 아버지는 후회하지 않았다. 그때쯤 당신들은 노인네가 되어 있었고 누나와 나는 남매 작가가 되어 있었다. 삼촌은 다른 누구도 되지 않았다. 그저 늙었을 뿐이었다.

희숙씨가 사라진 뒤 망연자실한 삼촌은 끝내 직장을 그만두었다. 한동안 방황하던 삼촌은 고향으로 내려가 야학에서 그랬던 것처럼 중학교에서 기술과 공업 과목을 담당하는 임시 교사로 일했다. 몇 년 동안 고향을 떠나지 않던 삼촌은 할머니가 돌아가신 뒤 다시 서울로 올라왔다. 마찬가지로 어느 사립 중학교에서 같은 과목을 담당하며 임시 교사로 지냈다. 그때 삼촌은 이미 지루한 소설에 정통한 사람이었다. 삼촌은 종종 내게 의견을 구했고 나도 몇몇 소설을 추천해줬다. 내가 소설을 쓰겠다고 했을 때에는 묘한 방식으로 격려해주었다. 한없이 지루하고 지루하면 재미있어 보이기도 하는 거야. 물론 이건 누나의 말이었다. 우리 남매는 여느 남매처럼 투덕거리며 자랐지만 어머니와 아버지가 새벽같이 장사하러 나가고 밤늦게 초주검이 되어 돌아왔기 때문에 좋든 싫든 서로를 의지하지 않을 수 없었다. 나는 누나를 볼 때마다 이마에 새겨진 글자를 읽을 수 있었다. 인생 뭣 됐네. 그 글자는 한번 새겨진 뒤로는 결코 지워지지 않아서 지금도 볼 수 있을 정도다. 누나는 기획사에서 조감도 따위를 디자인하는 일을 했다. 누나가 내게 동업을 제안한 결정적인 이유는 여기저기 떠돌며 살던 삼촌이 느닷없이 나타나 누나한테 돈을 빌려 사라졌기 때문이었다. 누나는 크게 억울해하지 않았다. 삼촌에게 진 빚을 갚은 셈 치겠다고 했다. 물론 말뿐이었다. 이마에 새겨진 글자가 한층 더 선명하게 보였으니까. 너 그런 재미없는 소설 그만 쓰고 나랑 함께 일해보자. 나는 누나의 제안을 선선히 수락했다. 내가 다른 이야기를 쓸 수 있는 사람인지 확인하고 싶기도 했다. 성공에 대한 확신 같은 건 없었다. 일단 해보자는 식이었다. 돌아보면 결정적인 순간이 있었다. 첫 작품에서 주인공이 언제부터 실없는 농담을 즐기게 되었는지를 설정해야 했다. 직접적으로 언급하지 않더라도 작가인 우리는 비밀스러운 전제로 남겨두어야 했으니까. 이 문제를 의논할 때 나는 어렵사리 누나를 설득할 수 있었다. 유머에 눈곱만큼의 관심도 없던 주인공은 어느 날 도저히 참을 수 없을 만큼 속이 쓰려 병원에 갔다가 이런저런 진료 과정을 거친 뒤 위암 판정을 받는다. 죽는다는 게 먼일이 아니라는 생각이 든 주인공은 그때부터 주위 사람들과 좋은 추억을 만들기 위해 노력한다. 이게 그 인물에게 부여한 우리의 극적인 설정이었다. 누나는 진부하다며 거부했지만 나는 끝까지 우겼다. 첫 작품이 성공작이 된 뒤 누나가 물었다. 너 이 설정을 우긴 이유가 있었지? 나는 고개를 끄덕였다.

희숙씨가 사라지기 전에 두 사람이 마지막으로 만난 곳은 찻집이었다. 삼촌은 약속시간보다 삼십 분이나 일찍 그곳에 도착했는데 늘 함께 앉던 구석자리에 희숙씨가 먼저 와서 기다리고 있었다. 삼촌은 책을 읽는 희숙씨를 잠시 훔쳐보았다. 포장지로 커버를 씌운 터라 무슨 책인지는 알 수 없었다. 한 글자 한 글자를 성실하게 읽어가는 희숙씨를 보며 삼촌은 두 사람이 처음 서로를 알게 된 대학 시절의 야학을 떠올렸다. 삼촌에게는 아무것도 중요하지 않았다. 어차피 한번 음모를 꾸민 경험이 있던 삼촌은 블랙리스트를 베껴쓸 때 희숙씨의 이름을 빼는 일쯤은 아무렇지도 않게 할 수 있었다. 겁을 주고 설득하기 위해서라면 그대로 베껴쓰는 게 나았을 테지만 삼촌은 희숙씨가 아무런 언질도 없이 사라질까봐 두려웠다. 진실이야 알 수 없지만 나는 그렇게 믿는다. 삼촌은 희숙씨의 맞은편에 앉았다. 희숙씨는 읽던 페이지에 책갈피를 꽂은 뒤 책을 얌전히 덮었다. 미안해요. 처리해야 할 급한 일이 있어서 한두 시간 기다려달라는 말을 하려고 일찍 나왔어요. 삼촌은 불안하게 고개를 끄덕였다. 희숙씨는 되도록 빨리 다녀오겠다며 책은 그대로 놔둔 채 가방만 들고 나갔다. 삼촌은 찻집이 문을 닫을 때까지 기다렸다. 희숙씨는 오지 않았다. 삼촌은 희숙씨가 두고 간 책을 유품이라도 되듯 가슴에 꼭 안은 채 집으로 돌아왔다. 삼촌에게도 예감이라는 게 있었다. 물론 그 책의 커버를 벗겨 책날개 안쪽에 적힌 편지글을 읽게 된 게 삼 년이나 지난 뒤였음을 고려하면 쓸모없는 예감이기는 했지만. 그 책은 루이제 린저의 소설이었다. 생의 한가운데. 삼촌은 그 소설을 여러 번 읽었고 읽을 때마다 더할 나위 없이 지루했다. 그렇게 판단하게 된 계기는 그 소설을 읽던 시절의 마음 상태와 관련이 있을 거였다. 삼촌은 소설의 인물들이 왜 그렇게 생각하고 행동하는지를 납득하지 못했다. 다만 사랑에 대해서라면 니나가 누구보다 잘 알 것 같다는 생각이 들었다. 언젠가 니나를 만나면 꼭 물어보고 싶었다. 사랑이 뭐예요. 아니 당신의 용기는 대체 어디에서 생겨난 거예요. 커비를 벗겨낸 건 나였다. 책장에 꽂힌 책을 빼내 읽어가던 나는 평소의 나답게 부주의했고 손가락에 걸린 포장지가 거슬려 그대로 찢어냈다. 책날개가 벌어지면서 동글동글한 필체로 깨알같이 적힌 글이 언뜻 드러났다. 희숙씨는 삼촌과의 이별을, 이별에 대한 소회를, 운명에 순응해야 하는 참혹한 심사를 털어놓고 있었다. 역시나 진부하게도 마지막 문장들은 이런 거였다. 미안해요. 사랑해요. 잊지 않을게요. 운명처럼 다시 만난다면 내일이 없는 것처럼 사랑하고 싶어요 운운. 희숙씨도 보니였다. 삼촌은 이 편지에 느리게 반응했다. 그때는 이미 희숙씨를 찾아냈기 때문에 당연한 반응일지도 몰랐다. 물론 엄청난 충격을 받았고 그 상태가 항진했다는 뜻이기도 하다. 삼촌은 희숙씨와 함께 살았다. 식을 올리지도 주위에 알리지도 않았고 한집에서가 아니라 마음으로만 함께 살았다. 삼촌은 주말이면 희숙씨가 세 들어 사는 집을 찾아갔지만 함께 지낼 수 있는 시간은 그리 많지 않았다. 희숙씨의 활동가로서의 삶, 새로운 세상을 꿈꾸며 현장에 투신한 그 시절 숱한 사람들의 삶을 이해해보려 애썼다. 삼촌은 희숙씨를 찾아 헤매던 시절보다 더 외로웠다. 삼촌은 진정으로 이해해야 할 사람을 가까이 둔 채 가장 멀리 돌아가는 길을 선택했다. 그때부터 지루한 소설을 탐닉했다. 누나는 삼촌에게 프루스트의 소설을 추천했다. 이 소설을 끝까지 읽은 사람은 프랑스문학 전공자 중에도 열에 한 명일 만큼 지루하대요. 삼촌은 여섯 달 만에 감상평을 내놓았다. 제법 지루한걸. 삼촌과 희숙씨가 동거라고 말하기 어려운 동거를 한 세월은 채 이 년이 못 되었다. 희숙씨는 장마철에 죽었다. 그렇지 않아도 줄기차게 내리던 장맛비로 공장 근처는 물바다였는데 그날 갑작스러운 폭우로 공장 건물이 순식간에 물에 잠겼다. 노동자들은 허리까지 차오른 물속을 헤치며 나왔는데 다른 이들을 내보내고 뒤늦게 빠져나오던 희숙씨는 감전사했다.

나는 오랫동안 소설을 써보려고 노력했다. 세상을 이해하기 위해서였고 누군가의 마음을 들여다보기 위해서였다. 모두가 내 소설은 지루하다고 말했다. 화가 나지 않은 이유는 나조차 내 소설이 지루해서였다. 내 소설에 감탄한 사람은 삼촌뿐이었다. 거의 다 됐어. 조금만 더 힘을 내. 절대 어깨에서 힘을 빼지 마. 내가 삼촌에게 가장 자주 듣던 격려였다. 삼촌의 말에 따르면 내가 희숙씨를 처음 본 건 중국집에서 함께 저녁을 먹던 날이 아니었다. 그보다 앞선 어느 날 삼촌은 나와 누나를 데리고 팥빙수집에 간 적이 있는데 거기에 희숙씨도 있었다는 거였다. 나는 기억이 나지 않았다. 그리고 나는 삼촌의 부탁으로 어린 내가 들기에는 제법 크고 무거운 가방을 누군가에게 건네는 심부름을 한 적이 있다. 가방 안에 할머니한테 받은 돈이 들어 있다는 사실을 알았다면 내 비밀 장소에 파묻어버렸겠지만 그때는 전혀 몰랐다. 그 돈을 받아간 사람이 희숙씨였다. 나는 그때도 그 사람이 희숙씨라는 걸 몰랐다. 어쨌든 희숙씨가 내 인생의 콘크리트는 아니니까. 세월이 흘러 희숙씨가 보고 싶어졌을 때는 이미 이 세상 사람이 아니었고 삼촌이 말해주지 않은 것들 혹은 삼촌조차 알 수 없던 것들이 나를 괴롭혔다. 그들은 진정으로 어떤 사람들이었는지. 그들의 사랑을 왜 나는 이해하기 어려운지. 무엇이 우리를 서로 다른 세상에 속한 사람이라도 되듯 갈라놓고 있는지. 앞으로 내가 할 수 있는 일은 이런 것일 테다. 누나가 삼촌에게 떼인 액수만큼의 돈을 거의 다 모았으니 조만간 삼촌이 부탁한 거라며 누나에게 건네줄 생각이다. 사실 내 책임도 없지 않았다. 삼촌이 돈 좀 있냐고 물었을 때 누나에게 결혼 자금으로 모아둔 비상금이 있다는 걸 알려주었으니까. 물론 우여곡절이 있었지만 그런 일로 결혼을 못할 누나는 아니었다. 그러고 나서 환갑이 다 된 삼촌을 찾아낼 것이다. 삼촌에게 최근에 읽은 지루한 소설이 무엇인지를 묻고 귀기울여 들을 것이다. 한없이 지루해서 재미있기까지 한 소설의 비의를 말해줄 수 있는 유일한 사람이니까. 태어나서 오직 한 사람을 사랑했고 거기에 일생을 바친 바보니까.

그리고 누나가 말했다. 이제 우리 헤어져야 할 시간이야. 난 혼자 할 테니까. 왜? 넌 네가 하고 싶은 걸 해야 돼. 난 이대로가 좋아. 내가 스토리 짜고 누나가 그리는 거. 누나는 고개를 저었다. 넌 소설을 써. 소설은 나한테 안 어울려. 난 재능이 없어. 아직도 모르겠니? 첫 작품 뒤로 성공적인 스토리 한 번이라도 써봤어? 내 책임이라는 거야? 당연하지. 그나마 버텨왔던 건 내 그림체가 좋아서지 네 스토리가 좋아서는 아니야. 넌 소설을 써. 우리의 첫번째이자 유일한 성공작이었던 그 작품이 어디에서 나온 건지 생각해봐. 나한테서 나왔지, 적어도 스토리는. 누나는 한숨을 쉬었다. 삼촌이었어. 넌 삼촌 이야기를 쓸 때 가장 좋은 작품을 썼어. 그러니까 이제부터는 진짜로 쓰고 싶은 걸 쓰란 말야. 억지로 사람들을 즐겁게 해주려고 되지도 않는 이야기 짜내지 말라고. 내가 너 뒷바라지해줄게. 알겠어? 누나의 이마에서 희미해져가던 글자가 그 순간 다시 활기차게 되살아났다. 이 이야기는 이렇게 끝날 운명이었다. 나는 앞으로 어떤 글을 쓰든 삼촌의 마음을 헤아리며 쓰게 될 거였다. 이 문장을 읽으면 희숙씨가 돌아오겠지. 이 문단을 읽으면…… 이 페이지를 다 읽기 전에는 돌아오겠지. 한 글자 한 글자를 한 문장 한 문장을 결코 잊지 않기 위해 눈알이 빠져라 읽던 삼촌은 결국에는 활자마다 사랑하는 사람이 서려 있다는 착각에 빠졌으리라. 누나는 덧붙였다. 어떤 소설을 쓸지 뻔해. 삼촌이 한 명 있다. 이렇게 시작하는 소설을 쓰겠지.

눈치 빠른 이라면 삼촌의 사연을 담은 문장들에 사실은 내 사연도 담겨 있음을 알아챌 것이다. 가까운 사람 가운데 비참하게 죽은 사람이 단 한 명이라도 있다면 분명히 알아볼 것이다. 삼촌의 이야기가 내 이야기임을. 깊은 슬픔에 빠졌을 때 그건 네 잘못이 아니야, 라는 누군가의 위로가 진정으로 위로가 되었던 적이 한 번이라도 있던가. 왜 그 슬픔에서 빠져나와야만 하는가. 왜 꼭 그래야만 하는가. 거기에서 빠져나오지 않더라도 한생을 살아갈 수 있는데. 거기야말로 삶의 한복판인데.

| 작가노트 |

# 기뻐서 눈물난다는 당신께

오랜 세월 자주 듣던 말 가운데 하나가 지루하다였다. 지루하다는 건 차마 형편없다고 말할 수는 없어 선택한 예의바른 표현일 수도 있고 어제 본 사람을 오늘이면 까맣게 잊는 시대에 속하지 못하는 내가 안타까워 그러는 것일 수도 있다. 그나마 위로가 되는 건 후자 쪽으로 여겨지는 경우가 많다는 거였다. 결국 시대착오적이라는 속뜻이야 다를 바 없겠지만 말이다. 그리고 나는 시대착오적이라는 말에도 너무나 오래 골몰한 나머지 어느 정도는 그걸 아끼게 되었고 착오에 착오를 거듭하면 뜻밖의 진실에 닿을지도 모른다는 근거 없는 낙관까지 품게 되었다. 희박하지만 근거가 전혀 없지는 않은데 이를테면 너무 기뻐서 슬프다와 같은 말을 가끔 들을 수 있어서다. 그냥 듣고 흘리면 아무렇지 않으나 그냥 듣고 흘리지 못해 곱씹으면 모호해지는 말들이 삶을 풍요롭게도 한다. 낙관은 천성과는 무관해 보인다. 낙관하는 자는 최선을 다해 그러는 자라고 믿어서다. 너무 기뻐서 슬프기까지 한 사람은 자신의 기쁨이 누군가의 슬픔에서 비롯된 게 아님을 확인하고 싶은 거라고도 할 수 있다.

삼촌이라는 인물이 어떻게 생겨났는지 알기 위해 어디까지 거슬러올라가야 하는지 나도 잘 모른다. 그러니 바로 이전의 소설을 염두에 둘 수밖에 없다. 『파르티잔 극장』의 준과 희수는 사랑하는 이를 즐겁게 하는 일에 실패한 사람이다. 삼촌 역시 그 일에 실패했다는 점에서 그들과 같은 부류라고 할 수 있다. 그들이 언제까지나 배우로서 무대를 지킬 것이라 믿어도 좋다면 삼촌 역시 지루한 소설을 읽는 역할을 언제까지나 연기하리라 믿을 수 있다. 아마도 진심을 다해서. 이렇게 말하고 보니 결국 그들 모두 지루한 소설만 쓰는 나한테서 비롯된 듯하다. 최선을 다하고 진심을 다하는 사람이란 다르게 말하자면 날마다 죽음 목전까지 갔다가 간신히 살아 돌아온 사람이기도 하다. 그뒤 삼촌은 『예언자와 보낸 마지막 하루』의 해원이라는 이름으로 이어진다. 해원이 삼촌에게 비롯되었다고 할 수 있는 까닭은 죽음 근처에서 돌아오지 않아서다.

앞으로도 계속 이렇게 지루한 소설만 쓰실 건가요. 첫 책을 낸 지 얼마 안 된 젊은 시절에 내가 들은 질문이다. 묻는 이의 눈빛은 참 순하고 서글서글했다. 목소리는 다정했다. 마치 예라는 대답을 기대하는 질문 같았다. 그때는 어물어물 넘어갔는데 때늦은 대답을 하자면, 지금까지 내가 쓴 소설들이야말로 그 대답이라 할 수 있을 텐데…… 덕분에 잘 쓰고 있어요.

사실 나도 독자에게 궁금한 게 있다. 당신이 유쾌한 사람인지 아닌지 나는 모른다. 어쩌면 당신은 주위 사람들에게 지루하기로 정평이 난 사람일 수도 있다. 아무려나 상관없다. 내가 궁금한 건 당신이 당신의 본성을 거스르는 한이 있더라도 사랑하는 사람을 위해 그이를 즐겁게 해줄 용기를 지녔는가이다. 당신에게 어울리지 않는 옷을 기꺼이 걸치고 침침한 전등 아래서 신중하게 책장을 한 장 한 장 넘기듯이 한 걸음 한 걸음 다가가 마침내 그이 옆에 앉아줄 수 있는지가. 소설가로 살아오면서 알게 된 사실 가운데 하나는 이런 거다. 소설가는 타락하지 않으려면 늘 소설을 쓰고 있어야 한다. 소설쓰기가 주는 위로가 너무 커서 다른 건 별로 중요하게 여겨지지 않기 때문이다. 소설을 쓰는 동안에는 소설만 생각하게 된다. 적어도 그 순간만은 한심한 욕심이 생겨나지 않는다. 기껏해야 다른 소설가의 지루한 소설을 반갑게 펼쳐 들고 즐겁게 읽으리라는 기대 정도.

아무리 근사한 소설일지라도 현실을 능가하지는 못한다. 현실은 영감의 원천이며 소설의 유일한 토대이지만 현실과 일치해버린 소설도 있다. 그런 소설은 다른 소설에게 영감을 줄 수 있다. 나의 지루한 「아내의 발라드」 연작이 은희경의 「아내의 상자」에, 「화요일의 강」이 오정희의 「불의 강」에, 「예언자」가 윤대녕의 「빛의 걸음걸이」에…… 빚진 것만큼이나 「지루한 소설만 읽는 삼촌」은 루이스 세풀베다에, 그가 『연애 소설 읽는 노인』을 쓰는 동안 헤밍웨이의 『노인과 바다』를 떠올리면서 그러했으리라 짐작할 수 있는 방식으로 나 역시 그러했다.

| 리뷰 |

# 지루한 소설의 전략과 반전하는 힘

전경린(소설가)

어, 지금 왜 이런 이야기를…… 하며 의아해하다가 어느새 시간의 결에 스며들고, 마음이 뭉클해져서는 그만 정이 들었다. 소설을 읽기 전에도, 읽은 후에도 오래 함께했던 것 같고, 그 안에서 위로받고 위로했다는 의미다. 무엇보다 현재 우리의 삶을 잠식한 고립감과 정체감이 치열한 과제이다보니, 지루함이라는 키워드가 관심을 끌었다. 내적으로나 외적으로 긴 시간을 펼치며 대담할 만큼 지루하게 쓴 소설이지만, 지루한 소설의 묘미를 좀 알게 되면 한없이 "지루하면 재미있어 보이기도 하는" 이치에 고개를 끄덕이게 된다.

삼촌은 아버지와 배다른 형제인데 대학 진학을 하면서 시골에서 올라와 형네에 얹혀 지냈다. 그는 생존에만 급급한 아버지와 산후 우울증으로 고립된 어머니 사이에서 완충 역할을 하고 팍팍한 가정생활에 살가운 기운을 불어넣으며 어렵고 고단한 시기를 함께 넘었다. 화자인 '나'의 아버지와 어머니에게 인생이란 변두리에서 경인선을 따라 서울 중심부로 다가가는 치열한 여정으로 함축할 수 있다. 그런 아버지에게 삼촌은 대학까지 나와서 앞가림도 못하는 놈, 집안 돈을 몰래 빼내가 여자에게 바친 놈, 조카 결혼 자금까지 떼먹은 놈, 분수 모르는 연애를 해 신세 망친 놈이다. 어머니에게 삼촌은 보기 드문 순정파, 법 없이도 살 사람, 힘들고 울적하고 쓸쓸할 때마다 귀신같이 알고 나타나 웃겨주고, 꼭 필요한 것을 챙겨주었던 친동생 같은 식구다. 그리고 삼촌에게 아버지는 둔하고 고지식하고 머리는 나쁜데 모범생처럼 보이려 애쓰는 얼간이다. 하지만 정말 둔한 사람은 아니고, 먹고사는 일과 자기 가족을 지키고 건사하는 일이 아니면 다 무시하는 그런 둔한 사람이다. 조카들에게 삼촌은 어린 시절 유머 시리즈로 배를 잡고 뒹굴게 했지만 차차 재미없어진 사람이다. 침울하고 맥없지만, 때론 진중하고 사려 깊게도 보인다.

이런 세 사람의 성향은 한 편의 영화를 통해 단적으로 드러난다. 추억할 거리라곤 없이 팍팍하게 살아가던 이들이 연도도 기억할 수 없는 어느 해의 어머니 생일에 영화를 보고 외식을 했다. 그때 본 영화가 〈우리에게 내일은 없다〉였다. '잔혹의 미학'이라는 신조어를 탄생시킨 아메리칸 뉴시네마의 효시이자 기념비적인 작품이며 대공황기의 폭주하는 청춘의 상징이자 세기의 러브스토리로 길이 남은 이 영화는 세 사람이 공유한 얘깃거리지만 저마다 전혀 다른 감상평으로 갈라진다. 제목에 자신의 처지를 이입해 그 충격적인 영화를 선택했던 어머니는 연민의 감정으로 서자인 삼촌과 시어머니의 편치않은 관계를 새삼 떠올렸고, 생존형인 아버지의 감상평은 젊은 놈들이 천방지축으로 날뛰면 비참하게 죽는다가 전부였다. 그리고 삼촌은 어쩐지 여러 번 본 사람처럼 굴었는데 사실 그랬을 수도 있다. 형수가 원하면 본 영화를 군말 없이 또 볼 수 있는 성격이란 점에서도 그렇고, 이 영화가 이후에 전개되는 그의 인생에 미친 영향력을 보아서도 그렇다.

아마도 어머니의 생일날마다 입에 오르내렸을 그 전설적인 영화를 오랜 뒤 누나가 CD를 구해와 다시 보게 되는데, 어머니는 처음인 듯 기억하지 못하고, 인생을 한 바퀴 돈 아버지는 이 빌어먹을 세상에서 멋지게 한탕을 해 남부럽지 않게 살려면 치밀하고 완벽해야 한다는 전과 급이 다른 감상평을 남긴다. 어머니나 아버지나 보니와 클라이드의 사랑에 대해선 여전히 언급도 없다. 사랑이라니?

커플이 수십 발이 넘는 총알을 맞고 노상에서 죽는 비극적 결말로 치닫는 그런 사랑은 집안에 들어오는 게 아니다. 대문 밖이 저승이라는 〈회심곡〉의 노랫말처럼, 그런 사랑은 죽음과 역사와 자연과 함께 대문 밖으로 흐른다. 보니와 클라이드의 사랑은 제도 바깥, 대문 밖 태생인 삼촌의 몫이다.

사랑에 빠져 바보가 되는 것이 행복한 일인지 불행한 일인지는 아무도 대신 판단할 수 없다. 본인에게조차 판단이 유보되는 지점이기에. 삼촌은 희숙씨 앞에선 얼간이 같다. 얼간이라고 하니, 요즘 최신형 남자친구상인 '찐따'가 떠오른다. 이들은 선후배나 친구와 어울리지 않고 여자친구와만 카톡을 주고받으며, 밤에 술 마시러 나가지도 않는다. 여자친구가 인생의 전부다. 자기 일과 욕망과 관계만으로도 이미 과잉 상태인 지금의 여성들은 점점 더 존재감이 엷고 담백한 남성을 선호한다. 물론 이 최신형 남자친구상은 삼촌과 비슷한 듯하지만 아주 먼 거리에 있다.

다국적기업과의 노사 분쟁이 한창이던 시대에 희숙씨는 노동운동으로 감시 대상 명단에 오른 불순분자이며 재력가 집안의 딸이라 보안수사대의 특별 관리 대상이다. 삼촌은 쫓기게 된 희숙씨와 조직의 은신 자금을 대기 위해 자기 몫의 유산을 아버지 몰래 할머니에게서 빼내 가져다주고 나중엔 조카의 결혼 자금까지 빌려다 쓰고 갚지 못해 죄인이 된다.

"운명처럼 다시 만난다면 내일이 없는 것처럼 사랑하고 싶어요"라는 쪽지를 남기고 희숙씨가 떠났을 때도 삼촌은 끝까지 찾아냈고, 찾고 나서도 각자 다른 집에 살면서 마음으로 동거했다. 하지만 반쯤의 동거생활조차 채 이 년을 채우지 못하고 희숙씨는 노동 현장에서 참담하게 죽고 만다. 삼촌이 지루한 소설 애호가가 된 건 그 무렵부터일 것이다.

그사이 조카들은 쑥쑥 자라 삼촌 비슷한 인물을 주인공으로 한 첫 책을 공동작업해 작가로서 성공적인 출발을 한다. 작가가 된

'나'는 세상을 이해하기 위해서, 누군가의 마음을 들여다보기 위해서 오랫동안 소설을 쓰려고 노력했다. 그러나 한없이 지루해서 재미있기까지 한 지루한 소설의 비의를 터득하는 건 결코 쉬운 일이 아니다. 어머니에 따르면 '나'가 지루한 소설을 추구하게 된 건 삼촌 때문이다. 토목공학을 전공한 삼촌이 운명적으로 콘크리트와 사랑에 빠졌기 때문이다.

창고를 짓거나 담을 쌓을 때 흔히 쓰는 시멘트블록은 양생되기까지 닷새 정도면 충분했다. 그 정도면 무얼 짓는 데 쓰더라도 상관없을 만큼 단단했다. 그러나 그 상태는 시멘트블록이 단단해질 수 있는 한계치의 구십 퍼센트 정도라고 할 수 있었다. 닷새면 충분히 단단해질 수 있지만 나머지 십 퍼센트를 채우려면 삼십 년 동안의 양생 과정을 거쳐야 했다. 삼촌도 그와 비슷해서 어떤 고통을 고통으로 오롯이 받아들이기까지 열흘이 걸렸다면 그 고통의 최대치를 느끼기까지는 백 년이 필요한 사람이었다. 이 유사성의 절정은 결국 시멘트블록이 대부분 삼십 년을 버티기 전에 재개발 등으로 사라져버리듯 삼촌 역시 그렇게 될 때까지 살 수 없다는 데 있었다.(112~113쪽)

소설은 내적으로 백 년의 시간 위에 펼쳐진다. 그러니 읽는 느낌을 더 길게 늘이고, 시간을 더 오래 느끼도록 하기 위해 이 소설이 선택한 전략이 지루함이다. "이 문장을 읽으면 희숙씨가 돌아오겠지. (……) 한 글자 한 글자를 한 문장 한 문장을 결코 잊지 않기 위해 눈알이 빠져라 읽던 삼촌은 결국에는 활자마다 사랑하는 사람이 서려 있다는 착각에 빠졌으리라."

한없이 지루한 소설이 재미있어지는 반전이 일어나는 지점에서 만나는 건 진심이다. 완료된 과거가 되어 온전히 곰삭았기에, 또 내적으로는 여전히 양생이 진행중이기에, 진심을 복구하는 과정은 회고와 복고를 피하며 이제 막 새로 난 좁은 틈으로 발화되어 나온다. 새로운 세대가 전 시대의 키워드를 밟아가 그가 존재했던 장면과 이미지들을 차용하고 내면의 밑바닥을 밝혀 지금은 어디서 무엇을 하며 사는지조차 모르게 소실되어가는 한 인간을 되살렸다는 의미에서 이 소설은 삼촌에 대한 일종의 오마주로 읽혔다. 무엇보다 화자의 숙원대로 "삼촌이 한 명 있다"를 첫 문장으로 한 지루한 소설을 끝내 실현시켰다는 점에서.

**안보윤**

# 완전한 사과

**작가노트**

어떤 진심

**리뷰 | 서영인**

'완전한 사과'는 불가능하지만,
'생존'하는 인간으로 이어져 있으므로 우리는

**안보윤**

2005년 장편소설 『악어떼가 나왔다』로 문학동네작가상을 수상하며 등단. 자음과모음문학상 수상. 소설집 『비교적 안녕한 당신의 하루』 『소년 7의 고백』, 장편소설 『오즈의 닥터』 『사소한 문제들』 『우선멈춤』 『모르는 척』 『밤의 행방』, 중편소설 『알마의 숲』이 있다.

# 완전한 사과

주말은 대개 쓸모없는 일을 하며 보낸다. 평일엔 생존한다. 최선을 다해 생존하고 최선을 다해 쓸모없어지는 것이 나의 바람이다. 주말의 나는 고양이 사진을 찾아보거나 한 가지 색깔로만 칠한 만다라를 창문 가득 붙였다 뗀다. 사람들의 관심이 급격히 식은 옛날 사건 기사에 새로 달린 댓글 수를 세어보기도 한다. 가능한 한 무해하고 쓸모없는 시간을 보내기 위해 주말 내내 노력한다. 나를 방해하는 건 가족뿐이다. 가족과 함께 살던 시절 나는 매일매일 쓸모 있는 인간으로 살아야 했다. 한시도 가만할 수 없었다.

가족의 문제가 달려 있을 땐 진심을 아끼는 것이 좋다. 오빠에게 너는 참으로 개새끼야, 라고 적은 편지를 보내선 안 된다. 방에서 나오지 않는 동생을 곰팡이균이라고 불러선 안 된다. 그리고 엄마에겐, 되도록 아무 말도 해서는 안 된다. 엄마에게 하고픈 말은 이제 진담밖에 남지 않았기 때문이다.

나는 때로 불타오르는 아파트 칠층 발코니를 바라보는 꿈을 꾼다. 거기 있는 건 가족이 모여 살던 과거의 집이다. 나는 허공에 떠 있다. 몸이 가볍고 내 갈비뼈는 온전한 아치형이다. 그것뿐인 꿈인데 깨어나면 턱밑에 침이 하얗게 번져 있다. 나는 모두의 집을 불태우며, 누구에게도 진심을 이야기하지 않고, 한 주 내내 쓸모 있게 살지 않으려 아등바등 산다. 계산도 사죄도 필요 없는 덤 같은 하루가 주어진다면 그깟 생존쯤 얼마든지 할 수 있다.

일은 할 만해?

엄만 그걸 모른다. 그러니 주말에 전화해 저렇게 물을 수 있는 것이다.

도윤인 여전해?

나는 대답 대신 그렇게 묻는다. 그럼 엄마는 말이 없어진다. 상대방이 대답할 수 없는 걸 물으면 나도 똑같이 해주면 된다. 엄마가 입을 닫으니 기분이 좀 나아진다.

도윤이 방에 밥 넣어주지 마. 냉장고도 싹 비워. 굶어죽기 싫으면 기어나오겠지.

됐다. 밥이라도 제때 먹는지 확인해야지 언제 무슨 짓을 벌일 줄 알고.

안 벌여, 무슨 짓.

도윤은 성실하게 SNS를 한다. 매일 매 순간 모든 감정을 전시하느라 바쁘다. 왜 살지 왜 살아야 하지 나는 왜 아직도 죽지 않았지, 같은 말들이 도윤의 타임라인을 빼곡히 채우고 있다. 그러니 괜찮다. 궁금한 게 많은 사람은 쉽게 죽지 않는다. 생각하는 인간인 척 과시하려는 인종은 죽어도 죽지 않는다. 집에 불이 난다면 도윤은 제일 먼저 뛰쳐나올 것이다. 창문을 깨고 난간에 매달려서라도 살아남을 것이다. 그러고 나선 SNS에 보란듯이 묻겠지. 불이 났는데도 나는 왜 죽지 않았을까.

곧 네 오빠 재판이다.

엄마는 기어코 그 말을 꺼내고 만다.

오빠는 원래 우리집에서만 쉬쉬하던 개새끼였는데 그날 밤 이후로 만인의 개새끼가 되었다. 그게 개새끼인 줄 모르는 이는 엄마뿐이다. 심지어 오빠도 지가 개새끼인 걸 안다. 아니까 끝까지 사과하지 않았겠지. 아니까 마지막까지 여자에게 협박 전화를 걸고 모가지를 꼿꼿이 세운 채 잡혀가 대형 로펌 변호사를 붙여달라는 개소리를 했겠지.

나는 오빠가 사형이나 무기징역 같은 걸 받았으면 좋겠다. 가슴팍에 빨간 이름표를 붙이고 아무리 모범적으로 살아도 누구도 인정해주지 않는 삶을 살다 죽었으면 좋겠다. 그러니까 탄원서 따윈 쓰고 싶지 않다. 쓸 수 없다. 사과하러 왔다고 말해도 비명만 질러대는 여자에게 돈을 건네러 가고 싶지도 않다. 치료비 위로금 합의금 어떤 이름을 붙이든 그건 그냥 돈이다. 그땐 그걸 몰랐다. 내가 자꾸 벨을 누르자 여자는 발코니 문을 열고 뛰어내리려고 했다. 여자는 십일층에 살았고 내 사과가 그녀를 또 한번 죽일 뻔했다. 나는 진심이기 때문에 그녀에게 사과하러 가지 않는다.

엄마는 그걸 알면서도 나한테 자꾸 뭘 하며 지내느냐 묻는다. 뭘 하며 지내니. 요즘 바쁘니.

나는 바쁘다.

방과후 교사를 할 때보다 거기서 잘린 다음이 훨씬 바쁘다. 어제까지는 돈가스 튀기는 일을 했다. 월요일부터는 하교 도우미 일을 한다. 하교 도우미 일은 처음이지만 돈가스 튀기는 일도 그때가 처음이었다. 진심을 담은 돈가스, 라고 간판에 쓰여 있었으므로 나는 그곳에서 일했다. 진심오리지널돈가스와 진심치즈돈가스를 하루 일곱 시간씩 쉬지 않고 튀겼다. 서른 개 중 한 개는 귀퉁이가 타거나 모양이 뒤틀렸다. 이렇게 쉽게 뒤틀릴 진심인가 싶어질 때쯤 사장이 출근해 나와 교대했다. 사장은 뒤틀린 진심을 잘게 잘라 시식용으로 내놓았다. 어린아이에게는 크게 자른 조각을 주었다. 돈가스를 뱉는 아이는 한 명도 없었다.

오빠가 조금만 덜 개새끼였다면 나도 돈가스 조각을 조카 입에 넣어줄 수 있었을 것이다. 뒤틀린 것 말고 제값을 치른 온전한 진심을. 새해에는 세뱃돈을 주고 추석에는 콩을 넣은 송편을 나눠 먹으며 경쟁하듯 토리에게 절하는 법을 가르쳤을 것이다(토리는 여자가 키우던 검은색 푸들로 그날 밤 죽었다). 나는 아이들이 가게 앞을 지나갈 때마다 한 번도 본 적 없는 조카를 떠올린다. 배냇저고리 속에 숨은 말랑말랑하고 쉽게 찢어지는 연분홍색 손톱을 상상한다.

*

평일엔 생존한다. 나는 하교시간보다 이십 분 먼저 초등학교 후문에 도착한다.

아무래도 이모가 좋겠죠?

면접을 보러 갔을 때 동주 엄마는 대뜸 그렇게 물었다.

프리랜서인 이모가 운동하러 나오는 시간이 하필이면 동주 하교시간인 거예요. 운동도 끝났겠다 조카랑 사이좋게 집까지 걸어오는 게 이상한 일은 아니잖아요. 안 그래요?

나는 고개를 끄덕였다. 동주 엄마는 그런 게 중요한 사람인 것 같았다. 이모라고 불러봐. 면접은 그게 전부였는지 동주 엄마가 동주를 불러다 내 앞에 세워놓고 말했다.

동주가 열 살이나 먹은 아이인 건 당혹스러웠지만 이상할 정도는 아니었다. 학교에서 동주네 집까지는 걸어서 십 분도 걸리지 않았다. 나는 동주를 찬찬히 살폈다. 보통의 얼굴이었다. 다른 아이와 헷갈리지 않도록 눈썹과 귀 모양을 잘 봐두었다. 동주도 나를 꼼꼼히 봐두는 것 같았다. 월요일부터는 이모가 데리러 갈 거야. 이모랑 꼭 같이 와야 돼. 절대로 혼자 오면 안 돼. 알았니? 엄마가 같은 말을 몇 번씩 되풀이하는데도 동주는 네, 그럴게요, 알겠어요, 꼬박꼬박 답했다. 좋은 아이구나. 나는 도토리처럼 볼록 솟은 동주의 앞이마를 눈여겨보며 생각했다.

좋은 아이, 동주와 함께 집에 돌아가기 위해 나는 운동을 한다. 학교 후문과 연결된 작은 공터에 운동기구들이 줄지어 서 있다.

페인트칠과 기름칠을 새로 한 낡은 것이다. 나는 최대한 많은 기구에 올라타 팔다리를 휘젓는다. 가슴 높이에 커다란 다트판 같은 게 매달린 운동기구가 제일 마음에 든다. 원 가장자리에 대칭으로 붙은 손잡이를 잡고 좌우로 휙휙 돌리는 팔운동 기구다. 양팔이 쫙 펼쳐지면서 등이 조이고 옆구리가 찢어질 것처럼 아프다. 그래도 거기 매달려 있으면 비트루비우스 인간이 된 것 같은 기분이 든다. 이전의 나는 저쯤에 있을 교실에서 아이들에게 레오나르도 다빈치에 대해 가르쳤다. 지금의 나는 수시로 교문을 훔쳐보며 다트판을 돌린다.

하교하는 아이들은 부산스럽다. 뒤엉킨 아이들의 무리가 잔뜩 빠져나간 다음에야 도토리 이마가 보인다. 동주는 친구와 함께다. 양쪽 뺨이 통통하고 머리칼이 땀에 젖은 아이가 동주 등에 업혀 있다. 얼마나 꽉 붙어 있는지 아이 팔이 동주 목을 조르고 있는 것처럼 보인다. 동주는 책가방을 앞으로 메고 뒤로는 아이를 업고 주춤주춤 걷는다. 도토리 이마가 새빨갛다.

이모!

나를 발견한 동주가 소리친다. 콜록콜록 기침이 따라붙는 외침이다. 나는 동주에게 간다.

이모 운동 끝났어. 집에 같이 가자.

정해진 대사를 다 했는데도 남자아이는 그대로다. 동주 목을 꽉 죄고 매달려 말똥말똥 나를 쳐다본다. 다리가 부러졌니? 내가 묻자 아이는 아닌데? 하고 만다.

아닌데요, 라고 해야지. 선생님이 묻든 이모가 묻든 어른이 물으면 존댓말로 아니요, 안 부러졌어요, 괜찮아요, 하는 거야. 너는 그런 것도 모르니?

동주 목에서 아이 팔을 떼어낸다. 아이가 힘을 바짝 주며 갈고리처럼 팔을 휘는 바람에 뜯어내듯이 두 팔을 뗀다. 땅으로 내려선 아이 팔등에 내 손자국이 발갛게 남는다. 동주 이마가 더 새빨가니까 상관없다. 동주 목은 벌써 울긋불긋하다. 우리 그냥 노는 건데에? 말꼬리를 늘이며 동주에게 도로 업히려는 아이의 앞을 내가 막아선다.

동주는 나랑 집에 갈 거야.

동주보다 한 뼘은 작은, 고개를 빳빳이 들고 나를 노려보는 아이에게 나는 다트판 운동기구를 추천해준다.

매달리는 게 좋으면 저기에나 매달려 있든지.

나는 동주를 데리고 후문을 나선다. 넓고 좁은 길을 따라 동글동글한 아이들의 뒤통수를 따라 걷는다. 옆에서 동주가 키득거리다 울상을 짓는다.

아줌마 때문에 내일 난 죽었어요.

아줌마 아니고 이모.

나는 호칭을 정정해준다. 동주 엄마는 그런 게 중요한 사람이니까.

하교 도우미만 해서는 먹고살 수 없다. 당연하다. 일자리를 알아봐야 한다. 당연하다.

하지만 밤낮으로 구인광고를 뒤지고 자격과 대우를 계산한 뒤

서류를 넣고 면접을 보고 근무 시간과 수당을 조율해나갈 생각을 하면 그것만으로 기운이 다 빠진다. 나는 바닥에 배를 깔고 누워 통상에 남은 금액을 헤아린다. 통장에 돈이 아주 많았으면 좋겠다. 쓸모없는 날들을 지속하려면 돈이 필요하다.

사실은 학교에서 하던 일을 계속하고 싶다. 아이들과 함께 모나리자 얼굴에 콧수염을 붙이고 싶다. 젤라틴을 녹여 귀 모양 젤리를 만들고 싶다. 하지만 그럴 수 없다.

선생님 얼굴을 알아본 학부모가 있어요.

교장은 나를 불러다 그렇게만 말했다. 방과후 교사로 사 년을 일한 학교였다. 교장실로 불려간 건 처음이었다. 교장과 독대한 채 홍차를 대접받은 일도 처음이었다. 너무 뜨거운 물을 부어 아무 향도 나지 않는 홍차를 앞에 두고 교장은 같은 말을 조금 바꿔 다시 말했다.

하필 선생님 얼굴을 알아본 학부모가 있어요.

아, 하고 나는 작게 탄식했다. 그걸 대답으로 알아들은 교장의 얼굴이 인자해졌다. 나는 손윗사람에게 깍듯하다. 아, 같은 건 대답이 아니다. 그래도 나는 개인 사정으로 일을 그만둔다는 사직서를 쓰고 교장실을 나왔다.

내 잘못이 아니란 건 나도 안다. 당연히 오빠 잘못이다. 오빠는 물론 가족들의 얼굴과 신상 정보까지 낱낱이 인터넷에 뿌려버린 누군가의 잘못이다. 전화번호와 집주소, SNS 계정과 이메일 주소는 물론 자주 가는 마트 상호까지 온전한 내 것은 이제 아무것도 없다. 나는 피해자지만 항의하지 않는다. 억울해하며 사람들을 고소하지 않는다. 무언가를 항변하기에 우리 오빠는 너무 개새끼다. 그것을 내가 안다. 내 잘못이 아니라고 해서 내게 다른 선택지가 허락되는 건 아니다.

교장실에서 나와 광역버스를 탔다. 마침 그게 내 앞에 섰고 내가 할 수 있는 선택은 그 정도였다. 버스를 타거나 타지 않거나.

막힘없이 고속도로를 내달린 버스는 한 시간쯤 지나자 사방이 평평한 곳에 다다랐다. 짙은 초록과 더 짙은 초록으로 뒤덮인 길이었다. 밋밋한 길 위로 승객들이 하나둘 내려 사라지기에 나도 따라 내렸다. 어깨가 딱 벌어지고 자세가 곧은 여자의 뒤를 따라 걸었다. 낮은 건물들이 길을 따라 돋아 있었다. 철공소, 문짝전문, 비닐가공 같은 게 쓰인 간판 밑을 오래 걸었다.

연립주택이 즐비한 곳에 이르러서야 여자가 나를 돌아보았다. 집 구하시게? 나는 여자가 부동산 문을 열고 냉장고에서 비타오백 하나를 꺼내 건넬 때까지 진짜 집을 구하러 온 사람처럼 의연히 소파에 앉아 있었다. 부동산보다 복덕방이라는 말이 어울릴 것 같은 낡은 소파였다. 길 건너 살구색 연립들이 줄지어 서 있는 게 보였다. 12동 뒤로 색이 다른 꼬리처럼 초등학교 하나가 붙어 있었다.

저곳에 살고 싶다. 문득 그런 생각이 들었다. 이렇게 멀리 떨어진 곳이라면 괜찮지 않을까. 거리에 사람보다 만들다 만 문짝이 더 즐비한 곳이라면 아무도 나를 몰라보지 않을까. 이곳에 살다가 언젠가는 저 교문을 넘어 다시 출근할 수 있지 않을까. 여자가 내 시선이 닿는 곳을 살피더니 혀를 찼다.

이 주변 슈퍼들은 아직도 양초를 팔아. 그게 뭔 뜻인지 알아요?

여자는 내게 자주 정전이 된다고, 강풍주의보만 내려도 이 일대는 새까맣게 지워진다고 말했다. 그럼 랜턴을 사면 되잖아요? 내가 묻자 여자는 한번 더 혀를 찼다. 재개발 얘기가 나오다 엎어진 곳이라 빈집도 많고 집값도 싸다고 했다. 그런데 들어가 살려면 수리비가 만만치 않을걸. 달에 한 번씩 누수 터지고 보일러 터지고 그런다니까. 계약서를 써야 중개비를 받을 텐데 여자는 꼭 내가 이사오는 게 싫은 사람처럼 굴었다.

저를 아세요?

나는 심장이 쪼그라드는 기분으로 물었다.

집을 팔고도 찜찜해서 그래. 이사한 사람들이 자꾸 부동산에 찾아와서 왜 저딴 집을 팔았느냐고 성질내고 따지고. 외지 사람 들어오면 꼭 한 번씩 잡도리를 한다니까.

전 아니에요. 저는 함부로 억울해하고 따지고 그러는 사람 아니에요.

여자는 나를 한참 살피더니 열쇠 뭉치를 들고 일어섰다. 전세 월세 매매 평수별로 다 있어요. 일단 보고 얘길 하지 뭐. 부동산 새시 문을 잠그며 여자가 덧붙였다.

그래도 여기가 사람들은 순해. 아주 못 살 곳은 아니야, 여기가.

*

나는 다트판에 매달려 있다. 나의 생존은 나날이 단순해지고 그만큼 저렴해진다.

벤치에 조르륵 앉은 할머니 셋이 나를 구경하다가 여기는 이렇게, 저기는 저렇게, 하고 참견한다. 나는 그녀들의 말대로 한계까지 몸을 기울이며 교문을 살핀다. 동주 엄마의 야근이 잦아지면서 나는 하교 도우미 겸 아이 돌보미가 되었다. 어느 날은 저녁 일곱시까지, 어느 날은 아홉시까지 동주와 함께한다. 학교 교사로 일했다는 이력을 동주 엄마는 몹시 마음에 들어한다. 동주 수학 공부도 좀 봐주실래요, 동주 이모? 나는 방과후 미술 교사였다는 말은 하지 않는다.

이젠 거기서도 흰 털이 나.

할머니 셋은 이제 맥반석 계란을 나눠 먹고 있다. 운동기구와 마주한 곳에 놓인 벤치가 너무 가까워 꼭 내게 말하는 것 같다.

처음엔 새치인가 했다니까.

나지, 왜 안 나. 늙으면 흰 털 나는 게 당연하지.

흰 털이 솟은 위치들이 대수롭지 않게 오간다. 처음 흰 털을 고백한 할머니는 시무룩한 얼굴이다. 새삼 흰 털 고민을 하는 걸 보니 할머니가 아닌지도 모른다. 나는 다트판을 이리저리 돌리며 교문을 살핀다. 운동장이 텅 비어가는데도 동주는 나오지 않는다.

아니다. 여기 봐라, 나는 요즘 검은 털이 난다.

다른 할머니가 말한다. 할머니가 까 보인 이마 쪽 머리 뿌리가 정말 새까맣다. 아유, 세상에. 호들갑과 비난이 쏟아진다. 백발 대가리에 검은 털 올라오면 속이 고장난 거지. 단단히 고장난 거다. 그런 말들이 오가고.

너어는 차암 유난도 하다. 왜 순리대로 살지를 못하니.

처음 흰 털을 고백한 할머니의 얼굴이 순식간에 의기양양해진다. 그래서 흰 털이 좋다는 건지 나쁘다는 건지 모르겠다. 검은 털 얘기가 먼저 나왔다면 의기양양한 표정은 다른 할머니 것이 되었을 것이다. 멀리서 동주가 절뚝절뚝 걸어나온다. 옆에는 아무도 없다.

아줌마.

아줌마 아니고 이모. 다리 부러졌니?

아니요, 하고 동주는 고개를 젓는다. 여전히 좋은 아이다. 업어주겠다고 하자 싫다고 한다. 나는 동주가 먼저 말할 때까지 기다린다. 시간은 많다. 길모퉁이를 세 번쯤 돌았을 때 동주가 입을 연다. 승규랑 정강이 걷어차기 게임을 했어요.

그게 게임이니?

게임이래요.

동주와 나는 길을 따라 걷는다.

아줌마, 욕 잘해요?

갑자기 욕은 왜?

배우고 싶어서요.

네가 나한테 배워야 하는 건 욕이 아니라 수학인데. 동주는 절뚝절뚝 걷는다. 나는 느릿느릿 걷는다. 내가 아는 욕은 동주처럼 이마가 볼록하고 존댓말을 잘하는 아이가 입에 담을 종류가 아니다. 나는 너무 많은 욕을 알기 때문에 욕하지 않는다. 좋구나. 나쁘구나. 거기까지만 생각한다.

욕을 배워 뭐하게?

승규 정강이를 까버리게요.

동주는 업어주기 놀이가 어떻게 정강이 까기 놀이로 진화했는지 설명한다. 승규와 마주서서 서로 아는 욕을 번갈아 외치는데, 같은 욕을 하거나 타이밍을 놓치면 이긴 사람과 주변을 둘러싼 아이들 서넛이 진 사람 정강이를 힘껏 걷어찬다는 것이었다. 승규는 누구와 게임을 해도 지는 법이 없다고 했다.

되게 쎄게, 딱 한 번만 까봤으면 좋겠어요.

나는 알겠다고 말한다. 네가 원하는 게 뭔지 내가 다 알겠다고.

도윤도 비슷한 말을 한 적이 있다.

단 한 번이라도 좋다.

도윤은 SNS에 그렇게만 써놨다. 그러고는 금세 지웠다. 무엇에 대한 얘기인지 알 것도 같고 영원히 모를 것도 같았다. 그래서 나는 내 마음대로 해석했다. 한 시간도 안 되어 이전의 글들은 전부 지워지고 새로운 감정과 의문들이 타임라인을 채웠다. 도윤의 감정은 어떻게 이렇게 빨리 휘발되는 걸까. 나는 신기한 마음으로 좀전과 비슷하지만 미묘하게 다른 도윤의 감정들을 구경했다. 감정이 사라지면 기억도 함께 사라져야 하는 것 아닌가. 그렇다면 도윤은 왜 방에서 나오지 않나.

사실은 알고 있다. 도윤은 때로 방에서 나온다. 어쩌면 내가 생각하는 것보다 더 자주일 것이다. 도윤은 방을 빠져나와 편의점에서 인절미맛 아이스크림을 사먹고 피시방에 가서 밤새워 게임을 한다. 집 앞으로 놀러온 친구를 만나 계절에 맞는 옷과 신발을 사러 다니기도 한다. 언젠가는 토익학원 간판 사진을 찍어 SNS에 올리기도 했다. 그저 지나는 길이었는지 그 학원에 다닌다는 건지 모르겠지만 아무튼 그랬다. 도윤은 잘 걷고 잘 웃고 아무것이나 잘 찍었다. 나는 도윤이 피우는 담배 브랜드와 최근의 발톱 모양을 SNS를 통해 알았다. 그러나 이 모든 것은 엄마와 나에게 비밀이다.

나는 도윤을 존중하기로 한다.

내가 평일에 생존하고 주말에 쓸모없는 일을 하며 견디는 것처럼 도윤 역시 그럴지 모른다. 쓸모없는 시간을 전부 견디고 난 다음에야 비로소 생존할 수 있는 힘이 생기는 것일지도. 그것은 개인의 일로, 타인이 간섭할 분야가 아니다. 생존에 관련된 일이라면 더더욱 손을 뻗어서는 안 된다. 입안에 폭죽을 숨긴 채 함부로 타인을 헤집고 다녀서는 안 된다.

〔바쁘냐?〕

엄마가 보낸 문자를 나는 한참 들여다본다. 며칠 사이 여남은 개의 문자가 왔는데 내용은 하나같다. 바쁘냐? 바쁘지 않을 때 전화해라. 전화 한 통 할 시간 없이 바쁘냐? 바쁘냐 사이에 야, 가 하나 끼어 있다. 앞뒤 말도 부호도 없이 그냥 야, 한 글자다.

야.

내가 이삿짐을 꾸려 나오던 날에도 엄마는 그렇게 나를 불렀다. 불러놓고 아무 말 없이 숨만 씨근댔다. 고무장갑을 낀 손에 휴지 뭉치가 잔뜩 든 비닐봉지가 들려 있었다. 온 집안에 삭은 생선 냄새가 진동했다. 방문객은 사흘이 멀다 하고 나타나 우리 주변을 배회했다. 현관문 앞이 어느 날은 까나리액젓으로, 어느 날은 밟아 터뜨린 고추장 봉지로 엉망이었다. 아파트 관리실에서는 인화성 물질이 뿌려졌을 때만 자신들을 부르라고 했다. CCTV에 수상한 사람이 찍힌 적은 단 한 번도 없었다고 말했다.

쓸데없이 경찰 부르고 그러지들 마쇼. 안 그래도 그쪽 집 때문에 우리 아파트가 전국구로 유명해졌으니까.

그러나 엄마와 나는 수상한 사람을 몇 번이나 봤다. 약속이라도 한 듯 까만 모자와 흰 마스크, 까만 티셔츠 차림이었다. 그들은 세상 모두인 듯도, 단 한 명인 듯도 했다. 어느 날은 우리를 윽박지르던 관리소장으로도 보였다. 제발 이사가달라는 호소문과 협박문이 사방에 붙었다. 우리 가족은 물론 입주민 누구도 떼지 않았다. 엘리베이터를 타면 거울에 붙은 종이가 나풀거렸다. 미안하지만, 으로 시작해 제발 꺼져달라, 로 끝나는 글이었다. 엄마는 때를 기다려야 한다고, 금세 물살이 바뀔 거라고 태평한 소리만 해댔다.

사람들은 금방 다 잊어먹으니까 괜찮다. 변호사도 그랬다. 여론이 잠잠해지면 해볼 만하다고. 억울하게 죽은 사람이 어디 한 둘이냐. 더한 일도 쌔고 쌨다.

나는 까나리액젓도 협박문도 내 얼굴을 알아본 학부모도 하나도 안 무서웠는데 엄마의 그 말만은 무서웠다. 나는 빠짐없이 짐을 싸 이사했다. 내 물건이 완전히 없어질 때까지 집안을 들들 뒤졌다.

나는 엄마 대신 조카에게 문자를 보낸다.

〔수영아. 너 욕 좀 하니?〕

조카는 한참 만에야 답을 보내온다.

〔저 요즘 안 그래요.〕

뭘 반성하는 건지 모르겠다.

〔너 아는 욕 전부 다 나한테 보내줘봐.〕

다시 보낸 문자에 전화를 걸어온 사람은 사촌동생이다. 왜 그러는데? 도대체 애한테 뭘 원하는 건데? 잔뜩 날 선 목소리를 내던 사촌동생은 내가 자초지종을 설명하자 조금 누그러진다.

그런 거라면 도와줘야지.

고맙다. 그럼 수영이한테—

어릴 때 싹을 밟아놔야 돼. 다시는 그러지 못하게 다리를 분질러놔야지, 아주. 무조건 오냐오냐 감싸고 도니까 평생을 그러고 사는 거야. 같이 속죄하자고 해도 모자랄 판에 고모가 나한테 뭘 부탁했는지 알아? 수영이네 학교에서 탄원서를 받아다 달래, 미친 거 아냐, 정말? 수영이 너 이리 와. 빨리 와.

사촌동생이 수영을 다그친다.

자, 욕해. 여기다 대고, 빨리 욕해.

수영이 화를 내고 방으로 들어가버린다. 나는 그것을 쾅 하고 방문 닫히는 소리로 짐작한다. 내가 설득해볼게. 기다려. 사촌동생이 단호한 목소리로 전화를 끊는다. 오 분쯤 지나자 멀티메시지로 한가득 욕이 들어온다. 수영이 보낸 건지 사촌동생이 보낸 건지 모르겠다. 나는 다시 수영에게 전화를 건다.

이런 건 발음이 중요해.

수영은 잠시 고민하더니 차마 내게 대고 욕할 순 없다며 녹음 파일을 보내겠다고 한다.

녹음 파일은 한 시간이 지나서야 도착한다. 수영의 목소리는 아니고, 친구 중에 찐으로 발음할 줄 아는, 찰지고 맛깔스럽게 욕 좀 씹는다는 친구가 대신 녹음해줬다고 수영이 덧붙인다.

베프는 아니고 친구의 친구의 친구예요.

친구의 친구의 친구 발음은 거침없고 찐으로 욕 같다. 나는 수영에게 용돈 오만원을 부쳐준다.

너 진짜 이럴 테냐?

무심코 받은 전화에서 거친 목소리가 흘러나온다. 엄마다. 나는 전화를 끊어버릴까 고민한다. 종료 버튼을 누르는 간단한 행위만으로 엄마는 나를 방해하지 못하게 될 것이다. 엄마는 방문객과 다르다. 엄마는 내가 사는 집도, 내가 일하는 곳도, 내가 자주 가는 마트 상호도 모른다.

나라고 속 편한 줄 아냐. 얼굴 한번 못 봤어도 그애가 내 손주다.

엄마가 전략을 바꾼다.

매일같이 그애를 생각한다. 밤만 되면 애 우는 소리가 귀에 쩌렁쩌렁해. 좋은 데 가라고, 제발 좋은 데 가서 괴로워하지 말라고 매일 새벽 기도를 다닌다, 내가. 그런다고 그 죄를 다 어떻게 갚겠냐.

죄는 갚는 게 아니다. 갚아서 없앨 수 있는 건 빚밖에 없다. 무슨 짓을 해도 죄는 그냥 죄로 남는다. 엄마는 새벽 기도를 다닌다면서 그걸 왜 모를까.

그래도 말이다.

엄마 목소리가 은근해진다.

죽은 애가 암만 아까워도, 산 사람은 살아야지 않겠냐.

오빠가 왜 산 사람이야?

나도 모르게 말이 튀어나간다. 엄마에겐 아무 말도 해서는 안 되는데. 엄마한테 하고픈 말은 이제 진담밖에 남지 않았는데.

오빠는 죽인 사람이지 산 사람이 아니야. 죽은 사람, 산 사람이 아니라 죽은 사람이랑 죽인 사람이 있는 거라고. 오빠는 살인자고, 거기서 산 사람은.

산 사람은. 살아남은 사람은. 나는 여자를 떠올린다. 사과하러 간 내가 자꾸 벨을 누르자 발코니 문을 열고 뛰어내리려 했던 여자. 여자는 십일층에 살고 내 사과가 그녀를 또 한번 죽일 뻔했다. 그럼에도 내가 살인자가 되지 않았던 건 여자가 휠체어에서 일어날 수 없었기 때문이다. 여자는 토리를 잃었고 다리를 잃었고 아기를 잃었다. 언젠가 오빠가 출소해 여자를 찾아간다면, 여자의 집에 찾아가 문을 따고 들어선다면 여자는 벌떡 일어나 도망칠 수도 발코니 창문을 열고 뛰어내릴 수도 없다.

나는 오빠가 감옥에서 죽었으면 좋겠어.

어떤 진심은 아무리 기를 쓰고 틀어막아도 새어나가고 만다.

억울해 미칠 것 같은 날도 있었다. 뜨거운 기름에 돈가스를 밀어넣고 있자면 시커멓게 탄 고깃덩어리 같은 게 속에서 치받치는 느낌이었다. 그럴 때면 나는 오빠에게서 받은 것을 떠올렸다. 오빠는 처음 취직하고 나서 내 핸드폰을 새것으로 바꿔주었다. 할부금은 내가 냈지만 아무튼 그랬다. 학교 면접 준비를 할 때 오빠가 검은색 재킷을 사준 일도 있었다. 너무 새까매서 장례식장 갈 때 더 많이 입었지만 아무튼 그랬다. 공주알밤 한 박스를 집으로 보내준 일도 있었다. 엄마와 나는 그걸 쪄먹고 삶아먹고 생밤으로 그냥 깎아도 먹었다. 달고 실한 알밤이었다. 그래서 그렇다. 내가 그 개새끼한테 받은 게 이렇게나 많아서 대가를 치르는 거다. 받은 것들을 되새기다보면 조금은 더 참을 만했다. 참아야 할 것 같았다.

그러나 가장 억울한 건 이런 것이었다. 나는 왜 양껏 오빠를 증오할 수 없나. 저주의 끝에는 왜 늘 습관처럼 죄책감이 들러붙나. 나는 거리낌없이 오빠를 찢어 죽이라고 말하는 사람들이 부럽다. 나도 그들처럼 다만 새까만 사람이 되어 정의로운 악담만을 내뱉고 싶다. 살인자를 욕하는 데 어떤 책임감도 느끼고 싶지 않다.

그날 밤 이후로 나는 오빠에 대해 자주 생각한다. 그러나 생각해보면 오빠가 아닌, 오빠가 훼손한 것들에 대한 생각이다. 어떤 진심도 가닿을 수 없는 사라진 것들에 대한 생각이다.

*

도대체 무슨 생각이에요?

동주 엄마는 기가 막히다는 얼굴이다. 나는 그녀 앞에 놓인 동주 핸드폰을 본다. 동주 엄마가 재생 버튼을 누르자 욕이 쏟아져 나온다. 찰지고 맛깔스럽게 욕 좀 씹는다는, 수영의 베프는 결코 아닌 친구의 친구의 친구 목소리다. 동주 엄마가 정지 버튼을 누르고 몸을 부르르 떤다.

세상에 나는 이런 욕은 처음 들어봐요.

동주가 줄곧 이어폰을 꽂고 있길래 음악을 듣는 줄 알았다고, 들으면서 곧잘 따라하길래 랩을 좋아하는 줄 알았다고 동주 엄마가 따진다.

게임을 한다고 해서요.

그 말 같잖은 게임 얘긴 들었어요. 그래서요?

동주가 한 번만 이기고 싶다고.

이기면요? 한 번 이기고 나면 그다음엔요?

나는 솔직히 생각해보지 않았다고 답한다. 되게 쎄게 승규 정강이를 한 번 까게 되는, 그 상황까지만 생각했다고. 동주 엄마가 기가 막히다는 얼굴로 나를 바라본다.

최근까지 선생님이셨다면서 정말 모르세요? 이럴 땐 최대한 평범하게, 누구 눈에도 띄지 않게 있어야 한다고요. 그 빌어먹을 표적에서 벗어나려면 그냥 딱 순리대로만, 아무것도 하지 않고, 학폭위를 열겠다고 윽박지르지도 않고 우리 애랑 잘 지내라고 비굴하게 뭘 사 먹이지도 않고 딱 이만큼만.

동주 방문이 반 뼘 열려 있는데 동주 엄마는 모르는 눈치다. 말해줄까 하다가 그만둔다. 동주 얘기를 동주만 모르는 건 이상하다.

그렇게 버티면 결국 다 지나간다고요. 처음에 동주한테 관심 가졌던 이유가 뭐였든 애들은 금방 잊어버리니까, 눈에 띄는 다른 아이라면 얼마든지 또 있을 테니까.

다음 표적으로 옮겨갈 때까지 기다리라고요?

동주 엄마가 한숨을 내쉰다. 아주 낮고 느리고 끈질긴, 듣는 사람의 폐가 다 납작해질 것 같은 한숨이다. 저 집요한 숨이 두 번만 더 흘러나오면 나도 모르게 네, 알겠어요, 그럴게요, 답하게 될 것만 같다.

그게 뭐가 나빠요?

동주 엄마가 묻는다.

내 아이를 지키려고 잠깐 비겁해지는 게, 그게 뭐가 나쁘죠?

나는 동주 엄마에게 미안하다고 사과한다. 내가 뭘 몰랐다고, 아니, 아무것도 몰랐다고, 나는 당최 삶에 대해서는 옥수수 씨눈만큼도 아는 게 없다고.

선생님은 학교 일을 하시는 게 좋겠네요.

동주 엄마가 정산해둔 돈을 흰 봉투에 담아 내밀며 말한다. 학교에 있는 아이들에게 골고루 관심을 쏟는 게 선생님에겐 어울리겠다고. 그거야말로 정의롭고 무책임한 태도 아니겠냐고.

나는 모르겠다. 그러나 동주가 원하는 대로 해주고 싶다는 마음만은 진심이었다. 내게 있어 진심이 아닌 날은 단 하루도 없었다. 정말이었다.

하교 도우미를 그만둔 뒤에도 나는 다트판을 돌린다. 몸속 어딘가가 건강해질 테니 그것은 쓸모없는 일이 아니다. 그래서 평일에 한다. 재판 일자가 다가오면서 여론이 다시 들썩이고 있다고 엄마가 문자를 보낸다. 탄식인지 원망인지 모르겠어서 답하지 않는다. 나는 이력서 내기를 그만둔다.

다트판을 돌리다보면 동주가 나온다. 나는 동주와 아는 사이이고 마침 운동도 다했다. 그러니 동주와 집까지 사이좋게 걸어가는 건 그리 이상한 일이 아니다. 나는 동주와 하굣길을 벗어나 떡볶이를 먹으러 간다. 더 멀리 시장까지 걸어가 진심을담은돈가스를 사주고 싶지만 동주 엄마에게 들킬까봐 참는다. 돈가스 좋아하니? 동주는 아니요, 한다. 돈가스를 싫어하는 아이도 있구나. 나는 어쩐지 안심한다.

동주의 하교시간은 눈에 띄게 빨라진다. 매미처럼 달라붙던 승규는 보이지 않고, 진짜 매미 소리가 우리 뒤를 쫓아다닌다. 나는 동주와 나란히 쭈쭈바를 물고 길목을 돌아 집으로 향한다. 동주의 집은 대체로 비어 있다. 내 집도 마찬가지다. 동주와 나는 각자의 빈집으로 돌아가기 위해 열심히 걷는다.

근데 이모.

응?

한 번은 왜 안 돼요?

동주가 도토리 이마를 손등으로 문지른다. 땀이 흘러 간지러운 모양이다. 얼마나 힘껏 문지르는지 손등 아래로 살갗이 밀려 동주 눈썹이 웃긴 모양으로 일렁인다.

승규 정강이 까는 거, 그거 딱 한 번이면 되는데. 그거면 나는 더 안 괴로울 자신 있는데. 그건 왜 안 돼요?

동주 눈썹이 점점 더 거세게 일렁인다.

그것도 안 되면, 그럼 난 뭘 해요?

*

나는 가만한 사람이다. 가끔 가난하지만 대체로 가만하다.

가만한 사람이 되기 위해선 필사적으로 노력해야 한다. 가만함은 게으름이 아닌 노력의 결과다. 나는 매일 끈질기고 집요하게 가만해진다. 가만한 사람이 되기 위해선 생존도 잠시 내려놓아야 한다. 나는 일을 구하지 않고 집밖으로 나가지 않고 가만히, 가만히 숨만 쉰다.

가만할 때의 나는 사람들의 관심이 급격히 식은 옛날 사건이 아닌, 오빠 사건에 대한 기사들을 찾아본다. 무섭게 증식하는 댓글들을 살핀다. 한때 오빠와 알고 지냈던 사람들이 새롭게 증언하는 사건 중에는 내가 아는 것도 있고 모르는 것도 있다. 그게 놀랍다. 내가 아직도 모르고 있던 사실이 있다는 게. 가족에 대한 정보는 이전만큼 떠돌지 않는다. 그건 다행한 일일지 몰라도 내가 가만하지 않을 이유가 되진 않는다. 살인범 가족이 운영하던 고급 한정식집이 결국 문을 닫고 가게를 내놓았다는 기사를 읽는다. 엄마 소식은 그런 식으로 내게 전해진다.

도윤은 여전하다. 여전하지만 여전하지 않기도 하다. 타임라인에 올린 마지막 글은 보름 전 것이다. 단지 새로운 계정을 만들었을 뿐인지도 모른다. 그러나 내가 아는 도윤의 계정은 이것뿐이다.

나는 증인이 되기로 결심했다.

도윤의 마지막 문장은 간결하다. 그래서 무슨 일의 어느 쪽 증인을 말하는 건지 모르겠다. 아니. 사실은 안다. 결심이 필요한 일이란 대개 가족을 상처 주는 일이다. 결심 뒤에는 결코 가만할 수 없는 삶이 기다리고 있다. 도윤은 무엇을 하고 있을까. 다트판을 돌리러 가고 싶다. 어깨가 빠질 것처럼, 옆구리가 찢어질 것처럼 아파질 때까지 다트판을 돌리고 싶다. 건강하고 힘찬 인간이 되고 싶다.

한밤인데도 나란히 선 연립들 주변이 환하다. 빈집의 캄캄함보다 드문드문 켜진 빛줄기가 훨씬 또렷하다. 저렇게 환한 곳으로는 나갈 수 없다. 정전이 되면 좋을 텐데. 부동산 여자의 말과 달리 정전이 된 적은 한 번도 없다. 누수가 있다거나 보일러가 터진다는 말도 거짓일지 모른다. 그래도 나는 따지러 가지 않는다. 나는 이 집에서 불을 켜본 적도 보일러를 켜본 적도 없다. 밖에서 누가 벨을 눌러도 나가지 않는다. 그리고 무엇보다 나는, 함부로 억울해하고 따지러 다니는 그런 사람이 아니다. 나는 그렇게 격렬하지도 감정이 풍부하지도 않다. 나는 그저 가만한 사람이다.

그럼에도 때로 동주가 보고 싶다.

왜인지 모르겠다. 엄마도 도윤이도 보고 싶지 않은데. 사촌동생도 수영이도 보고 싶지 않은데. 아무것도 떠올리지 않으려 애를 써도 도토리처럼 볼록한 이마 아래 일렁이던 눈썹과 엄지손가락만큼 작은 귀가 떠오른다. 그러고 보니 동주와 인사를 하지 못했다. 방과후 교사에서 해고됐을 때, 아니, 개인 사정으로 인한 사직서를 제출하고 나왔을 때 나는 아이들과 인사를 나누지 못했다. 그럴 여유가 없었다. 지금은 여유가 있다. 나는 손윗사람에게 깍듯하고 손아랫사람에게 다정하다. 손아랫사람의 안부를 묻는 건 그리 이상한 일이 아니다.

나는 몸을 일으킨다. 하루를 보내는 일은 간단하다. 눈을 감고 몸을 웅크리고 생각을 잠그는 것만으로 간단히 날이 바뀐다. 열두시 삼십분. 땅콩잼과 블루베리잼을 바른 식빵을 우유와 함께 점심으로 먹는다. 두시 삼십분. 창틀에 올려둔 로즈마리 화분의 잎을 마른 천으로 하나하나 닦는다. 가끔 잎을 따서 씹는다. 씁쓸한 맛이 나지만 뱉지 않는다. 세시 십오분. 화요일이니 동주가 교문을 나서는 시각은 세시 사십분이다. 샤워를 하고 옷을 갈아입는다. 팔을 움직이기 쉬운, 소매가 헐렁한 옷을 골라 입는다.

다트판에는 할머니가 매달려 있다. 흰 털이 난다고 했던 할머니인지 검은 털이 난다고 했던 할머니인지 모르겠다. 어느 쪽이었든 시무룩한 표정만이 기억에 남아 있다. 나는 할머니들이 조르륵 앉아 있던 벤치에 앉아 다트판에 매달린 할머니를 바라본다. 상체가 오른쪽 왼쪽 움직일 때마다 다리가 허청허청 흔들린다. 참견하고 싶어지는 모양새다.

나는 할머니를 흘금거리며 교문을 살핀다. 할머니는 다트판에서 내려올 생각이 없고 동주도 나올 생각이 없다. 세시 오십오분.

동주가 이렇게까지 늦는 건 처음이다. 내가 초조하게 다리를 떨자 할머니가 비켜주랴고 묻는다. 다트판은 필요 없다. 나는 교문을 향해 성큼성큼 걷는다.

운동장 저편에 동주가 있다. 친구와 함께다. 동주는 친구 같은 거 없는데. 동주를 둘러싼 네 명은 친구라기보다 울타리 같다. 자꾸 방향을 바꿔가면서 동주를 감싼다. 그러느라 아이들 걸음이 더디고 더디다. 방향이 바뀌는 사이사이 도토리 이마가 보인다. 볼록한 이마가 땀에 흠뻑 젖어 있다. 동주는 책가방을 앞으로 메고 하나를 더 목에 걸고 있다. 등에 업힌 아이는 승규다. 동주 목을 꽉 죄고 매달려 있다가 중간중간 한쪽 팔을 내린다. 어디를 꼬집었는지 동주가 펄쩍 뛴다. 펄쩍펄쩍 뛰며 교문을 향해 걷는다.

그날 밤 이후로 나는 오빠에 대해 자주 생각한다. 그러나 생각해보면 오빠가 아닌, 오빠가 훼손한 것들에 대한 생각이다. 어떤 진심도 가닿을 수 없는 사라진 것들에 대한 생각이다. 오빠가 도윤의 갈비뼈를 부러뜨렸을 때 나는 화장실에 있었다. 짐볼 같은 게 터질 때 나는 빽빽하고 차분한 굉음이 거실에서 딱 두 번 울렸다. 나는 필사적으로 숨을 삼키며 화장실에 숨어 있었다. 두려웠다. 정수리 흉터와 두 달 가까이 깁스를 해야 했던 팔꿈치 같은 곳이 욱신거렸다. 성인이 되었다고 해서 두려움이 사라지는 것은 아니었다.

내가 그때 오빠의 정강이를 걷어찼더라면 어땠을까. 동주를 만난 뒤 나는 줄곧 생각해왔다. 단 한 번뿐이라 해도 되게 쎄게 오빠 정강이를 걷어찼다면, 그랬다면 어땠을까. 도윤은 방문 밖의 세계를 살게 되었을까. 머리가 한번 더 깨졌을지언정 나는 조금이라도 덜 괴로웠을까.

나는 승규에게 다가간다. 곧장, 승규에게 간다.

그냥 둬!

몇 달에 걸쳐 매일매일 다트판을 돌린 양팔에 힘이 바짝 들어간다. 마구 휘둘러대면 무엇에라도 닿을 것 같고 누구의 멱살이든 너끈히 잡아챌 수 있을 것 같다.

그냥 좀 내버려둬!

고무처럼 늘어난 내 팔이 승규를 동주 목에서 떼어낸다. 동주 목에 휘감기는 양팔을 거침없이 뜯어낸다. 누구와 게임을 해도 결코 지는 법이 없는 아이. 그러나 키는 내 허리께밖에 오지 않고 어쩌면 다섯번째 어금니는 아직 돋지도 않았을 그런 아이. 승규가 바닥에 나동그라진다. 내가 떠민 건지 혼자 넘어진 건지 기억에 없다. 아직 정강이를 걷어찬 것도 아닌데 승규는 너무 작고 볼품없는 꼴이다.

이런 인간이었구나. 나는 망설임 없이 이런 짓을 할 수 있는 인간이었구나. 이렇게 습하고 비열한 눈으로 사실은 아무 상관 없는 어린애를 바닥으로 내던지는, 이런 짓밖에 할 수 없는 인간이었구나. 그런데 그 두 가지뿐인가? 약자가 되지 않으려면 이렇게, 상대를 힘껏 내던지는 인간밖에 될 수 없나? 뒤를 돌아보니 동주가 저멀리 있다. 동주는 주춤주춤 내게서 멀어지는 중이다. 어느 곳으로든 들어가 문을 잠가버릴 것 같다. 다시는 내게 볼록한 이마를 보여주지 않을 것 같다.

주변에서 다급한 발소리가 들린다. 그래도 나는 확인하고 싶은 게 있다. 사과할 거니? 나는 승규에게 묻는다. 팔이 무겁다. 어디든 가닿을 수 있게 길어진 팔이 견딜 수 없게 무겁다. 할머니들이 참견했던 것처럼 잘못된 자세로 운동을 하면 팔이 망가진다. 나는 바닥으로 팔을 떨군다. 그래도 사과를 해, 라고 말한다. 사과를 해, 승규야 제발,

진심을 다해서.

가까운 곳에서 울음소리가 들린다. 나는 그저 팔을 늘어뜨린 채 답을 기다리고 있다.

| 작가노트 |

# 어떤 진심

이 소설은 제목이 여러 번 바뀌었다. 처음 소설을 구상할 당시 가제는 '어떤 진심'이었다. 소설 중반부를 쓸 즈음 제목은 '단 한 번'으로 바뀌었다. 마지막 단락을 써넣으면서 파일명을 바꿨는데, 그때 썼던 것이 지금의 제목 '완전한 사과'였다. 흘러온 제목의 이력이 내가 하고 싶은 얘기였던 셈이다. 단 한 번이라도 진심이 담긴 사과를 해줘.

나는 한때 가장 고통스러운 소설을 쓰고 싶었다. 쓰는 동안 불쾌감에 젖어 땀을 흘렸고 내가 느끼는 무력감이 독자에게 고스란히 전달되기를 바랐다. 어느 때의 나는 단단한 소설을 쓰고 싶었다. 사람의 마음이든 사물이든 세계든 문장에 담기는 모든 것이 단단해지기를 바랐다. 살구씨처럼 옹골찬 것이 누군가의 기억 속에 박히기를 바랐다. 어느 날엔 다짐 같은 소설을 쓰고 싶기도 했다. 어떤 종류의 다짐이든 무엇을 위한 다짐이든 누구라도 다짐할 수 있기를 바랐다. 어떤 소설을 썼든 내게 있어 진심이 아닌 날은 단 하루도 없었다.

내가 쓰는 소설이 어느 날 나를 이루게 될지도 모른다는 생각을 한다. 나는 그저 텅 비어 있다. 내 주위를 빼곡하게 감싼 소설들이 일종의 거푸집이 되어, 나를 몇 개든 찍어낼 수 있을 것 같다. 소설을 쓸 때마다 나의 빈 곳을 한 군데씩 찾아내게 되니 불가능한 일도 아닐 것이다.

나는 늘 쓰고 있다. 언제나 그랬듯이, 진심이다.

| 리뷰 |

# '완전한 사과'는 불가능하지만, '생존'하는 인간으로 이어져 있으므로 우리는

서영인(문학평론가)

대략 이런 사정이 있다. 한 남자가 여자와 아기에게 상해를 가했다. 남자와 동거 혹은 혼인 관계인 여자는 불구가 되었고, 아기는 죽었다. 그리고 여자가 키우던 강아지도 죽었다. 남자는 여자와 자식에게 폭력을 휘두르고 급기야 자식을 죽인 살인범이 되었고, 인터넷에 신상이 공개되었다. 가족들의 신상과 직장이 공개되고, 가족들의 집에는 액젓이나 고추장 테러, 혹은 욕설과 협박이 끊이지 않았다. 남자의 엄마가 경영하던 한식집은 폐업했고, 여동생은 다니던 직장을 잃었다.

사건에 관한 이야기라면, 인간으로서 해서는 안 될 일을 저지른 범인에 대한 비판과 그러한 폭력 성향이 범죄로 노출되는 사회적 상황에 대한 분석이나 개탄, 특별히 여성과 아이를 향해 가해진 폭력과 그 원인으로서의 사회적 불평등이나 인식의 문제를 생각해볼 수 있을 것이다. 인터넷 여론 몰이의 맹목성이나 폭력성에 대해서, 가해자의 가족이라는 이유만으로 감수해야 할 피해의 부당함이나 독립적 개인으로서의 인권을 논의의 주제로 삼아볼 수도 있다.

「완전한 사과」는 범죄를 저지른 남자의 여동생을 화자로 삼음으로써 예상 가능한 주제를 비껴간다. 혹은 넘어선다. 범죄를 저지른 남자의 여동생인 '나'는 물론 가해자가 아니다. 오빠를 동정하거나 옹호하려는 일체의 행동을 거부함으로써 '나'는 오히려 피해자의 입장에 선다. '나'는 어려서부터 오빠의 폭력 성향의 피해자였으며, 사건 이후에는 오빠를 옹호하려는 엄마에게 오빠의 범죄 사실을 환기하고 '산 사람은 살아야 한다'는 엄마의 논리에 격렬한 반대를 표하면서 가해자의 주변으로부터 스스로 멀어진다. 사건 이후 자신을 알아본 사람이 있다는 이유만으로 직장을 그만두어야 했으며, 그 밖에 가해자의 가족으로 겪어야 하는 피해를 감수했다. "나는 피해자지만 항의하지 않"으며, "내 잘못이 아니라고 해서 내게 다른 선택지가 허락되는 건 아니"라는 것도 안다. 다른 선택지가 없으므로, 할 수 있는 일이 없으므로 '나'는 그저 '생존'한다. 생존을 위해 돈가스를 튀기고 열 살짜리 아이의 하교 도우미가 된다.

소설이 복잡해지고 흥미로워지는 것은 여기서부터이다. '생존'하기 위해, 어떻게든 살아야 하므로 그가 겪어야 하는 괴로움과 죄책감, 그리고 도무지 행사할 수 없는 정의로움에 대한 생각들. 살인을 저지른 오빠를 두고 '산 사람은 어떻게든 살아야 한다'는 엄마의 발언과는 다른 의미로, '어떻게든 살기 위해' 지켜야 하는 인간다움을 위한 '나'의 선택을 독자 역시 어떻게든 따라가지 않을 수 없다. 오빠가 '산 사람으로 어떻게든 살기' 위해서는 탄원서를 받고, 합의를 하고 자신의 범죄를 반성하는 척을 하고 죄의 무게를 경감하기 위해 못할 짓을 해야 한다. 내가 '산 사람으로 어떻게든 살기' 위해서는 오빠가 저지른 죄의 무게를 부인하지 않고, 그것이 오빠만의 문제가 아님을 외면하지 않아야 하며, 그리하여 오빠의 죄에 조금이라도 부가된 나의 몫에 대해 생각하고 또 생각해야 한다. '진심'이라는 이름이 붙은 돈가스를 튀길 때마다 가슴이 덜컥 내려앉고, 하교를 돌봐주는 어린아이가 당하는 폭력을 외면할 수 없다. 오빠의 폭력과 아이의 폭력이 이어져 있다는 것을 모를 수가 없기 때문이다.

"그날 밤 이후로 나는 오빠에 대해 자주 생각한다." 사실은 "오빠가 아닌, 오빠가 훼손한 것들에 대한 생각"이다. '훼손한 것과 관련된 오빠 생각'은 소설에서 두 번 등장한다. 첫번째 것은 어쩌면 평범해 보일지도 모른다. 오빠가 취직 기념으로 사준 핸드폰과 취업 준비를 위한 재킷, 그리고 엄마와 먹으라고 보내준 알밤 같은 것들. 그런 사소한 인정과 호의에 고마워하며 그것을 기억해온 가족으로서의 습관들. 소소한 다정함에 대한 기억과 잘못된 것에 대한 정의로운 분노를 함께 잃어버렸다. 그리고 두번째는 죄책감으로 등장한다. 엄밀히 말하자면 죄책감은 오빠가 훼손한 것이 아니다. 오빠가 훼손한 것 때문에 죄책감이 생겼다. 어릴 적 오빠의 폭력을 외면했던 기억이 죄책감을 낳았다. 오빠가 동생의 갈비뼈를 부러뜨릴 때 '나'는 화장실에 숨어 있었으므로. 두려워서 숨어 있었던 기억이 오빠를 온전히 증오할 수 없게 만들었다. '나' 역시 머리가 깨지고 팔이 부러졌지만, 침묵함으로써 약한 자가 맞고 당해야 하는 방식이 통용된 것은 아닌가. 그렇게 방조한 폭력이 또다른 폭력으로 이어져 이번에는 아기를 죽이고 여자의 다리를 망가뜨렸으므로, 나는 오빠의 범죄에 연루되어 있는가.

하교 도우미를 하며 돌보는 어린 동주가 당하는 학교 폭력과 오빠의 폭력에 대한 기억이 이어지는 장면은 그래서 중요하다. 어린 동주가 딱 한 번이라도 친구의 정강이를 "쎄게, 딱 한 번만 까봤으면" 좋겠다고 했을 때 그를 돕기로 한 것은 아마도 오빠의 폭력을 방조하거나 회피한 기억 때문일 것이다. 그 일로 인해 동주가 더 괴롭더라도, 적어도 폭력에 분노하고 정의를 주장할 수 있는 마음만은 지켜주고 싶었을 것이다. 약자를 괴롭히는 폭력에 폭력으로 맞설 수밖에 없는가. 혹은 어린 피해자를 구하기 위해 선의의 가해자가 될 수밖에 없는가, 같은 질문 속에서 '나'는 결국 동주를 괴롭히는 승규를 떠밀어서 넘어뜨린다. 팔을 늘어뜨리고 '나'가 서 있는 결말 이후로 많은 이야기가 남겨져 있다는 것을 우리는 안다.

오빠가 죽인 아기 조카와 이마가 볼록한 동주가 연결되고, 동주가 당하는 학교 폭력이 오빠의 폭력으로 연결된다. 동주가 학교 폭력을 당하는 줄 알면서도 아이들의 관심이 동주를 지나가기만을 바라는 동주 엄마와, '산 사람은 살아야 한다'는 나의 엄마가 연결되어 있다. 돈가스를 튀기면서 진심을 생각하고 오빠가 훼손한 것을 자꾸 생각하면서 동주를 괴롭히는 어린 가해자를 지켜보는 내 시선이 생겨난다.

그리고 이 모든 것은 내가 '생존'하는 동안 일어난다. 주말은 대개 쓸모없는 일을 하며 보내고, 평일엔 생존한다. 살아가는 의미를 '생존'이라는 말로 최소화했지만, 생존하는 동안 해야 할 일을 나는 외면할 수 없다. 인터넷에 신상이 공개되고 직장을 잃고 재개발이 엎어져 버려진 동네로 이사를 하면서도 생존하기 위해 움직이는 동안 '나'는 누군가와 연결되어 있고, 그동안은 내가 그들과 관계 맺으면서 지켜야 할 것들을 생각해야만 한다. 사건을 피해자와 가해자의 관계로만 생각할 때 그것은 그저 범죄이지만, 피해자와 가해자 사이, 사과와 진심과 죄책감을 생각할 때 연루된 많은 사람들이 사건의 주변에 등장한다. 피해자와 가해자와 그 주변과 가족과 일터가 고려되는 곳에서 비로소 공동체를 사고할 공간이 생겨난다. 피해자와 가해자로 구획된 영역 바깥의 제삼자가 아니라, 그들의 삶과 행동에 영향을 미치고 영향을 입는 공동체의 구성원으로 우리는 서로를 바라보게 된다.

애써 생존이라는 말로 '나'의 행동을 건조하고 망연하게 서술하고 있지만, 생존하는 동안 일어난 모든 일들이 모두 '완전한' 사과의 형식이라는 것을 짐작한다. 그저 '미안하다'고 내뱉고 나면 그만일 수도 있겠으나 '완전한'이라는 한정이 붙으면서 '사과'는 특별해진다. 살아 있는 인간의 윤리와 연대라는 뻔한 말을 이 소설은 이토록 고심하며 토해놓는다. 불가능하겠지만, 우리는 여전히 포기하지 않고 복잡한 마음으로 '완전한' 생존과 자존을 생각하고 또 생각할 수밖에 없다. 「완전한 사과」는 소설이 할 수 있고 해야 할 일을 '진행형'으로 진지하게 보여준다. 오랜만에 그런 소설을 읽었다.

**진연주**

# 나의 사랑스럽고 지긋지긋한 개들

**작가노트**

씻김굿

**리뷰 | 차미령**

길을 간다는 것
—예정된 상실과 그럼에도 예상 밖의 삶에 대하여

**진연주**

2008년 한국일보 신춘문예에 단편소설 「방(房)」이 당선되어 등단. 소설집 『이 방에 어떤 생이 다녀갔다』, 장편소설 『코케인』이 있다.

# 나의 사랑스럽고 지긋지긋한 개들

난 걷는 데 재능이 없는 것 같아. 난 걷는 데 재능이 없다. 없는 재능으로 무언가를 할 때는 얼굴에서 핏기가 사라진다. 창백해진다는 말이다. 걸을 때마다 그랬다. 창백해졌지. 난 창백한 채로 흰 벽돌담으로 갔다. 나의 개들을 따라. 나의 개들은 흰 벽돌담으로 갔다. 나와 달리 나의 개들은 걷는 데 재능이 있는 것 같았다. 매우 경쾌하고 활기차고 단호한 발걸음으로 잘린 꼬리를 흔들며—나의 개들은 숨구멍이 막히기도 전에 꼬리를 잘렸는데 위생상 그래야만 했다고는 해도 여전히 나는 나의 개들의 의사를 묻지 않고 꼬리를 자른 것에 어떤 죄의식 같은 것을 느낀다—다른 곳에 정신이 팔릴 법도 한데 단 한 번도 정신을 파는 법 없이 흰 벽돌담으로 갔다. 벽돌담으로서는 드물게 흰색을 갖게 된 흰 벽돌담은 아담한 이층집을 제법 폭넓게 둘러싸고 있었는데 그러한 대담함은 아담한 이층집을 더 아담하게 만들기에 충분했고 한편으로 아담한 이층집에 어떤 비밀스러운 분위기를 입히고 증폭시켰다.

흰 벽돌담은 내 집에서 남쪽으로 2.5킬로미터 떨어진 곳에 있다. 시속 3.7킬로미터로 걸었을 때 사십 분 정도가 소요되고 약 삼천오백 걸음이 필요한 거리다. 물론 이것은 최선을 다해 재능을 발휘했을 때 얻을 수 있는 결과물이다. 걷는 데 재능이 없는 사람은 걷기 위해 필요한 근육을 시의적절하게 사용하거나 근력을 끌어 쓰거나 몸을 동적이고 정적인 상태로 유지하는 방법에 절대적으로 무지한 것을 넘어 걷기라는 동작이 사용되는 방식에 대해서조차 모르는 것 같다. 그러니까 사십 분 정도 걸어나가면 다시 사십 분 정도를 걸어야 돌아올 수 있다는 아주 간명한 사실조차. 이러한 무지로 나는 매일 대가를 치렀다. 한 시간 이십 분을, 늘 최선을 다해 없는 재능을 발휘할 수는 없는 노릇이므로 때로 한 시간 반이 되기도 하고 두 시간이 되기도 하는 시간을 걸으면서 녹초가 됐다. 걷는 데 재능이 있는 나의 개들도 한 시간 이십 분, 아니면 두 시간이 되기도 하는 시간을 걸어 돌아오면 녹초가 되는 것 같았다. 우리는 모두 녹초가 된 채로 각자의 자리에 널브러져 잠에 들었다. 녹초가 되는데도, 녹초가 되면서까지 나의 개들이 흰 벽돌담으로 가는 이유를 모르겠다. 아마 계속 모르겠지. 하나 분명한 것이 있다면 나의 개들이 흰 벽돌담 아래에서 오줌누는 일을 즐긴다는 것이다. 나의 개들은 흰 벽돌담 아래에서 뒷다리를 굽히거나 한쪽 다리를 슬며시 들어올린 채로 적당한 양의 오줌이 적당한 속도로 쏟아지도록 하는 일에 집중했다. 그러고는 만족스럽게 웃었다. 일이 다 끝나고 나면 만족스럽게 웃었다. 익살맞기는. 만족스러운 웃음은 어찌나 익살맞은지.

나의 개들이 흰 벽돌담으로 가는 이유와는 별개로 언제부터인가 나 역시 그곳으로 가는 일에 집착했다. 특별하고도 별것 아닌 이유로. 어느 날 흰 벽돌담 아래 흰 백합이 놓인 것을 발견했다. 봄이었다. 햇볕이 지붕이며 담장이며 길바닥으로 너울졌고 좁은 골목에 그을음을 만들며 지나가기도 했다. 막 잠에서 깨어난 것 같은 얼떨떨한 표정을 한 사람이 지나쳤고 치킨집 전단지가 휙, 휘릭, 휘이익, 공중으로 떠올랐다가 가라앉았다. 나의 개들도 전단지가 떠오를 때마다 꺙, 하며 덩달아 떠올랐는데 태생적으로 짧은 다리를 지녀서인지 떠오른다기보다는 버둥거리는 것에 가까웠다. 나는 그처럼 귀엽고 우스꽝스러운 모습은 본 적이 없었다. 입술을 깨물었다. 그리고 경쾌해졌어. 나는 내가 걷는 데 재능이 없다는 사실을 잊고 경쾌한 나의 개들과 함께 경쾌하게 나아갔다. 경쾌하게 걷는 일은 지루하게 걷는 일과는 비할 게 못 됐다. 세포 하나하나가 요동치기 시작한 것은 물론이고 기분까지 가뿐하고 말끔해졌다. 그곳은 어디예요 흰 벽돌담은 왜 흰 벽돌담인가요 아담한 이층집에 사는 사람들은 누구인가요. 나는 되도 않는 문장들에 멜로디까지 붙여 흥얼거리며 경쾌하게 나아갔다.

이쁜이들 오늘도 산책 나왔어? 옷걸이 집게를 든 세탁소 주인이 나의 개들을 바라보며 말했다. 나는 개들 대신 목례를 하며 동네 주민이라도 된 것 같은 따뜻한 느낌에 사로잡혔다. 이 동네는 대부분 담장을 허물고 그곳에 꽃밭을 가꾸거나 지붕이 달린 작은 그네를 매달아놓거나 빨간 우체통을 세워놓거나 평상을 내다 놓거나 커다란 나무를 심어놓기도 했는데 그런 소소한 풍경의 변화가 동네에 정겹고 여유롭고 그윽한 분위기를 감돌게 했다. 잠깐이었으나 세탁소 주인과 인사를 주고받는 동안 나는 그런 멋진 동네의 주민이 된 것 같아 기분이 좋아졌다. 나는 개들의 목줄을 조금 늦추고 불현듯 구부러지는 골목으로 들어섰다. 골목이라고는 해도 차 두 대 정도는 여유롭게 오갈 수 있는 넓이인데다가 양쪽으로 담장 없는 집들이 앉아 있어 더 넓어 보였다. 넓은 골목을 얼마간 걷다가 나와 나의 개들은 흰 벽돌담에 다다랐다. 담장을 허문 동네에서 유일하게 서 있는 담장이었으나 이질감을 주거나 고압적인 느낌을 풍기지는 않았다. 흰색 벽돌 자체가 밝고 편안한 느낌을 주는 것은 물론이고 담장을 미끄러지며 은은하게 빛나는 햇빛과 벽돌 틈에서 소담스레 자라고 있는 녹색 식물들이 제법 한적한 전원의 정취를 자아낸 탓인 것 같았다. 나의 개들은 담장 밑에서 삐죽 솟아난 풀과 그 풀을 감싸고 있는 작은 흙더미에 코를 박고 킁킁대다가 오줌 눌 채비를 했다. 나는 나의 개 한 마리가 뒷다리를 굽히고 또다른 개 한 마리가 한쪽 다리를 슬며시 들어올린 채로 오줌 누는 모습을 대견하게 바라보며 등에 짊어진 가방에서 물병을 꺼내 목을 축이고 나의 개들이 마실 수 있도록 작은 컵에 물을 따랐다. 그때 발견했지. 그때 발견했다. 흰 벽돌담 아래 흰 백합. 그 모습은 매우 묘하고 기괴했는데 그 모습은 뭐랄까, 점점이 꺼지는 지상의 불빛들을 바라볼 때처럼 뿌옇고 침침하고 어두컴컴한 기분이 들게 했고 순식간에 추운 방으로 나를 돌려보냈다.

나는 추운 방에 누워 백합을 상상하고는 했다. 그을린 벽을 타고 하얀 입김이 피어올랐고 그리고 입김은, 방을 가로질러 묶어놓은 빨랫줄 위를 굴러 반대편 벽으로 가 사라졌다. 백합! 백합이 어떻게 생겼더라. 릴리. 나리. 알뿌리 식물이고 여름에 꽃을 피운다. 씨앗으로 시작해 꽃을 피우기까지 사 년이나 걸리는 꽤나 까탈스럽고 도도하고 수줍은 식물로, 나는 백합이 약용수이고 여섯 장의 꽃잎으로 이루어져 있으며 왕가나 수도회, 대학 들의 문장에 많이 쓰인다는 것을 알고 있었으나 생김새는 도통 떠올리지 못하는 채로 백합을 상상하며 밤을 보냈다. 백합 향기에 질식해 숨졌다는 누군가의 이야기를 들은 후부터였을 것이다. 죽어야 한다면, 죽을 수 있다면, 백합이야말로 닳아빠진 생을 마감하기에 가장 우아한 방법 같았다. 어떻게 생겼더라. 아무려면 어떤가. 꽃으로 죽을 수 있다면야. 나 그때는 정말 엄청 죽고 싶었다고. 아주 오래 전에 말이다. 백합 향기에 질식해 죽는 것보다 웃다가 죽는 게 더 쉬울 거라는 말을 듣고는 잊었지. 백합을 잊었다. 그러고는 단 한 번도 생각하지 않았다. 그랬는데.

나는 창백해진 얼굴을 어루만졌다. 핏기가 빠져나간 얼굴. 잔뜩 긴장했어. 잔뜩 긴장했다. 나는 상실할 것이니까. 나는 무언가를 상실할 것이다. 그것은 예정되었고 예정된 수순이다. 그것이 나를 겁먹게 한다. 이러한 상태로 모든 날을, 예정된 상실을 살아내야 한다니! 나는 상실에 대해 완벽하게 무지한 것은 아니나 완벽하게 이해한다고도 말할 수 없다. 완벽하게 균질한 경험은 존재하지 않는다. 경험이 거듭된다고 해도 그것이 완벽하게 균등한 이해를 보장하는 것은 아니다. 나는 새롭게 출발해야 할 것이다. 새로운 상실과 상실로부터 오는 새삼스러운 절망을 거듭 경험해야 할 것이다. 지나간 경험을 토대로 상실에 대비할 수도 없을 것이다. 또한 사실을 말하자면 나는 그러고 싶지 않다. 상실을 예상하고 상상하면서 남은 날을 보내야 한다는 것은 인간적이지 못하다. 더불어 그것은 격조에 어긋나는 짓이다. 나는 예정이 실현될 날을 불현듯이 느닷없이 건잡을 수 없이 맞을 것이다. 그것이 맥박을 잃은 자에 대한 최소한의 예의다, 아무렴. 맥박을 잃고 온도를 잃고 부드럽게 밀착해오는 육체의 유연성과 호흡을 잃고 느리게 누설되는 숨의 행방과 신경의 팔딱임을 잃고, 다. 시. 상. 실. 하. 고. 비좁은 곳에 갇혀 더디게 웃으면서 그 뒤에 숨은 그림자를 더 멀리 더 깊은 곳으로 보내면서 온몸으로 상실을 맞아야지. 예정은 취소될 수 없다. 이전의 경험에서 내가 배운 게 있다면 어떤 상실은 슬픔으로 기록되는 것이 아니라 분노로 기록된다는 것이다. 나는 하나도 슬프지 않았다. 단지 화가 났다. 화가 나서, 잘 가요 엄마 가서 다시는 오지 말아요, 말했다. 사랑한다거나 용서해달라는 말 대신. 그런 말들은 너무 늦게 왔다. 그렇게 불현듯 갈 일이냐고. 나는 굳은 엄마를 끌어안고 말했다. 잘 가요 엄마. 가서 다시는 오지 말아요.

저 쥐새끼들 좀 치워, 씻기든가. 쥐새끼 아니고 개새끼거든? 엄마는 나의 개들을 쥐새끼라 했고 엄마의 쥐새끼들은 씻고 며칠만 지나도 개 비린내를 풍겼다. 그리고 나의 개들은 나와 살기 위해 개처럼이 아니라 쥐새끼처럼 지냈다. 꼬질꼬질하고 달큼한 냄새, 꼬질꼬질해서 달큼한 냄새를 숨기기 위해 작은방에서 숨어 지냈다. 나의 개들은 자신에게 주어진 운명을 납득하고 잘 받아들이는 것 같았다. 나는 그처럼 포기가 빠른 개들과 사는 것이 슬펐으나 왜 슬픈지는 알 수 없었다. 다만 나의 개들이 잘 숨을 수 있도록 나마저 잘 숨기는 일에 몰두했다. 작은방에서 나가지 않았다는 말이다. 어쨌거나 엄마는 목소리를 낼 줄 아는 사람이었다. 속에 있는 말을 속에만 두는 일은 절대 일어나지 않았는데 그렇다고 엄마가 타고난 수다쟁이였던 것은 아니다. 열두 세대가 사는 빌라에서 열두 세대 주민과 거침없는 대화를 나눈 정도랄까. 작은방에 앉아 있으면 간혹 엄마의 목소리가 들려왔다. 이쪽에서, 저쪽에서, 위에서, 아래에서. 대부분 공동주택에 사는 입주민이 지녀야 할 태도와 수칙에 관련한 것이었는데 예를 들자면 계단에 화분을 놓지 말라거나 옥상에 담배꽁초를 버리지 말라거나 지정된 곳에 주차를 하라는 요청 같은 것들이었다. 대뜸 목소리를 높이는 통에 혼쭐을 내는 것처럼 들리는 게 문제였으나 엄마의 요청은 대부분 정당했고 문제가 해결된 후에는 두루 잘 지내기도 했다. 나와 601호를 제외하고는.

내가 601호 아주머니를 처음 본 것은 본가로 합가한 지 육 개월 남짓 되었을 때였다. 잠깐만요오. 같이 가요오. 잘 차려입은 아주머니가 엘리베이터 문틈으로 손을 밀어넣었다. 나는 서둘러 열림 버튼을 누른 후 나의 개들을 품에 안았고 아주머니는 나와 나의 개들을 흘깃거리고는 내게 등을 보인 채로 문에 바투 붙어섰다. 딸인가 보네에. 말꼬리를 길게 늘이는 것이 아주머니의 말버릇인 것 같았다. 나는 대답을 하는 대신, 말똥가리 울음소리 같네에, 생각했다. 목소리 톤이 높고 가는데다가 말꼬리를 길게 늘여 말하는 것이 말똥가리 울음소리를 떠오르게 했던 것이다. 아주머니의 차림새는 무엇 하나 지나치지 않은 것이 없었다. 모자에 달린 챙은 목을 덮을 정도로 길고 넓었는데 물결치듯 구불거리는 모양새라 휴양지에나 어울릴 법했고 타탄체크무늬의 녹색 투피스에는 여러 가지 색깔의 비즈가 장식돼 있었다. 올리브그린색의 벨벳 구두에도 하얗고 파란 구슬이 어지럽게 박혀 있어 화려함에 화려함을 더했다. 나는 웃음을 참기 위해 입술을 깨물고는 정면을 응시했다. 채도 높은 붉은색 립스틱과 그 때문에 더 돋보이는 아주머니의 입가 주름이 문에 얼비쳤다. 녹슬고 깨진 양동이에 온갖 화려한 꽃들을 마구잡이로 꽂아놓은 것 같은 차림새였다. 어딜 가나 개새끼이 고양이 새끼이. 문이 열리는 것과 동시에 아주머니는 말똥가리 울음소리를 내며 황급히 달아났다. 개새끼들 아아 가자아. 나는 아주머니의 잰걸음을 한참이나 바라보다가 나의 개들과 함께 나의 개들이 좋아하는 흰 벽돌담으로 가기 위해 발을 옮겼다.

희한하게도 그후 601호 거주자들과 연달아 마주쳤다. 그래 봤자 두 사람이었는데 두 사람 다 남자였고 두 사람 다 연령대를 가늠하기 어려웠다. 아니, 두 사람이 비슷한 연배로 보여서 관계를 어림짐작하기 어려웠다는 게 맞을 터였다. 두 사람 모두 백발에 피부는 팽팽했고 폴리에스터 재질의 군청색 바지 차림이었는데 다른 게 있다면 한 사람은 회색, 한 사람은 검은색 아노락을 걸쳤다는 것과 검은색 아노락 차림을 한 남자의 걸음새가 제법 특이하다는 것뿐이었다. 검은색 아노락 차림의 남자는 한자리에 서서 몸을 앞뒤로 몇 번 흔들고서야 겨우 한 걸음을 내디뎠는데 그때마다 다시 한 걸음을 되돌리는 통에 매우 힘을 내 두어 걸음을 내딛지 않는 이상 아무리 걸어도 제자리에서 벗어날 방도가 없어 보였다. 엄마에게 들은 바에 의하면 어디가 아프다는데 어디가 아픈 건지는 빌라 사람들 누구도 아는 바가 없다고 했다. 에미가 저러고 다니니까 아들이 저 모양이지. 엄마는 남자와 마주친 후에는 입버릇처럼 그렇게 말했다. 아픈 사람 쪽이 아들인 모양이었다. 어쨌거나 나는 혹여라도 601호 아들과 마주치지 않도록 주의를 기울였다. 앞집에서 인기척이 들리면 잠잠해질 때까지 현관 문고리를 잡고 있는 식으로. 601호 아들의 행실이 기이해서가 아니라 눈빛 때문이었는데 뭐랄까 끈적해. 기분 나빠. 601호 아들의 눈빛에서는 축축하고 진저리쳐지는 무언가가 느껴졌다. 엘리베이터에서 마주치기라도 하는 날에는 영혼까지 으깨지는 것 같았다. 그 탁하고 섬뜩한 공기. 601호 아들은 구석에 기댄 채로 웅얼거리는 말소리와 함께 요란한 숨을 내뱉었고 중간중간 으흥 으흥 웃음소리를 흘렸다. 이빨 뒤에 도사리고 있다가 간신히 빠져나온 듯 짓눌린 소리와 내 목덜미로부터 등으로 둔부로 다리로 이어지는 시선 때문에 나는 얼어붙었다. 물어! 물어! 나는 사색이 되어 돌아온 후 혹여라도 있을 불상사를 대비해 나의 개들에게 무는 법을 가르쳤다. 하지만 웬걸. 나의 개들은 물라고 던져준 인형을 볼 때마다 식겁을 하고 달아났다. 나의 개들은 착해도 너무 착했다.

착한 것들과 실없는 농담이나 해가며 하루하루 나이 먹는 일. 오래된 집을 손보는 것처럼 오래된 육신을 돌보는 일. 늙은 개. 더 늙은 개와 덜 늙은 개. 더 늙은 개는 더할 나위 없이 깡말라서 등뼈가 드러나 보인다. 공깃돌 같은 등뼈. 공깃돌보다 작은 등뼈. 늙은 개야, 밥을 먹어라. 더 늙은 개는 밥 먹는 걸 자꾸 잊는다. 듣지도 못하고, 듣지 못해서 밥 먹는 걸 또 잊는다. 듣지 못하면 입술이라도 읽으면 되겠는데 더 늙은 개는 보는 법도 잊은 듯하다. 눈동자는 탁해졌고 한곳을 오래 응시하는 일도 없다. 나는 나를 뚫어지게 바라보지 못하는 눈을 뚫어지게 들여다보면서 늙은 개야 밥을 먹어라 말하지만 더 늙은 개는 밥을 먹는 대신 이부자리를 찾아간다. 공포에 떨며. 시각이 아니라 익숙한 사물들과 사물들이 만들어낸 지형 같은 것에 의지하여. 남아 있는 희미한 밝기에 의탁하여. 가끔 헛딛고 간혹 부딪히면서. 더 늙은 개에게 세계는 조금 더 협소해졌을까. 들리지 않고 보이지 않는 만큼, 들리고 보이는 만큼, 딱 그만큼 세계는 협소해졌을까. 나는 더 늙은 개의 늙은 발걸음을 바라보며 가급적, 가능하면, 상실의 속도가 느리기를 빈다. 이름 붙일 수 없는 어떤 무형의 존재에게. 한 줌인 몸을 바라보며, 한 줌이 된 몸을 바라보며 더 늙은 개가 조금 더 늦게 죽음을 결정하기를 빈다.

덜 늙은 개는 자주 사라져 있다. 어떤 연민이 거대하게 팽창해 저와 나 사이를 멀리 떨어뜨려놓았다는 것을 알고 있다. 나에게 아무것도 요청하지 않고 아무것도 기대하지 않고 자주 사라져서 사라진 채로 한 인간이 예정된 상실을 대하는 자세를 지켜보고 있다. 밥맛 떨어지는 일일 테지. 이기적인 허약함을 읽는 일은 밥맛 떨어지는 일일 것이 분명하다. 그런 이유로 덜 늙은 개도 끼니를 줄였다. 허리가 좁아지고 대퇴도 얄팍해졌다. 수술한 다리는—덜 늙은 개는 얼마 전 삼각인대 파열로 다리를 수술했다—여전히 땅을 밀어내는 일에 서툴다. 오래 자고 피곤이 응축된 눈으로 나를 응시한다. 눈에서 곧잘 원망이 읽힌다. 당신의 사랑은 전혀 중립적이지 않아, 라고 말한다. 하지만 있잖아, 우리는 우리를 우리라고 불러야만 하리라. 서로 달라서 이끌리고 지속적인 지루함을 견디고 모종의 기쁨을 이어왔으니까. 그러니까 우리,

산책 가자. 더 늙은 개는 강보로 싸안고 덜 늙은 개는 유모차에 태운다. 우리를 이루는 모든 것들이 낯설고 우스꽝스럽다. 낯설고 우스꽝스러워서 곧잘 화가 난다. 화가 많아졌다. 엄마를 잃었을 때부터인 것 같다. 상실이란 것이 너무 쉽고 어이없게 도착해서 내내 화가 났다. 그때에도 나는 불현듯이 느닷없이 걷잡을 수 없이 벌어진 일을 어쩌지도 못하고 받아들였다. 받아들이는 수밖에 없었다. 모든 게 너무 쉬워서 며칠이고 몇 날이고 화가 났다. 사랑한다는 말은 너무 늦게 왔지. 너무 늦게 와서 나는 고작 다시는 오지 말라는 말 따위나 했다. 돌이켜보면 엄마는 나의 개들처

럼 걷는 데 재능이 있었어. 걷는 데 재능이 있었다. 꽃 피면 꽃 핀다고 비 오면 비 온다고 눈 내리면 눈 내린다고 집을 나섰고 하염없이 시간이 흐른 후에야 돌아오고는 했다. 엄마에게도 흰 벽돌담 같은 곳이 있었던 걸까. 가서 오줌을 누는 그런 곳 말이다. 나는 엄마가 돌아오지 않으면 어쩌나 같은 걱정은 한 번도 하지 않았는데 어쨌거나 엄마는 매번 돌아왔고 무엇보다 엄마가 집을 나선 후에 찾아온 격렬한 고요가 내게 기쁨과 안정감을 주었기 때문이다. 엄마가 없어야 비로소 숨통이 트였지. 숨통이 트였다. 높고 큰 목소리가 없는 곳에서 나는 기꺼이 찾아온 자유와 함께 커다란 숨을 몰아쉬었다. 내내 비탈길에 서 있다가 가까스로 평지로 내려온 느낌이었다. 나의 개들과 함께. 엄마가 집을 나서면 나는 작은방의 문을 열고 소몰이하듯 개들을 몰아냈는데 나의 개들은 얼떨떨한 채로 몸을 잘게 떨면서 한 발 두 발 전진하다가 낯선 구역에 당도해서는 마치 신대륙을 발견한 탐험가라도 된 듯 뱅뱅 돌며 광분했다. 오 마이 갓. 나의 개들이 몸속에 감춰둔, 감쪽같이 감춰둔 야생이라니. 엄마가 없는 곳에서 엄마의 쥐새끼들이 마침내 개가 되어 날뛰는 모습을 나는 흐뭇하게 바라보았다. 왜 저래. 나의 개들은 웃음이 나는 짓도 서슴지 않았다. 고함을 지르며 우다다 와다다 혼비백산 도망치는 시늉을 했고 바닥을 정신없이 긁다가 갑자기 달렸다. 서로 양양거리며 목이나 등에 앞발을 얹고 무는 시늉을 하며 놀았다. 목줄을 매지 않았을 때의 위용을 원 없이 과시하는 것 같았다. 나는 과장되게 웃으며 개답구나, 했다. 목줄을 매지 않은 나의 개들은 어느 때보다 더 개다워 보였다. 이제 그런 시간들은 굳어버렸지만. 엄마의 의자처럼.

엄마는 한동안 앉아 지냈다. 엄마 자신이 의자인 것처럼. 잘 때마저. 누우면 숨이 가쁘다고 했다. 실내 공기가 숨을 뺏는다고 했다. 엄마는 주차장 한편에 의자를 내어놓고 한 시간이고 두 시간이고 앉아 있기만 했다. 주차장으로 바람이 몰아쳐도 앉아 있기만 했다. 겨울이었고 생명이란 생명은 다 저물어 꼼짝도 않았다. 모두 굳은 곳에서 엄마는 엄마만의 시간을 살았다. 그 계절 내가 제일 많이 내뱉은 말은 굳이였다. 굳이 그렇게 앉아 있어야 해? 굳이 밖에서? 굳이 먹지도 않고? 짜증이 나고 번거로웠으나 가족의 도리로, 가족된 의리로 나는 종종 주차장으로 내려가 엄마를 살폈다. 엄마는 의자에 앉아 있다기보다는 얹혀 있었는데 그도 그럴 것이 반토막 난 몸집 때문에 부피감이 느껴지지 않았을뿐더러 한 톨의 의지도 없는 사람처럼 보였다. 그러고 보니 나와 나의 개들에게 화를 낸 지도 오래였다. 엄마는 모든 것에 무심하거나 모든 것을 연민하면서 나무의자에 앉아 시간을 보냈다. 흐트러짐 없이 단호하게, 그러면서도 온화하고 감미로운 기운을 내뿜으며. 그 모습은 선뜻 다가설 수 없는 근엄하고 장중한 분위기를 물씬 풍겼다. 나는 그러한 의외의 모습에 당황하며 멀찌감치 서서 엄마를 지켜보았다. 엄마는 정면을 주시한 채로 가만히 앉아 있다가 두어 번 무언가를 향해 손을 내뻗고는 다시 툭 떨어뜨렸는데 무엇을 잡기 위해 손을 내뻗은 것인지는 당최 알 수 없었다. 다만 이 장면이 어떤 식으로든 앞으로의 내 생을 지배하겠구나 막연하게 짐작했을 따름이다. 쥐새끼들 밥 멕일 시간 아니야? 엄마가 말했다. 나 있는 줄 어떻게 알았대? 쳐다보지도 않고선. 나는 엄마에게 가는 대신 뒤돌아 도어록 키패드를 눌렀다. 손발이 떨릴 만큼 배가 고팠다.

601호 아들이 다시 나타난 것은 그맘때였다. 601호 아들은 말문이 막힌 채로 살았고 601호 내외는 가벼운 인사 외에는 그 누구와도 제대로 된 대화를 나누지 않는 모양이었다. 그렇게 601호의 삶은 심연으로 가라앉았으나 소문만은 무성했다. 개중에는 낯뜨겁고 볼썽사나운 추문도 더러 있었는데 그도 그럴 것이 그들의 드나듦에는 확실히 낯설고 이상한 데가 있었기 때문이다. 이혼했나? 엄마가 말했다. 601호 아저씨가 짐 몇 개와 아들을 챙겨서 나갔다는 것이다. 어디 가시냐니까 대답은 않고 잘사시라고 하대. 엄마는 이랬나 저랬나 하며 결론도 나지 않을 궁리를 이어갔는데 나는 엄마가 그러거나 말거나 앞으로 그 집 아들 꼴을 보지 않아도 된다는 생각에 신이 났다. 그후로도 엄마는 간간이 601호 아주머니가 젊은 사내를 들였다느니 그 사내가 부동산에 집을 내놨다느니 그 집 아들이 죽었다느니 죽였다느니 하는, 그럴 법도 하고 얼토당토않기도 한 말들을 전하곤 했다. 나로서는 그 말의 진위를 가릴 재간이 없는데다가 엄마 말을 믿고 안 믿고 하는 것이 중요한 것도 아니어서 흘려듣는 게 일이었으나 밥통 사건 이후로 엄마가 601호 얘기를 꺼낼 때마다 신경이 곤두섰다. 엄마가 내게 전화하는 일은 매우 드물었는데 그 드문 일이 일어났고 그 일은 지금 생각해도 어안이 벙벙하다. 엄마는 빨리 들어와서 이것 좀 보라며 화를 내고는 대뜸 전화를 끊었다. 나는 저 너머의 엄마가 그토록 분통을 터뜨리는 이유가 뭘까 생각하다가 이유도 모르는 채로 버스에 올라탔다. 그러고는 명치에서부터 끌어모은 숨을 크게 내쉬었다. 또 한번. 다시 한번. 그리고 숨은 내가 영원히 엄마를 이해하지 못하리란 절망으로, 어쩌면 증오로 이어졌다. 나는 유리창에 머리를 밀착시킨 채로 계속해서 숨을 몰아쉬었다. 지친다. 정말 지쳐. 나는 중얼거렸다. 하마터면 울 뻔했잖아. 울 뻔했네. 나는 다시 중얼거렸다. 엄마가 분통을 터뜨린 이유는 너무 뜻밖이었고 기가 막혔다. 밥통을 속아서 샀다는 것이다. 아무리 해도 열리지 않고 도무지 열릴 생각을 않는다는 것이다. 새 밥통이 아니라 헌 밥통이야 헌 밥통. 왜 저러지. 왜 저러는 걸까. 압력을 해제해야지. 시계방향으로 돌려야지. 차근차근 설명하고 조목조목 알려준 후에도 같은 일이 두어 번 더 일어났다. 조마조마했다. 엄마의 마지막 숨결이 먼지구름처럼 일어나고 있었다. 엄마는 생각이 꺼지는 끝에 앉아 있었다. 나무의자에.

언제 왔대? 다시 왔대? 완전히 왔대? 나는 공기처럼 앉아 있는 엄마를 흔들어 깨웠다. 엄마는 그저 웃었다. 그러고는 한참 후 말했다. 모르겠다 나도. 601호 아들은 그날부터 매일 엄마가 앉아 있는 의자 주변을 맴돌았다. 한자리에 서서 몸을 앞뒤로 몇 번 흔들고 겨우 한 걸음 내딛고 한 걸음 되돌리고 다시 한 걸음 내디디면서. 엄마는 멈춰 있고 601호 아들은 멈춘 채 움직이고. 그 모양새가 매일 반복됐다. 그리고 어느 날부터인가 엄마의 손에 꽃이 들렸다. 파꽃, 동국, 소국, 패랭이, 풍로초, 여우꼬리, 양귀비, 살거나 죽은 꽃들을 들고 엄마는 애연하게 앉아 햇볕을 즐겼다. 기묘하고 이상했다. 기묘하고 이상했는데 그게 그리 나쁘지 않았단 말이야. 나쁘지 않았다. 언제나 정면만을 응시하던 엄마는 601호 아들이 움직이는 방향을 따라 고개를 돌렸고 간혹 웃었다. 엄마가 웃었다.

엄마가 간 후 작은방 문을 열어 고정시켜놓았다. 나의 개들은 작은방에서 해방돼 낯선 구역을 점령했으나 우다다 와다다 혼비백산 도망치는 시늉을 하거나 바닥을 정신없이 긁다가 갑자기 달리거나 서로 양양거리며 목이나 등에 앞발을 얹고 무는 시늉을 하며 놀지는 않았다. 엄마도 없고 목줄도 없었으나 나이가 목줄이 된 것이다. 나의 개들은 늙고 지쳐서, 늙고 지친 모습 그대로 이부자리에 널브러졌다가 간신히 일어나 오줌을 누고는 고개를 숙인 채로 어슬렁거릴 뿐 별다른 활기를 보여주진 않았다. 척추가 무너지고 뼈마디가 헐거워지고 피부가 말라가고 내장이 쪼그라들고 활력징후 역시 점차 사라지고 있었기 때문이다. 나와 나의 개들의 생활 방식을 대대적으로 정비해야 할 때가 온 것 같았다. 와, 흰 벽돌담 많네? 나는 공간을 둘로 나눠 한편에 배변패드로 줄담을 만들었다. 막돼먹은 놈처럼 아무데나 오줌을 싸지 말라는 유순한 압박이었는데 더 늙은 개는 자기만의 방식을 따로 개발해 나를 놀라게 했다. 이부자리에 편안히 누워 오줌을 눈 다음 끼앵끼앵 나를 부르는 식이었다. 좋았다. 하루에 몇 차례쯤 이부자리를 빨면 그만이니까. 늙은데다 백내장에 신부전 환자이기도 한 나의 늙은 개가 다치지 말고 시원하게 오줌 싸는 삶만 살았으면 했으니까. 어쩌다 배변패드에 오줌을 누게 되면 나는 말했다. 천재 아니야? 천재네. 천재 맞네.

더 늙은 개는 나의 엄마처럼 먹지도 않고 움직이지도 않았다. 신부전 수치가 심전도 그래프처럼 오르락내리락했다. 수치가 오를 때마다 더 늙은 개는 더 적막해졌다. 통조림을 으깨서 떠먹여도 도통 입을 열지 않았는데 나는 더 늙은 개와 지내며 늙으면 혓바닥 힘도 약해진다는 걸 알았다. 호기롭게 숟가락을 핥아도 입속으로 말아넣지를 못했고 손등을 핥을 때마다 느껴지던 찰기도 사라졌다. 찰싹 달라붙어줘. 그렇게 허둥대지 말고 말이야. 듣지도 못하는 개에게 나는 매번 말했다.

더 늙은 개에게 밥을 먹이다가 이제 스스로 먹는 날은 오지 않을 것을 깨달았다. 늙은 개야, 밥을 먹어라. 체에 받쳐 내린 것을 주사기로 밀어넣을 때마다 더 늙은 개는 헛구역질을 했다. 더 늙은 개는 음식을 토해내고 나는 심장을 토해내는 날이 지속됐다. 그 곁에서 덜 늙은 개는 우울증을 앓았다. 물끄러미 쳐다보다가 한 발 한 발 뒤로 물러나 결국 구석이 되고 졸고 자고 등을 굽혀 느리게 걷고. 덜 늙은 개의 등이 자꾸 굽었다. 낙타처럼 불쑥 솟은 등에 소외감과 슬픔을 차곡차곡 쟁여두는 일, 그것이 덜 늙은 개가 할 수 있는 유일한 보복인 것 같았다.

이제 그만 붙들고 있지? 봄이잖아. 더 늙은 개가 말했다. 조금만 더 붙들고 있게 해줘. 봄이잖아. 내가 말했다. 다시 봄이었다. 다시 봄 속에서 엄마의 손에 들려 있던 꽃들은 죽었거나 비로소 죽은 채 여전히 테이블 위에 놓여 있었다. 엄마는 꽃을 좋아했는데. 나는 한 번도 엄마에게 꽃을 선물한 적이 없었어. 그러고 보니 그랬다. 그러고 보니 질식사 얘기도 엄마에게서 들은 것 같다. 백합을 한아름 사들고 와서 그랬지. 누군가 백합 향기에 질식해 숨졌다고. 그러니 꽃에 코를 박고 킁킁거려선 안 된다고. 이상한 기분이 들었다. 꽃을 한아름 사들고 온 엄마도, 엄마 품에 안긴 꽃도 이상했다. 꽃이 사람을 죽인다니. 이상하지. 이상했다. 다 이상하고 괴이해서 나는 백합 곁에는 가지 않았고, 그러나 백합에 깊이 매료됐다. 이상한 일이지. 이상한 일이다. 더 늙은 개가 엄마를 찾다가 병들어버린 것도 이상했다. 엄마는 나의 개를 사랑한 적이 없는데. 나의 더 늙은 개는 엄마가 사라진 후 엄마를 찾는 일에 맹목적으로 몰두했다. 집안 곳곳을 기웃거리고, 최선을 다해 고개를 뺀 채 소파나 식탁의자 위를 살피고, 엄마 방에 잠자리를 펴고, 엄마 옷 위에 앉아 울었다. 끼우 끼우 울었다. 저리 비키시지. 다 태울 거니까 저리 비키셔. 말해도. 어르고 달래도 내려오지 않고 한사코 엄마 옷 위에 앉아 끼우 끼우 울었다. 그렇게 한 달을 살다가 나의 더 늙은 개는 밥을 끊었어. 밥을 끊었다.

이제 더 늙은 개는 내가 제 목숨을 좀더 붙들고 있을 거라는 사실에 동의한 것 같다. 헛구역질을 멈췄고 주사기로 밀어넣는 양식도 제법 잘 받아먹는다. 간혹 입안 어딘가에 잘 숨겨놓고 삼키지 않는 식의 속임수를 쓰는데 슬며시 주둥이를 쥔다든가 코를 막으면 어쩔 수 없다는 투로 삼킨다. 이 사기꾼아! 더 늙은 개는 강마른 네 다리를 일으켜 거실 산책에 나서거나 햇빛을 깔개 삼아 앉고 적막한 귓속에서 들려오는 소리에 골몰하기도 한다. 더 늙은 개가 듣는 소리는 어떤 것일까 궁금하다. 궁금하지만 묻지 않는다. 개에게도 비밀이 있겠지. 비밀이 있을 거다. 비밀을 비밀로 남겨두는 것도 나쁘지 않다. 근데 너 때문에 자꾸 시큰해지잖니. 더 늙은 개의 모든 시간들이 내 몸속 어딘가를 자꾸 시큰하게 한다. 엄마를 볼 때도 그럴걸. 시큰할걸. 다시는 오지 말아요라니. 굳이. 굳이 말이다. 고개를 빳빳하게 들고 대들지 말걸. 잘 먹일걸. 먹지 않아도 먹일걸.

엄마가 간 후 나의 개들은 걷는 재능을 더이상 발휘하지 않기로 결심한 것 같았다. 반대로 나는 없는 재능을 개발하기로 마음먹었어. 없는 재능을 개발하기로 마음먹었다. 내가 할 수 있는 후회란 그런 것이었으니까. 그런 것이었다. 안녕하세요. 내게 인사하는 재능이 있다는 것도 발견했다. 열두 세대 입주민들의 얼굴이 그제야 들어왔다. 아이구우 어째애 엄마가 그렇게 가셔서 어째애. 601호 아주머니가 여전한 차림새와 여전한 말투로 알은체를 해도 내게 부과된 지겹고 귀찮은 의무라 생각하지 않고 인사할 수 있을 정도로 재능 있는 사람이 되었다고. 601호 아들도 여전했다. 아주 답답한 걸음을 답답하게 걷고 별난 말소리와 숨소리와 웃음소리를 흘리고 눈빛도 불안하다. 아픈 사람이니까. 어디가 아픈지는 모르겠지만 아픈 사람이니까 601호 아들에게도 안녕하세요 인사한다.

다소 외롭고 슬펐지만 나도 나의 개들도 다소 외롭고 슬픈 상태에 익숙해지고 있다.

나의 게으른, 늙은 개들을 데리고 집을 나선다. 더 늙은 개는 강보로 싸안고 덜 늙은 개는 유모차에 태운다. 우리를 이루는 모든 것들이 여전히, 낯설고 우스꽝스럽다. 낯설고 우스꽝스러워서 곧잘 웃는다. 애기 같네. 회춘했네. 회춘했어. 나의 개들을 번갈아 보며 말한다. 더 늙은 개는 강보에 싸인 채로 두리번거리고 덜 늙은 개는 유모차에 탄 채로 두리번거린다. 이제 내려달라거나, 내려달라거나, 내려달라는 말은 하지 않는다. 이제 저희도 걸음을 버틸 수 없다는 것을 안다. 더 늙은 개는 보이지 않는 눈으로 열심히 보면서 길을 간다. 들리지 않는 귀로 열심히 들으면서 길을 간다. 덜 늙은 개는 간혹 몸을 돌려 나와 더 늙은 개의 자취를 확인하면서 길을 간다. 하지만 너희는 냄새로 시간의 변화를 알아채는 종족이니 보이지 않는 눈으로도 들리지 않는 귀로도 불편한 다리로도 더 많이 보고 더 많은 것을 듣고 더 먼 곳까지 갈 수 있어. 갈 수 있다. 나는 웃고, 이 세상에서 가장 아름다운 생명체를 주시하면서 기억하면서 길을 간다. 나는 길을 간다. 예정된 상실을 조금씩 미루면서, 나는 길을 간다. 나의 사랑스럽고 지긋지긋한 개들과 함께.

| 작가노트 |

# 씻김굿

달래는 요크셔테리어로 태어나 내 딸로 살았다.

잘 먹고 잘 자고 잘 놀고 신경질도 잘 내면서 열심히 내 딸로 살았다.

요즘은 죽음을 연습하느라 바쁘다.
하루에도 몇 번씩 굳는다.
발작하느라 바쁜 아이를 안아 일으키면서 나는 매번 약속을 깬다.
울지 않는 일이 가장 어렵다.

무슨 말을 해야 하나.

달래는 내 어머니와 불화했으나 내 어머니를 사랑했고 그리워

했다. 타박을 받으면서도 줄곧 내 어머니를 따라다녔는데 어머니도 싫지 않았는지 말년에는 달래와 함께 창밖을 내다보거나 바람 냄새 꽃냄새를 맡으며 소일했다.

나 역시 어머니와 불화했다. 누구든 붙잡고 어머니 흉을 봤다. 내 불행의 팔할은 어머니 때문인 것처럼 굴었다. 그래서 어머니가 죽었을 때 나는 어처구니가 없었다. 이렇게 간다고? 정말? 아마 그랬을 것이다.

어머니는 죽었다.

숨 못 쉬는 병에 걸려 죽었다.

후회, 회한, 그런 건 모르겠다. 나는 다만 어머니의 영정 사진을 매일 닦을 뿐이다.

소설을 쓰기로 했을 때

그 둘의 이야기를 하지 않고는 무엇도 쓸 수 없을 것을 알았다. 사적인 경험을 소설로 옮기는 일은 하지 않겠다고 다짐했는데. 다짐은 깨라고 있는 거지, 그랬다.

에피소드의 대부분은 상상에서 가져왔지만 상상을 가능하게 한 것은 어머니와 달래다. 내가 사랑하고 미워한 한 존재, 사랑한 한 존재. 가고, 가려는 존재들.

그러니까

이 소설은 어머니와 달래의 것이다.

고마움도 어머니와 달래의 것이다. 그리고 묵묵히 소외를 견뎌준 덜 늙은 개 나무의 것이다.

또다른 고마움은 또다른 이들의 것이고, 말하지 않아도 알 테다.

# 길을 간다는 것
## —예정된 상실과 그럼에도 예상 밖의 삶에 대하여

차미령(문학평론가)

운동성과 응고성, 혹은 '걷기'와 '굳기'의 대위법이 이 소설의 기본적인 호흡을 구성한다. 소설은 "걷는 데 재능이 없"는 '나'와 '나'의 개들의 산책 이야기로 시작한다. 걷기에 관한 한, 나보다 나은 쪽은 개들이다. '나'는 "세포 하나하나"의 움직임을 느끼며, 개들에게 이끌려 그들과 함께 경쾌하게 나아간다.

이와는 반대로 산책 맞은편의 일상은 "잘 숨기는 일에 몰두"하는 시간들로 채워진다. '나'는 개들과 함께 작은 방에 숨는다. 그리고 그 방을 벗어나는 마지막 관문 역시 개방성보다는 폐쇄성이 부각되는 엘리베이터이다. 그 속에서 잠시 스쳐가는 다세대 빌라의 입주민들, 가령 '601호'들은 '나'의 문틈을 비집고 들어오는 침입자처럼 그려진다.

그런 '나'와 개들에게 산책은 소중한 시간이다. 방안에 갇혀 있던 개들이 엄마의 외출과 함께 "야생"을 되찾고 자유를 만끽하듯이, '나'의 반경을 넓혀놓는 산책을 통해서 '나'는 잠시나마 다른 존재가 된 듯한 느낌에 사로잡힌다.

이 산책의 반환점에는 '흰 벽돌담'이 자리하고 있다. 소설에서 흰 벽돌담은 삶에 잠시 허락되는, 숨막히는 일상을 빠져나와 웃으며 자족할 수 있게 하는 삶의 쉼터와도 같은 곳이다. 하지만 산책의 끝에 언제나 돌아가야 할 '추운 방'이 기다리고 있듯이, '나'가 마주한 흰 벽돌담 아래엔 죽음을 연상케 하는 흰 백합이 피어 있다.

발랄하고 경쾌한 도입부의 스케치를 지나고 나면 서사는 곧 두 겹의 상실, 이미 일어난 상실과 예정된 상실에 감싸인다. 소설에서 걷는 데 재능이 있는 또다른 존재는 '나'의 엄마다. '나'가 잘 숨기고, 또 잘 숨어 있는 사람인 반면에 엄마는 "목소리를 낼 줄 아는 사람"이었다. 하지만 생의 말년, "생각이 꺼지는 끝"에서 엄마는 점점 더 이해하기 어려운 존재가 되어간다. "영원히 엄마를 이해하지 못하리란 절망으로, 어쩌면 증오로" '나'는 지쳐가고, 엄마는 점점 굳어간다. 열두 세대 주민들의 삶을 능란하게 조율했던 엄마는 이제 없다. 대신 엄마는 주차장에 앉아 망연히 하루를 보낸다.

이어서 마침내 '나'로서는 "불현듯이 느닷없이 걷잡을 수 없이" 상실이 들이닥친다. 엄마가 죽은 후, '나'의 개들도 굳어가기 시작한다. 산책길의 끝에서 만나던 흰 벽돌담은 이제 방에 줄담처럼 만들어놓은 배변패드로 대체된다. '나'는 백내장과 신부전을 앓는 개와 함께 살며, 개의 척추에서, 뼈마디에서, 피부에서, 내장에서 활력이 사라지고 있음을 느낀다. 스스로 먹을 수도 없는 "더 늙은 개는 음식을 토해내고 나는 심장을 토해내는 날"이 지속된다. '나'는 더 늙은 개에게 말한다. 조금만 더 붙들고 있게 해달라고.

「나의 사랑스럽고 지긋지긋한 개들」에서는 고유명사로서 개별자의 이름이 배제되어 있다. '나'의 이름도, 엄마의 이름도 없다. 그나마 비중 있게 등장하는 이웃도 '601호'로 지칭된다. 흔하게는 익명성의 세계로 읽힐 이 세계는, 그러나 삶에 대한 새로운 거리 감각으로 건축되고 있는 듯하다. 노견과의 생활사를 중심으로 한 묘사는 지극히 세밀하면서도, 그 구체적인 실감이 타인의 삶을 엿보고 있다는 느낌으로 이어지지는 않는다.

또한 이 소설에서는 '나'의 연령이나 직업 등 정체성을 구성하는 일반적인 단서들은 대개 흐릿하게 처리되어 있다. 소설 속 '나'가 어떤 일을 하고 살며, 어떤 사람들과 친밀한 관계를 맺고 있는지 알기 어렵다. 그래서 언뜻 보아 소설 속 '나'는 일은 물론, 친구도 없는 듯하다. 하지만 이 말은 정확하지 않다. '나'는 다른 존재를 돌보는 일, 그중에서도 가장 어려운 일에 속하는 간병을 하고 있다. 단지 그 존재가 개인 것이다. 아울러 소설은 '나'와 개들의 공생에 근원적인 소통의 불가능성이 가로놓여 있다는 사실도 놓치지 않는다. 가령 개들이 왜 녹초가 되면서까지 흰 벽돌담을 향해 가는지 '나'는 알지 못한다. 때로 그 불가능성은 가혹한 선택의 딜레마 속에서 '나'에게 죄의식을 심어놓기도 한다.

사람-인물과 다름없이 개-인물의 이름 역시 소설이 끝날 때까지 제시되지 않는다. 오직 '더 늙은 개'와 '덜 늙은 개'로 불릴 뿐이다. 물론 두 마리 개의 상이한 캐릭터성은 그들의 처지를 헤아리는 내레이터에 의해 분명히 구별되지만, 늙어간다는 점에서는 다르지 않다. '더'와 '덜'이라는 수식어의 차이가 있을 뿐, 존재는 단지 내일보다 덜, 어제보다 더 늙을 수만 있다. 결국 모든 존재가 그러하듯이 죽음을 기다리며.

그러니 이 소설은 돌이킬 수 없는 상실을 예정하고 있는 개들과 그들의 반려에 대한 이야기이자, 근원적인 상실로서의 죽음에 대한 이야기이다. 사랑하는 존재가 점점 예정된 상실로 가는 과정은 견디기 어려운 것이다. 이를 고통스럽게 응시하는 소설은 그럼에도 용기를 잃지 않으며, 그 예정된 과정 속에서도 예상 밖의 변화가 깃들어 있음을 발견해나간다.

그 변화들은 우선 엄마와 다른 존재들과의 관계성 속에서 일어난다. 이를테면 처음에 601호의 아들은 '나'를 위협하는 시선을 중심으로 포착되었다. 하지만 엄마가 예정된 상실을 향해 가는 동안 "몸을 앞뒤로 몇 번 흔들고서야 겨우 한 걸음을 내"디디는 그의 기이한 움직임은 엄마를 가운데 둔 공전운동으로 바뀌고, 그 반복 속에서 어느 날부턴가 엄마의 손에 꽃들이 피어나기 시작한다. '나'의 개들은 어떠한가. '나'의 관점에서 엄마는 '나'의 개들을 개가 아닌 '쥐새끼'로 살게 하던 사람이었다. '나'가 보기에 엄마는 '나'의 개를 사랑한 적이 없었던 것 같은데, 더 늙은 개는 엄마를 영영 찾을 수 없게 되자 삶의 기력을 잃어간다. 나아가 '나' 또한 '나'의 개들을 돌보는 시간을 통해 엄마를 잃어가고 있는 동안 자신이 놓치고 있었던 것들을 뒤늦게 깨닫는다.

잔잔하고 때로 미소짓게 하는 소설의 문장들 사이에서, 상실에 대한 '나'의 진술은 고통스럽게 비어져나온다. 내레이터인 '나'에 따르면, 삶은 "예정된 상실을 살아내"는 것에 불과하다. 경험했다고 해서 대비할 수 없는 것. 매번 새롭게 다가와 매번 새롭게 절망할밖에 다른 도리가 없는 것. 하지만 '나'는 이렇게 진술하고 있기도 하다. "상실을 예상하고 상상하면서 남은 날을 보내야 한다는 것은 인간적이지 못하다. 더불어 그것은 격조에 어긋나는 짓이다."

'나'는 엄마도, 개들도 각기 그들이 가진 재능을 발휘할 수 없게 된 상황 속에서, "없는 재능을 개발"하기로 마음먹는다. 남은 이야기로 미루어볼 때, 아무래도 그 재능이란 나 아닌 다른 존재들과 관계를 맺어가려는 노력, 다른 존재들을 이해하려는 시도 속에서 찾아질 듯하다.

소설의 마지막 페이지는 다시 이야기의 원점으로 돌아와 '나'와 개들의 산책 풍경을 보여준다. 물론 우리가 소설의 첫 페이지에서 만났던 장면과는 많이 다르다. 하지만 '나'는 진술한다. "우리를 이루는 모든 것들이 여전히, 낯설고 우스꽝스럽다"고. 그들의 걸음으로 버틸 수 없다는 것을 알면서도 보이지 않는 눈으로 보고, 들리지 않는 귀로 들으며 내딛는 발걸음들. '흰 벽돌담'이라는 꿈같은 목적지 대신에, 과정 그 자체의 소중함을 각인시키기라도 하듯 오로지 걷는 그 '길'에 집중하며. 걷는 데 재능이 없던 한 존재는, 이제 그렇게 길을 간다.

정용준

# 미스터 심플

작가노트

심플한 슬픔

리뷰 | 김금희

그 슬픔에 오래오래 박수를 보낼 것이다

**정용준**

2009년 『현대문학』 신인추천에 단편소설 「굿나잇, 오블로」가 당선되어 등단. 젊은작가상, 황순원문학상, 소나기마을문학상, 문지문학상, 한무숙문학상 수상. 소설집 『가나』 『우리는 혈육이 아니냐』, 장편소설 『바벨』 『프롬 토니오』 『내가 말하고 있잖아』, 중편소설 『유령』 『세계의 호수』가 있다.

# 미스터 심플

## 1

'구매하고 싶습니다.' 문자를 보내고 새벽 한시라는 걸 깨달았다. 곧바로 '늦었네요. 아침에 확인해주세요'라는 말을 덧붙였다. 다룰 줄도 모르는 클래식기타가 왜 탐이 났던 걸까. 좋아 보였다. 상판에서 좋은 나무의 품격이 느껴졌고 금장 줄감개는 견고해 보였다. 답변이 왔다. '구매 가능하십니다. 지금 화이트빨래방 앞에서 거래 가능하신지요.' 뭐라고 답할까, 생각하다가 인상을 찌푸렸다. 왜 산다고 했을까. 두 달 넘게 밖에 나가지 않았다. 나갈 일은 많았지만 나갈 힘이 없었고 나가고 싶지도 않았다. 이렇게 지내서는 안 된다는 마음과 모르겠다는 무기력한 마음 사이에 끼어 침대와 책상만 오갔다. 택배 거래는 안 되느냐고 물어보려다 악기는 접수가 안 된다는 사실이 떠올랐다. 비대면 거래로 가능한지 물어볼까 싶다가 자리에서 일어났다. 나가자. 모르는 사람은 아무도 아니다. 물건 주고 물건 받으면 끝. 괜찮으냐, 묻지 않을 거고 괜찮을 거야, 거지같은 위로도 하지 않겠지. 환기가 필요하다. 빨래도 밀려 있고 일도 밀려 있다. 빨래방. 좋은 핑계다. 좋다는 답변을 보내고 음악을 껐다. 패딩을 걸치고 모자를 쓰고 고요 속에 잠시 앉아 있었다. 기타 판매글의 상태가 '예약중'으로 바뀌었다.

판매자는 오른손엔 기타 케이스를, 왼손엔 쇼핑백을 들고 빨래방 앞에 서 있었다. 무릎까지 내려오는 회색 모직코트에 까만 방한화를 신고 있었다. 작은 키에 통통한 체형이 펭귄을 연상시키는 남자였다. 우리는 눈이 마주치자 동시에 고개를 끄덕였다. 그는 환한 형광빛이 쏟아지는 창문 쪽으로 걸어가더니 바닥에 하드케이스를 놓고 뚜껑을 열었다. 괜찮습니다. 그냥 주셔도 돼요, 라고 했지만 그는 대꾸 없이 기타를 들어 보였다. 사진보다 좋아 보였다. 넥은 휘지 않고 크랙이나 덴트 없는 보디는 깔끔했다. 값을 지불하고 기타를 받았다.

잘 사용하겠습니다.

네.

우리는 인사하고 잠시 서 있었다. 당황했다. 그는 집으로 가지 않았다. 그 역시 내가 가만히 서 있으니 당황한 듯 보였다. 나는 어깨에 멘 백팩과 들고 있던 더플백을 내려놓으며 말했다.

저는 빨래할 게 있어서요.

그는 바닥에 놓은 쇼핑백을 들며 답했다.

아, 저도.

새벽의 빨래방은 아름답다. 기름과 섬유유연제가 섞인 묘한 냄새. 훈기와 습기가 동시에 느껴지는 공기. 시끄러운 세탁기 소리와 그것을 에워싸고 가만히 눌러주는 적막과 고요. 어두운 거리가 보이는 환하고 커다란 창문까지. 나른한 몸과 마음으로 가만히 앉아 밖을 보면 쓸쓸해 죽을 것 같은데, 그것도 좋다. 에드워드 호퍼의 그림 속에 있는 것 같은 감상적인 기분까지 든다. 세탁과 건조에 각각 삼십 분. 짧지만 순도 높은 시간이다. 잘 읽히고 잘 써진다. 활자가 눈을 통해 뇌로 바로 인쇄되는 것 같다. 생각과 이미지는 막힘없이 단어와 문장으로 번역된다. 하지만 이상하지. 여기에 오면 좋을 걸 알면서, 이렇게 써지고 읽게 될 것을 알면서, 안 오게 된다. 아니, 그래서 안 오는 것일지도. 좋아지는 것을 원하면서, 좋아지는 나 자신은 원하지 않는 마음. 지친다. 지겹고.

나는 창문이 보이는 의자에 앉았고 판매자는 1번 건조기 옆 의자에 앉았다. 그는 두툼한 벽돌색 커버의 노트를 펼쳐놓고 손가락 사이에 연필을 끼워 빙글빙글 돌리고 있었다. 세탁이 끝났다는 알람이 울렸다. 그는 이십 킬로그램짜리 세탁기에서 세탁물을 꺼내 건조기에 집어넣었다. 동전을 교환하며 슬쩍 그의 세탁물을 봤다. 양이 적었다. 하얀 셔츠들과 검정 바지 몇 벌이 다였다. 속옷부터 얇은 이불까지 삼십 킬로그램 용량도 부족한 내 것과는 달랐다. 세탁물을 건조기에 구겨넣고 자리에 돌아가려는데 그가 자라처럼 머리를 앞으로 쑥 빼고 서서 내 자리를 보고 있는 게 느껴졌다. 그의 시선은 내가 번역중인 원고와 소설책에 고정되어 있었다. 나는 발소리를 내며 그를 스쳐지나갔고 그는 제자리로 돌아가 앉았다.

원고에 몰두했다. 간만에 생긴 집중력이었다. 시끄러울수록 고요해지는 건조기 소리가 톡톡 등을 밀어주는 것 같다. 극심한 기후변화로 인간과 대다수의 육지 동물들이 탈진하거나 얼어죽는 세계. 열대의 곤충들과 극지의 나무들만 살아남은 상황. 달라진 생태를 설명하는 부분을 통과하는 데에 어려움을 겪고 있다. 생태 관련 전문용어가 많아 단어를 계속 검색해야 했다. 무엇보다 지나치게 길고 지루해서 넘어가지지가 않았다. 하지만 오늘 반드시 이 부분을 끝낼 것이다. 이상한 느낌. 무심코 뒤를 돌아봤다가 깜짝 놀랐다. 그가 어깨 너머에서 원고와 책을 보고 있었다. 놀란 나는 몸을 움츠렸고 그는 나보다 더 놀란 얼굴로 재빨리 한 발 물러섰다. 그는 붉게 변한 얼굴로 고개를 숙여 사과했다. 놀랐으나 딱히 그가 위해를 가한 건 아니기에 어색하게 미소를 지었다. 그는 머뭇거리며 계속 서 있다가 말했다.

오래전부터 계획한 자살이지, 충동적으로 저지른 절망적 행위가 아니야.

네?

저 책. 『몰락하는 자』, 저도 읽어봤습니다.

의아한 마음에 찬찬히 그를 살펴봤다. 오십대 중반 정도로 보였다. 곱슬거리는 머리는 귀를 덮을 정도로 길고 옆머리는 하얗게 셌다. 얼굴빛은 어둡고 잔주름이 많은 눈가엔 작은 물사마귀가 있었다. 눈은 약간 충혈됐고 전체적으로 노란기가 돌았지만 안경 뒤에 숨은 눈빛은 반짝반짝했다. 판매자는 최근 문화센터를 다니면서 독서와 글쓰기에 취미를 갖게 되었는데 마침 수업시간에 읽은 책을 발견해 반가운 마음이 들었다고 했다. 토마스 베른하르트가 지하 세계의 몇 명만 아는 마니악한 작가는 아니지만 누군가 빨래방에서 그의 책을 읽고 있다면 나 역시 관심을 가질 것 같았다. 하지만 문장을 외우고 있다니, '조심해야 한다'. 무의식이 경고해주고 있었다.

강좌 제목이 뭐라고 하셨죠?

인생을 담는 글쓰기요.

인생을 담는 글쓰기라. 제목을 그렇게 달콤하게 지어놓고 재능 없는 어중간한 예술가들은 차라리 죽어버리는 게 낫다는 냉소로 가득한 책을 읽히다니, 강사가 어떤 사람일지 짐작이 됐다. 나는 고개를 끄덕이고 잘 알았다는, 이제는 각자 하던 일을 하자는 미소를 지었다. 그는 계속 서 있었다.

혹시 작가세요?

아뇨.

그럼요?

뭐라고 설명해야 할까. 한때 출판사에 있었지만 지금은 외주 받은 원고를 교정 교열하는 프리랜서고 번역도 하고 있다고 말해야 할까. 그러면 그는 또 묻겠지. 무엇을 번역하느냐. 어떤 원고냐.

출판사에서 일합니다.

아.

이해했다는 건지, 모르겠다는 건지, 그는 고개를 끄덕이면서도 계속 원고를 쳐다봤다. 그때 1번 건조기가 끝났다는 신호음이 울렸다. 그는 건조기 문을 열고 옷 속에 손을 집어넣어 눈을 감고 잠시 있다가 뭔가 마음에 들지 않은 듯 오백원을 넣었다. 건조기는 사 분간 더 돌았다. 2번 건조기도 멈췄다. 나는 세탁물을 대충 접어 가방에 집어넣었고 남은 손으로 기타 케이스를 들었다. 이제 돌아갈 시간. 그는 무슨 말을 더 하려다 말고 고개를 푹 숙여 인사했다.

잘 사용하세요.

그는 옷깃을 세워 얼굴의 반을 가리고 쇼핑백을 든 채 팔자걸음으로 걸어갔다. 등뒤에서 가로등 불빛이 비쳤고 그의 앞으로 자신의 키보다 크고 긴 그림자가 놓였다. 그는 그림자 속으로 걸어들어갔다. 어째서인지 나는 뒤뚱뒤뚱한 그 모습을 오래도록 바라보고 있었다.

## 2

독촉 메일이 왔고 그중 몇몇에게 답을 했다. 미안하다, 못하겠다, 는 문장에서 못하겠다는 부분만 지우고 시간을 더 달라고 했다. 내 상황을 가장 잘 아는 선배도 이제는 약간 짜증이 난 것 같았다. 그는 냉혹할 정도로 옳은 말만 했다.

마음 복잡하고 어려운 것 알아. 그럴수록 일에 전념해야 해. 빨리 털고 일어나자. 계속 그러면 너 진짜 어려워진다.

맞다. 안다. 그런데 내게는 다 털고 다시 시작하는 일보다 질문하지 않는 마음을 갖는 것이 더 어려운 일처럼 느껴진다. H의 죽음은 설명하기 어려웠다. 한동안 사람들이 내게 물었다. 나는 모른다고 했다. 거짓이 아니었다. 나는 몰랐다. 사람들은 더이상 내게 묻지 않지만 이제는 내가 묻는다. 왜 죽었나. 조깅을 나가기 전 귀에 이어폰을 끼며 손을 흔들던 H의 모습이 뇌리에 또렷이 남아 있다. 저녁에 뭐 먹을지 생각해놓으라고 했던 말도 거짓이었나. 나를 기만한 것이었나. 아니라면, 그게 아니라면 무엇인가. 무엇이어야 하는가. 이 집. H와 내가 함께 살던 우리의 집. H의 물건들은 내 물건과 함께 그대로 남아 있다. 물컵과 옷, 책과 담배, 신발, 우산, 모자까지. H가 소중히 키우던 화초들은 모두 죽고 나무만 남았다. 버릴 수도 버리지 않을 수도 없어 그대로 뒀다. 시든 풀 위에 환하게 햇빛이 들었고 가끔 혹시 하는 마음에 물을 준다.

자기 연민에 빠진 사람은 되고 싶지 않다. 상처받은 이의 얼굴을 하지 않을 것이다. 할일을 할 것이고, 잘 자고, 잘 먹고, 잘 지낼 것이다. 맥주잔에 물을 따라 단숨에 들이켰다. 기타를 껴안고 아무 음이나 눌러봤다. 클래식기타 특유의 온화한 소리가 어쿠스틱기타와 확연히 달랐다. 생각 없이 누른 음은 무심결에 입술에 놓고 흥얼거렸던 멜로디를 동기동기 따라갔다. FGA BABEDB AGEGBC. 순간 손이 멈췄다. 누군가가 갑자기 팔목을 붙잡기라도 한 것처럼. 기타를 케이스에 집어넣고 책장 옆에 세워뒀다. 서둘러 유튜브를 켜고 아무거나 클릭했다. 사람들이 깔깔거렸고 서로에게 장난을 치며 좋아했다. 웃겼다. 화면을 보며 소리내 웃었다. 내 웃음소리가 내 귀에 들렸다.

판매자 미스터 심플. 뭐하는 사람이길래 이런 기타를 헐값에 내놓은 걸까. 그의 정보를 눌러 판매 이력을 살펴봤다. 바이올린. 플루트. 보면대. 악기 거치대. 가격은 대부분 만원이나 이만원 정도였고 바흐와 쇼팽 같은 클래식 음악이 담긴 CD나 악보는 무료로 나누어줬다. 때문에 그의 '매너온도'는 높았다. 사진을 하나씩 넘겨봤다. 그의 집은 좀 묘했다. 판매하는 물건 뒤로 내부가 조금씩 보였는데 가구나 살림은 보이지 않고 온통 박스뿐이었다. 크기가 같은 갈색 박스가 테트리스 블록처럼 다양한 모양으로 쌓여 있었다. 막 이사를 왔거나 이제 이사를 갈 것처럼 보였다. 새로운 판매 물품이 업데이트됐다. 옷이었다. 하얀 셔츠들과 바지 그리고 슈트. 셔츠는 장당 천원, 바지는 이천원, 슈트는 삼천원이었다. 며칠 전 빨래방에서 세탁한 옷일지도 모른다. 애써 세탁을 하고 천원 이천원에 판매를 하는 마음이란 도대체 무엇일까. 웅크린 채 노트에 뭔가를 열심히 쓰고 있던 빨래방에서의 그의 모습이 떠오른다. 기우뚱 흔들리며 사라지던 작고 둥근 뒷모습도. 보낼 생각이 없던 구매 만족 스티커를 보내고 후기도 남겼다. '기타

좋네요. 감사히 잘 쓰겠습니다.' 그 순간 진동이 울렸다. 판매 물품으로 올린 파란색 블루투스스피커에 관심을 갖는 구매자가 나타났다.

물건을 정리해야 했다. H의 물건은 H의 방에 집어넣었다. 문제는 내 물건. 정확히 말하면 내 것이지만 H의 것이기도 했던 물건. 없애고 싶었지만 방법을 알지 못했다. 버리는 건 싫었다. 쓰레기처럼, 그럴 순 없었다. 망가뜨리는 것도 생각해봤지만 그건 너무 지나친 액션이라 도중에 자괴감이 들 게 뻔했다. 팔기로 했다. 나와는 함께 있을 수 없지만 다른 이에게는 의미 있게 사용될 거고 혹시 사랑받을지도 모른다. 하지만 막상 구매자와 대화를 나누면 마음이 달라졌다. 판매되었다, 거짓말을 하거나 판매하지 않겠다, 변덕을 부렸다.

H의 방문을 열었다. 그대로 다 있다. 어수선한 채로. 뒤엉킨 채로. H의 움직임을 모양 그대로 간직한 흔적들. 어질러진 책상. 노트와 메모들. 초콜릿 껍질과 호두 두 알. 구겨진 청바지와 돌돌 말려 바닥을 뒹구는 회색 러닝셔츠. 동그란 얼룩이 남아 있는 베개. 하지만 이상하지. 어디에서도 H의 냄새가 나지 않는다. 침대에 앉아 이불을 들어 코를 대고 맡아봤다. H는 없다. 죄송합니다. 판매되었습니다, 라고 말할 것이다. 구매자를 확인했다.

어? 미스터 심플.

# 3

빨래방 앞에서 다시 만났다. 그는 저번과 같은 옷을 입고 에코백을 들고 있었다. 예고에 없던 눈이 내리기 시작했다. 쌓이기 좋은 크고 축축한 눈송이였다. 우리는 고개를 끄덕여 인사를 나눴다. 가방을 열어 스피커를 꺼내 그에게 내밀었다. 그는 스피커를 받아들었고 손바닥에 올린 뒤 한참 바라보았다.

어떻게 사용하는지 알려주실 수 있나요?

블루투스로 연결해서 사용하면 된다고 말했지만 그는 이해를 못했다. 머리와 어깨에 눈이 쌓이기 시작했다. 눈송이는 더 커졌고 눈발도 거세졌다. 일단 빨래방에 들어갔다. 3번 세탁기가 돌아가고 있었지만 빨래방 안엔 아무도 없었다. 탁자에 스피커를 놓고 전원 버튼을 누른 뒤 휴대폰 블루투스를 켜서 페어링하는 과정을 보여줬다. 그는 눈을 껌벅이며 보고 있었지만 표정에는 아무 변화도 없었다. 잘 이해했는지 확인차 눈을 마주치면 아, 하면서 형식적으로 고개를 끄덕일 뿐이었다. 그는 스피커를 천천히 에코백에 집어넣었다.

기타는 괜찮던가요?

아, 네. 좋습니다. 마음에 들어요.

다행입니다.

그는 문 앞에 서 있었다. 문을 열고 밖으로 나가야 하는데, 그래야 내가 뒤따라 나갈 수 있을 텐데, 그냥 서 있기만 했다. 그의 눈동자가 초조하게 흔들렸고 뭘 머금고 있는 것처럼 입술이 움찔거렸다. 실례가 안 된다면, 그는 작은 소리로 말했다.

부탁을 하나…… 드려도 될까요?

경계하는 마음으로 대답 없이 다음 말을 기다렸다.

출판사에 계신다니까. 제가 글을 써봤는데…… 혹시 좀 봐주실 수 있는지.

당황스러웠으나 차분하게 미소를 지었다.

저는 교정 교열만 봅니다.

그래도 저보다는 많이 아실 것 같아서요.

그는 노트를 꺼내 탁자 위에 펼쳤다. 노트에 적힌 글자와 그의 얼굴을 번갈아 쳐다봤다. 놀라울 정도로 아름다운 필체였다. 두 손을 앞으로 공손히 모으고 절실한 눈으로 나를 보는 나이든 펭귄 한 마리. 세탁기는 멈추지 않고 계속 돌았다. 부담스럽게 형성되는 묘한 침묵에 자꾸 기침이 나오려 했다. 의자에 앉았고 노트를 집어들었다.

한 남자의 인생 이야기가 여섯 장에 담겨 있었다. 키워드는 실패, 어리석음, 그리고 후회. 고등학교 때 선생님의 권유로 관악 밴드에 들어가 여러 금관악기를 다루게 되었고 결국 음악의 길로 들어서 시립교향악단 단원의 삶을 살았다. 선을 보고 여자를 만나 두 달 만에 결혼했고 반년 뒤 아들이 생겼다. 스스로를 무뚝뚝한 남편이자 엄한 아버지였다고 묘사하고 있었다. 아내와 아들은 삼 년을 계획하고 캐나다로 유학을 떠났고 일 년, 이 년, 연장되었다가 나중에는 한국으로 돌아올 수 없다는 통보를 해왔다. 그

때의 감정은 단순하게 '슬펐다'라고만 기술되어 있다. 이십 년 가까이 묵묵히 자리를 지켰던 시향에서 지휘자와 작은 갈등이 있었고 이듬해 부당 해고를 당했다. 그후 지인의 권유로 음대 입시학원을 열었다가 사기를 당해 두 달 만에 문을 닫았다. 가진 것을 모두 잃었고 남은 것은 쓸모없는 악기들뿐이었다. 억울한 마음도 없고 화도 나지 않는 날들이 계속되고 있지만 더 살아야 할 이유를 찾지 못하고 있다는 게 결론이었다. 연필로 힘주어 꾹꾹 눌러 쓴 작은 글씨들이 지우개로 지운 흔적 위로 희미하게 떠 있었다. 오래된 과거부터 현재에 이르기까지 시간 순서대로 한 줄씩 혹은 한 문장씩 적힌 사건과 진술들. 이랬다, 저랬다, 후회된다, 슬펐다 정도의 짧은 문장 속에서는 디테일을 발견할 수 없었고 감정이나 내면, 개성 같은 것도 찾을 수 없었다. 그나마 마음을 엿볼 수 있는 부분은 '슬프기도 하고 슬프지 않기도 하다' '애를 썼는데…… 나쁜 마음은 없었는데…… 결국 다 실패했고 다 나빠졌다' 정도였다. 자신에게조차 진짜 마음을 내보이는 것을 두려워하며 부정적인 표현을 극도로 꺼리는, 그마저도 숱한 말줄임표 속으로 집어넣는 글쓰기 교실의 전형적인 인생 수기였다.

적당한 칭찬과 약간의 솔직함으로 짧게 의견을 전했다. 인생은 멀리서 보면 희극이지만 가까이서 보면 비극이라는 말이 있다는 말을 시작으로 평범하고 뻔한 인물의 삶이라 할지라도 가까이서 조명하면 사정을 알게 되고 이면과 내면을 발견할 수 있게 된다고 했다.

이 글에도 그런 부분이 엿보이네요. 인생의 무상함과 그것을 깨닫는 소소한 성찰이 좋아 보입니다.

그의 얼굴이 붉게 물들었고 눈이 반짝거렸다.

다만 아쉬운 점은 단순 진술로만 적혀 있어서 디테일을 발견하기가 어렵다는 겁니다. 결혼. 연주. 슬펐다. 답답했다. 이런 단어들에서는 인물의 마음과 감정을 찾기가 어려워요. 그리고 문장에 비문이 많고 맞춤법도 틀린 부분이 있네요. 사전을 참고하시거나 맞춤법 검사기 같은 것으로 검사를 해보면서 글을 쓰는 습관을 들이면 좋을 것 같습니다.

그는 비문이라는 개념을 빨리 이해하지 못했다. 몇 부분을 손가락으로 짚었다. 그가 연필을 내밀었다. 잠시 망설였지만 그가 쓴 문장 위에 교정한 문장을 적었다. 무의미하게 반복되는 단어들에는 동그라미 표시를 했다.

감정과 마음을 표현할 때 슬펐다, 힘들었다, 이런 단어들만 사용하지 말고 슬플 때 무엇을 했는지, 힘든 마음이란 어떤 모양과 느낌인지 그림을 그리듯 써보세요.

그는 내내 고개를 끄덕였고 불편함을 느낄 정도로 가까이 다가와 귀를 기울였다.

그래도 잘 쓰셨어요. 뭔가, 뭐랄까, 울림이 느껴졌습니다.

울림이요?

그는 의자에 앉았다. 그리고 잠시 말없이 창밖을 바라봤다. 어두운 얼굴 위로 복잡한 심정이 흐르고 있었다.

다 잃고 원룸으로 이사왔습니다. 뭘 해야 할지 몰라 하루가 막

막했어요. 답답했고요. 무슨 말이든 하고 싶었는데 가족도 없고 직장도 사라지니 말할 사람이 없더군요. 밤이고 낮이고 낯선 동네를 돌아다녔습니다. 그러다 문화센터에 붙은 글쓰기 강의 포스터를 발견한 겁니다. 팔 주 수업이 끝나면 인생을 담은 자서전을 만들 수 있다는 문구가 눈에 들어오더군요.

세탁기가 멈췄다. 고요해졌고 대화도 자연스럽게 멈췄다. 그는 더 말하고 싶어했다. 나는 그의 말을 더 듣고 싶은 생각은 없었지만 괜히 마음이 무거웠다. 눈을 돌려 노트를 봤다. 처음에는 허투루 읽었던 마지막 부분이 눈에 들어왔다.

'누군가 내게 당신은 누구입니까? 라고 묻는다면 나는 이렇게 답할 것입니다. 내 이름은 슬픔입니다. 나는 아내와 아들을 잃은 남자입니다. 한때 오케스트라에서 연주를 하는 음악가였지만 지금은 아무것도 아닙니다.'

마지막 문장을 검지로 짚었다.

여기. 좋네요.

네? 다시 한번 이야기해주세요.

그는 손바닥을 왼쪽 귀 뒤에 대고 작은 반사판을 만든 뒤 코앞으로 다가왔다. 지나치게 가까워진 거리가 부담스러웠지만 천천히 다시 말했다.

이 문장. 좋다고요.

아, 그는 자기가 쓴 글을 남의 글을 읽듯 한참 들여다본 후 부끄러운 듯 작은 목소리로 말했다.

저도 거기가 마음에 듭니다. 그래서 제 아이디가 미스터 슬픔이에요.

심플이신데요?

아, 몇 주 전에 바꿨어요. 키보드를 구매했는데 쿨거래를 했더니 판매하신 분이 저보고 매너가 좋고 쿨하다면서 슬픔이 아니라 심플이세요, 이렇게 말하는 겁니다. 심플. 심플. 뭔가 마음에 들어서 그때부터 슬픔을 심플로 바꿨어요.

훨씬 낫네요.

세탁물이 가득 담긴 커다란 보자기를 등에 진 두 명의 청년이 빨래방에 들어왔다. 그들은 목소리가 컸고 휴대폰을 통해 들리는 음악소리는 요란했다. 그와 나는 빨래방을 나올 수밖에 없었다.

잠깐 사이 눈이 쌓였다. 도로와 길이 하얗게 변했고 눈앞은 함박눈으로 어지러웠다. 감사합니다. 조심히 가세요. 이렇게 인사하고 헤어질 타이밍인데, 인사할 틈이 없었다. 그는 계속 질문을 했다. 진술은 어떻게 하나요. 묘사는요. 내게서 무엇인가를 빨아들이듯 묻고 또 물었다. 대답을 하면서도 이제는 그만 가보겠다는 신호로 조금씩 발걸음을 옮겼다. 잠깐 겪었지만 그는 뻔뻔한 사람은 아니다. 남의 기분을 파악 못할 정도로 둔하지도 않다. 도리어 남에게 피해 주는 것을 싫어하고 부담 주는 걸 두려워하는 쪽에 가깝다. 그의 물건을 살 때도 내 물건을 팔 때도 그는 말 그대로 심플했다. 그런데 그의 이런 태도를 어떻게 이해해야 할까. 어째서인지 그는 절실해 보였다. 쩔쩔매느라 몸이 경직되어 있었고 얼굴은 민망함과 부끄러움이 뒤섞여 붉게 물들어 있었다. 말하고 숨쉴 때마다 그의 입에서는 주먹만한 입김이 만들어졌다. 무리에서 떨어져 이상한 곳까지 걸어와버린 어리둥절한 펭귄처럼 그는 내 뒤를 졸졸 따라오고 있다. 나는 이 대화를 계속 이어나가고 싶었다.

식사하셨습니까?

## 4

호른입니다.

그는 비빔국수를 비비며 말했다. 나는 멸치국수의 국물을 떠먹다 말고 고개를 들었다. 그는 이런 반응이 익숙하다는 듯 악기의 기본 정보와 오케스트라에서의 역할을 대충 설명해줬다. 호른이 어떻게 생긴 악기인지도 모르고, 호르니스트를 만난 것도 처음이라 호기심이 생겼다. 뜨거운 면발을 후후 불며 검색창에 호른을 입력했다. 악기라기보다 크고 웅장한 기계처럼 보였다. 기네스북에 세상에서 가장 연주하기 어려운 악기로 등재되어 있다는 정보도 나왔다.

어…… 대단하십니다. 굉장히 어려운 악기라고 나오는데.

그렇지도 않아요.

그는 뿌옇게 김이 서린 안경을 벗어 탁자에 올렸다. 시큰둥한 표정을 지은 채 젓가락으로 계란을 둘로 쪼갰다. 노른자를 한쪽으로 두고 흰자만 입에 넣었다. 안경받침에 눌려 콧대에 두 개의 붉은 점이 찍혔다. 눈 밑이 검고 작은 반점이 눈 주위에 퍼져 있었다. 안경을 벗은 모습은 나이들고 초라해 보였다.

다 옛날이야기죠. 지나간 일이고.

오케스트라는 왜 그만두셨는지 여쭤봐도 되나요?

그는 젓가락으로 국수를 돌돌 말아 입에 넣었다. 그리고 오랫동안 우물거리며 창밖을 바라봤다. 바람 없는 깜깜한 밤. 조용히 눈이 내렸고, 그보다 더 조용히 쌓이고 있었다.

시향에서는 이 년마다 재계약을 합니다. 실력이 녹슬지 않았는지 평가하는 정기 평정이라는 것이 있어요. 육십 점을 넘어야 다시 계약할 수 있죠. 형식적인 절차예요. 그걸로 해고된 사례는 없었거든요. 그런데 자격 미달이라는 통보를 받았습니다. 저만 그런 건 아니었고 다섯 명이 동시에 자격 미달이란 겁니다. 거기엔 비올라 연주자도 있었는데 국내에서 가장 뛰어난 비올리스트 중 하나였을 겁니다. 지휘자와의 갈등이 있었어요. 우린 본보기였죠. 나름 사건이었어요. 기사도 났거든요.

'시향 부당 해고'를 검색창에 입력해 기사를 봤다. 시청 앞에 마스크를 쓴 세 명이 피켓을 들고 서 있었다. 그중 가장 키가 작은 남자. 딱 봐도 미스터 심플이었다.

뭐, 나중에 부당하다는 판결이 나서 복직할 수 있었지만 돌아가지 않았습니다. 돌아가지 못한 것도 있고.

그는 계란 반쪽을 입에 넣었다. 그리고 한동안 아무 말도 하지 않았다. 나도 묵묵히 국수를 먹었다. 맞은편 테이블엔 여자 둘이 나란히 앉아 휴대폰을 보면서 접시에 담긴 고기만두를 나눠먹었고 일을 하는 아주머니가 눈 내리는 창밖을 보며 몇 번이고 휴대폰으로 사진을 찍었다. 만두를 찌던 아저씨는 입을 반쯤 벌리고 서서 뉴스를 보고 있었다. 미스터 심플은 의자를 앞으로 바짝 당겨 앉았다.

하시는 일은 재미가 있으십니까?

헛웃음이 났다. 좋으냐는 질문은 받아봤지만 재미가 있느냐는 질문은 처음이었다.

재미라니요. 그럴 리가요.

글쓰는 거 왜 이리 어렵습니까? 처음에 글에 인생을 담아야 한다길래 그걸 어떻게 노트에 다 담나 싶어 고민이었죠. 기록할 게 너무 많을 것 같았거든요. 가장 두꺼운 노트를 샀습니다. 쏟아낼 게 많으니 받아낼 것도 커야 했어요. 그런데 보세요.

그는 노트를 꺼내 식탁 위에 올렸다.

여섯 장 썼어요. 이것도 겨우겨우 쓴 겁니다. 글쓰는 건 좋은데 어떻게 써야 할지 모르겠어요.

말씀하신 것처럼 쓰면 될 것 같은데요. 누구나 자신의 인생을 돌이켜보면 삶에서 배웠거나 알게 된 것들이 있습니다. 자신만의 철학이랄까, 통찰이랄까. 아무튼 그런 것들을 솔직하게 표현하며 문장으로 하나씩 옮기면 됩니다.

아닙니다. 아니에요. 그는 작은 목소리로 혼잣말을 하듯 중얼거렸다. 그의 얼굴이 점차 굳어갔다.

이혼하고 상실을 겪고 슬픔을 느꼈다고 대단한 성찰을 한 건 아닙니다. 나이들면 뭔가 현명해지고 아는 것이 많아질 거라고 생각하죠. 하지만 그건 착각이에요. 모르는 것만 많아지고 그만큼 의문만 깊어집니다.

그는 담배를 피우듯 후우, 소리를 내며 숨을 내쉬었다.

여름에 결혼했습니다. 결혼식 당일 폭우가 쏟아졌어요. 배수로가 다 막혀 도로가 물바다였어요. 주차하기도 힘들어서 식이 난리도 아니었습니다. 멀리서 온 하객들은 제시간에 도착하지도 못했죠. 그때 다들 그러더군요. 결혼식 날 비가 많이 오면 잘산다는데 얼마나 잘살려고 이렇게 복이 쏟아지는 거냐고요. 하지만 보세요. 다 헛소리예요. 고통은 더 큰 고통으로, 실수는 돌이킬 수 없는 결과로 이어지더군요. 그런데 제가 뭘 쓸 수 있겠어요.

나는 내 삶에서 뭘 배웠나. 무엇을 알고 있나. 그래서 얼마나, 얼마큼, 표현할 수 있나. 솔직하게? 순간 마음을 뚫고 무엇인가가 지나갔다. 국수를 먹으려다 젓가락을 움켜쥐었다. 얼마나 힘을 줬는지 관절 마디가 하얘졌다. 그 순간 내 표정에서 무엇이 보였던 걸까. 그가 내 눈치를 살피는 것이 느껴졌다.

저는 그저…… 선생님께서 출판사에 계신다니까 무슨 말이든 하고 싶었습니다. 아무 말이나 듣고 싶었던 것 같기도 하고.

아닙니다. 저도 선생님과 이야기 나누니까 좋네요. 제가 언제 호른 연주자와 이렇게 국수를 먹어보겠습니까.

그런가요?

그의 얼굴에서 부끄러운 웃음이 스쳐지나갔다.

호른이라는 악기는 음색이 좀 애매합니다. 금관이면서 목관처럼 낮고 부드러운 소리가 나죠. 그 소리가 오케스트라의 빈 부분을 채워주고 여러 악기가 뒤섞이며 발생하는 거친 소리를 감싸줍니다. 그러면서도 힘을 최대한 줄 때는 공연장 전체를 압도할 정도로 큰 소리를 낼 수도 있어요. 말려 있는 긴 관을 통해 소리가 나기 때문에 다른 악기보다 느리고 소리내는 것도 힘들어요.

거친 소리를 감싸는 소리라. 음, 궁금하네요.

혹시.

그는 남은 말을 잇지 않고 사진처럼 멈춰 있다가 고개를 저으며 중얼거렸다.

아닙니다.

네? 무슨.

선생님 귀찮으실 것 같아서.

귀찮을 것 같다는 말에 약간 두려웠지만 무슨 말을 하려고 저렇게 뜸을 들이나 싶었다. 그는 하려던 말을 끝까지 하지 않을 작정인지 탁자에 묻은 물기를 냅킨으로 닦고 또 닦았다. 궁금해서 살짝 짜증이 났다.

하시려던 말씀이 무엇인지…… 궁금해서요.

그는 한참 뜸을 들이다가 말했다.

소리 듣고 싶으시면 들을 수 있어요. 지금.

## 5

예고 없는 폭설에 세상이 하얗게 변했다. 차도와 인도가 구분되지 않고 자동차는 사람보다 느리게 다녔다. 새들이 돌덩이처럼 나뭇가지에 웅크리고 앉아 그대로 눈을 맞고 있고 주인 없는 까만 개 두 마리가 뭐가 그리 즐거운지 차도를 달리고 있었다. 미스터 심플은 구부정하게 몸을 웅크린 채 걸어갔고 나는 그 뒤를 따라갔다. 그는 종종 걸음을 멈춰 내가 잘 따라오는지 확인했다. 됐다고, 그냥 집에 가겠다고 말하고 싶은 걸 열 번도 넘게 참았다. 저멀리 버스 정류장이 보이자 발이 멈췄다. 얼어붙은 사람처럼 그냥 우뚝 멈춰 서 있을 수밖에 없었다. 여기까지다. 나는 저길 지나갈 수 없다. 오늘은 날이 좋지 않아 그만 돌아가야겠다는 말을 하려는데 그의 발이 멈췄다. 그리고 손을 흔들며 사층짜리 빌라를 가리켰다.

다 왔습니다.

그의 집은 사층이었고 엘리베이터가 없었다. 계단은 좁고 가팔랐다. 삼층부터 그는 헉헉 숨을 몰아쉬었다. 번호키를 누르기 전 상체를 쭉 펴며 호흡을 골랐다. 현관은 다 열리지 않았다. 그는 어색하게 웃으며 비좁은 틈으로 간신히 들어갔다. 신발이 놓인 곳부터 실내의 모든 곳에 상자가 쌓여 있었다. 집 전체가 다 상자였다. 좁게 난 길을 제외하고 발 디딜 틈도 없어 상자로 벽을 만든 미로처럼 보였다. 집이라거나 방이라기보다 창고라고 해야 어울릴 공간. 마음이 아픈 사람인가? 정신이 온전치 않은 걸까? 무의식적으로 물건을 쌓아두는 저장 강박이 있는 사람일지도 모른다. 그런데 잘 보니까 그런 것과는 조금 달랐다. 상자들은 모두 가지런히 정리되어 있었다. 가득차 있었지만 선과 열이 정확한 질서

속에 놓여 있었다. 박스 두 개를 이용한 의자도 있었고 책상처럼 이용한 박스들도 있었다. 그 위에 노트북과 키보드가 있었고 단정하게 쌓아올린 책탑도 있었다. 내 마음을 읽었는지 그가 머리에서 눈을 털어내며 말했다.

집이 엉망이라 민망하네요. 이상한 사람이라고 생각하시면 안 됩니다. 급하게 이사를 왔는데 짐 정리를 못 했어요. 대부분 아내와 아들 짐이라서. 이걸 다 어떻게 해야 할지 모르겠어요. 아내에게 짐을 어떻게 하면 좋겠느냐고 물었더니 알아서 하라고 하더군요. 알아서 하라니, 뭘 어쩌라는 건지.

그는 찬장에서 물기가 없는 깨끗한 컵을 꺼내 토마토주스가 든 유리병과 함께 건넸다. 나는 고맙다고 인사를 했다. 그는 분주하게 움직였지만 딱히 뭘 하는 것은 아니었다. 그냥 이 상황이 어색한 것 같았다. 창문을 가리는 나무블라인드로 실내는 어두웠고 공기는 차가웠다. 나쁜 냄새는 전혀 나지 않았다.

가족과는 연락하시나요?

그는 고개를 끄덕이지도 눈을 깜박이지도 않고 그저 허허 웃기만 했다. 한다고도, 하지 않는다고도 말하지 않았지만 그냥 알 것 같았다. 그는 상자 몇 개를 힘겹게 움직여 안쪽 깊숙한 곳에서 까만 케이스를 꺼내왔다.

호른은 사진보다 훨씬 크고 복잡하게 생긴 악기였다. 금빛과 녹빛이 섞인 긴 관이 뜨겁고 부드러운 유리를 구부린 것처럼 돌돌 말려 있었다. 낡은 느낌과 오래된 느낌이 너무 강해 그것에서 소리가 날 수 있다는 것이 믿기지 않았다. 그는 악기를 들어 잿빛의 커다란 융으로 구석구석 닦아냈다. 작은 상자를 하나 끌고 와 의자로 삼았다. 이게 익숙해지면 괜찮은데, 라고 말하며 허벅지 위에 호른을 올렸다.

처음엔 소리내기가 쉽지 않습니다. 숨을 빠르게 내쉬면 고음이 나오고 느리면 낮은 배음이 걸리죠. 입술 근육을 어떻게 움직이는지에 따라 소리가 다 달라집니다.

나는 뭘 모르면서도 고개를 끄덕였다. 그는 설명을 더 하려다 말고 내 눈을 보고 헛기침을 했다.

들어보시겠습니까?

고개를 끄덕였다. 미스터 심플의 표정이 달라졌다. 딱, 소리를 내며 올라가는 스위치처럼 단단한 긴장이 표정에 실리는 것이 느껴졌다. 그는 오른손을 나팔꽃 같은 벨 속에 집어넣고 마우스피스를 입에 문 뒤 잠시 눈을 감았다. 그리고 숨을 불어넣었다. 일정하게 뻗어나가는 낮은 음이 바닥에 깔리면서 길고 넓게 나아갔다. 따뜻하고 부드럽지만 강하고 묵직한 소리였다. 바닥에 닿은 발바닥에 미세한 진동이 느껴질 정도였다. 그는 마우스피스에서 입을 뗐다. 나는 뭔가에 홀렸다가 갑자기 풀려나듯 허탈함을 느끼며 그를 바라봤다.

밤도 늦었고…… 오랜만에 만져보는 거라 연주하기는 어렵겠네요.

처음엔 그가 장난하는 줄 알았지만 표정에서 느껴지는 단호함에서 진심이라는 것을 알았다.

호른은 오케스트라에는 반드시 필요한 악기이면서도 거의 보이지 않습니다. 불평을 하는 건 아닙니다. 저는 호른의 그런 스타일이 좋았어요. 성향에도 맞았고. 『몰락하는 자』에서 글렌이 그런 말을 하죠. 피아니스트는 훌륭한 피아니스트를 꿈꾸는 것이 아니라 피아노가 되길 꿈꿔야 한다고요. 오케스트라의 수많은 악기 속에서 하나의 부품처럼 긴 세월을 보내고 보니 틀린 말도 아닌 것 같아요. 악기 연주자는 악기가 되어야 합니다. 저 역시 그랬던 것 같아요. 같은 곡을 수십 번씩 연습하고 지휘자의 지시에 따라 필요한 파트에서만 소리를 내며 변함없는 호른으로 살아왔죠.

그는 오른손으로 왼 손등을 만지작거렸다.

그런데 아니었어요. 신선놀음에 도낏자루 썩는 줄 모른다는 말 있죠. 그동안 많은 것이 변하고 있었습니다. 아내와 아들은 여러 곳을 옮겨다니며 다른 언어를 배웠고 다른 삶을 살기 시작했어요. 저 역시 달라졌어요. 그런데 어리석게 그런 줄도 몰랐습니다.

그의 말투가 바뀌었다. 반짝이던 눈빛이 꺼지고 냉소와 자조의 그늘이 드리웠다.

제가 쓴 글은 사실 거짓입니다. 어쩌면 해고는 정당했는지도, 난 정말 자격 미달인지도 모릅니다.

그는 과장되게 웃었다. 자신을 못난이로 만드는 콩트를 하면서도 관객을 웃기지 못하는 개그맨처럼 그는 괴상한 표정을 지었다.

악기는 정해진 위치가 있습니다. 법칙으로 정해진 건 아니지만 대부분 따르는 규칙이 있지요. 바이올린이나 첼로 같은 현악기는 앞줄에 있고 타악기들은 맨 뒷줄에 있어요. 호른이나 튜바는 타악기 바로 앞줄에 있고요. 그런데 어느 순간부터 심벌즈 소리가 크게 느껴지더군요. 처음에는 연주자의 볼륨이 큰 거라고만 생각했어요. 그런데 소리가 점점 크고 날카로워졌어요. 어느 순간부터는 그게 통증으로 느껴지더군요. 난감한 상황이었죠. 위치를 바꿀 수도 없고 심벌즈를 작게 쳐달라고 요구할 수도 없으니까요. 그 소리는 점점 나를 위협했고 나중엔 심벌즈가 울리기 직전에 움츠러들더군요. 긴장한 탓인지 호흡에 문제가 생기고 입술이 말라 크고 작은 실수도 하기 시작했습니다. 지휘자가 중간에 연주를 끊고 나를 쳐다본 적도 있어요.

그는 죽어가는 동물을 보듯 호른을 물끄러미 바라보더니 케이스에 집어넣었다.

시간은 잔인합니다. 다 망가뜨려요. 망가지지 않더라도 알아볼 수 없게 변화시키죠. 나는 그걸 누구에게도 말하지 않았습니다. 해고될 때도, 복직을 거부할 때도, 억울하다고만 했죠. 그건 그럴 수 있어요. 민망하고 부끄러웠으니까요. 그런데 이상하죠. 글에도 쓰지 않았습니다. 아니, 쓰지 못했어요. 내가 쓰고 내가 보는 건데도 솔직하게 쓸 수 없다는 걸 어떻게 받아들여야 할까요.

글쓰는 사람들도 그렇게 하지 못해요.

네?

그는 왼쪽 귀를 내 쪽으로 돌리고 되물었다. 나는 유심히 그의 귀를 살폈다. 작은 귓구멍에 까만 어둠이 고여 있었다. 나는 방금 한 말을 반복했고 계속 말을 이었다.

그동안 많은 책을 만들었어요. 많은 원고를 봤고요. 번역 작업까지 합하면 더 많죠. 그러니까 저는 다양한 작가들의 글을 누구보다 많이 깊게 읽은 셈입니다. 그런데 아, 이 작가 진심으로 썼구나, 솔직하게 썼구나, 이런 생각 드는 글은 많지 않았어요. 저도 가끔 이런저런 글을 써야 할 때가 있어요. 책에 대한 소개글이 대부분이지만 가끔은 내 생각을 표현하는 산문을 쓸 때도 있죠. 그런데 속에 있는 말을 그대로 써본 적은 거의 없었던 것 같아요. 별로인 걸 좋다 했고 거지같은 것도 의미 있다고 썼습니다.

그렇군요. 쉽지가 않은 거군요. 그는 느리게 고개를 끄덕였고 내 쪽을 향해 몸을 기울인 모습 그대로 한참 동안 가만히 있었다. 그리고 느린 어조로 말했다.

요즘엔 짐을 정리해보려고 상자를 하나씩 열어봅니다. 내 집에 있었던 물건들인데 처음 보는 것이 많았어요. 그것들이 낯설어 골똘히 보곤 합니다. 특히 책이 많았어요. 몰랐습니다. 아내가 책을 많이 읽는 사람이었는지. 음악사에 관심이 있었는지도요. 아내는 책 귀퉁이를 접더군요. 왜 접었는지는 모릅니다. 무엇이 인상적이었는지 알 수 없어요. 그런데 접힌 부분을 만나면 책 귀퉁이를 펴고 읽어봅니다. 암호를 해독하는 것 같았어요. 그러다 타이핑을 해봤는데요. 재미가 있더군요. 글쓰기 선생님이 필사하면 글이 좋아진다고 했거든요.

글쓰기 선생님이라고 말할 때 그가 착하고 순진한 늙은 학생처럼 보여 웃음이 났다.

그래서 악기를 버리고 작가가 되기로 결심하셨나요?

아니요, 무슨.

그는 손사래 쳤다.

열 장도 못 쓰는데 무슨 작가를 합니까. 쓰고는 싶은데 실력이 안 되니까 남의 책이라도 베껴보는 겁니다. 그런데요.

미스터 심플은 안경을 벗고 마른세수를 한 뒤 안경을 다시 썼다. 눈이 충혈됐고 몹시 피곤해 보였다.

키보드를 누르는데 문득 아내가 했던 말이 떠오르더군요. "당신 말은 맞지만, 때로는 옳지만, 너무 차가워. 가족끼리는 심판이 필요한 게 아니라 온기가 필요해." 왜 그 말을 했는지는 기억이 안 납니다. 아들 교육 문제로 다툴 때였으니까 내가 또 무리한 소리를 했겠지요. 그때는 그 말이 무슨 말인지 몰랐어요. 그저 짜증나고 화만 났습니다. 그런데 알 것 같아요. 왜인지는 모르겠는데 이제 다 알 것 같아요.

그는 고개를 돌려 싱크대 쪽을 바라봤다. 상자 윗부분에 축구공이 있었고 그 옆에 소년의 것으로 보이는 운동복이 단정하게 개켜 있었다. 그는 그걸 물끄러미 바라보았다. 미스터 심플은 자신의 집에 자신의 물건들과 함께 있다. 그런데 이 집은 그의 집이 아니고 물건들도 그의 것이 아니다. 사람들이 떠난 곳. 남의 물건만 가득한 곳. 그런 곳을 집이라 할 수 있을까. 그는 그가 노트에 썼듯이 아무것도 아닌 존재처럼 보였다. 낯선 도시를 헤매는 외국인이 넓은 광장의 벤치에 앉아 두려움을 감춘 채 웃고 있는 것처럼 그는 자기의 집에 그렇게 앉아 있었다. 그는 축구공에서 시선을 떼지 않고 말했다.

그러고 싶지 않은데…… 그런 마음을 갖지 않으려고 했는데…… 아내와 아들이 보고 싶습니다. 왜 이렇게 됐는지 모르겠어요. 차라리 없다면, 죽어 없는 거라면 이런 기분이 들지도 않을 거예요. 있는데 없는 것처럼 지내야 하는 게 어렵습니다.

차라리 죽었다면, 이라는 그의 말이 송곳처럼 뚫고 들어왔다. 그는 모르는가. 죽어서 영원한 비밀로 남은 사람과 함께 지내야 하는 것이 무엇인지. 해결할 수 없어 덮어두는 마음의 끝이 매 순간 의문형으로 올라가는 기분이 삶을 얼마나 마비시키는지도. 뱀의 머리처럼 꼿꼿이 서서 나를 보고 있는 질문과 의문. 그것에 연연하는 것도, 연연하지 않는 것도, 모두 죄처럼 느껴지는 걸 그는 모르는가. 나는 길게 숨을 내쉬었다. 마음속을 할퀴고 지나가는 뜨겁고도 차가운 불물이 사라지길 기다렸다.

있는데 없는 것처럼 지내야 한다고 하셨죠. 없는데 있는 것처럼 지내는 것도 쉽지 않습니다.

그는 무슨 말을 하는지 모르겠다는 표정으로 내 말에 귀를 기울였다. 나는 멜로디를 흥얼거리기 시작했다. 느닷없이 떠올라 계속 입술에 맴돌던, 죽기 전 H가 듣고 또 들어 나중엔 내 기억과 입술에 옮겨붙은, 제목을 모르는 멜로디.

방금 제가 흥얼거린 멜로디, 혹시 무슨 곡인지 아시겠습니까? 대충이라도 계이름을 써드릴까요?

그는 내가 부른 멜로디를 정확하게 따라 했다.

맞아요, 바로 그겁니다. 아시겠습니까?

나는 손뼉을 쳤고 그는 어깨를 으쓱였다.

〈대니 보이〉.

연주해주실 수 있나요?

그는 침울하게 고개를 저었다.

어렵겠습니다. 아까도 말씀드렸지만.

그래도 부탁드립니다.

미스터 심플은 노트의 커버를 손가락으로 만지작거릴 뿐 아무 말도 하지 않았다. 그 시간은 십 초 정도였는데 내게는 너무 길고 무겁게 흘러갔다. 그는 케이스를 열고 호른을 꺼냈다. 각 기관을 융으로 닦고 마지막으로 벨까지 닦아낸 뒤 마우스피스에 입술을 댔다.

연주가 시작됐다. 낮고 무겁지만 환하고 맑은 소리였다. 하늘로 퍼지거나 공기 중으로 뻗어나가는 소리가 아니라 부드럽게 바닥에 퍼져 피부에 흡수되는 소리였다. 양볼에 가득 숨을 모아 금관으로 불어넣는 미스터 심플의 모습은 근사해 보였다. 쓸쓸해 보였고 슬퍼 보였다. 그걸 아름답다고 말해도 될까. 나는 슬프고 우울한 것에 의미를 부여하는 일에 진력이 났다. 그것이 지겹고 다 거짓말인 것 같다. 그런데 눈 내리는 깊은 밤. 창고처럼 좁은 낯선 방에서 H가 좋아했던 음악을 호른으로 듣는 이 순간이 좋았다. 슬퍼서 눈물이 쏟아지려고 했다. 호른에 손을 댔다. 차가운 관 속에 작은 핏줄이 있듯 그가 숨을 불어넣을 때마다 미약한 온기가 느껴졌다. 연주가 끝나고 나는 잠시 희미하게 사라지는 음이 머릿속에 스며들기를 기다렸다. 그리고 오래오래 박수를 쳤다. 그는 부끄러움 없는 얼굴로 미소를 지으며 고개를 숙였다.

〈대니 보이〉는 전쟁에 나서는 아들을 위한 아버지의 노래입니다. 어떤 이는 사랑 노래로 들을 거고 어떤 이에겐 레퀴엠으로 들릴 겁니다.

그렇군요. 좋았어요. 정말 좋았어요.

다행입니다. 오랜만에 불어봐서 떨리더군요. 소리도 잘 나지 않았어요.

그는 호른을 케이스에 집어넣었다.

물건을 하나씩 하나씩 없애고 나면 나중엔 이 친구와 이별할 날도 오겠죠.

그걸 파시게요?

글쎄요.

그는 케이스를 원래 자리에 놓고 천천히 몸을 돌려 상자들을 둘러봤다.

사시게요? 키워드 걸어놓으세요. 이거 살 사람 그렇게 많지 않을 겁니다.

그가 웃었고 나도 웃었다.

호른. 오케스트라. 시향. 어쩌면 내가 누군지를 설명하는 마지막 단어들인데 이제는 불편해졌어요. 그것들이 나를 밀어내는 것도 같고.

그 말을 하고 그는 힘없이 웃었다. 순한 웃음과 부드럽게 접히는 눈을 보니 순간 어떤 장면이 오버랩됐다. 이제 일어나야 하는 걸 안다. 인사하고 이 집을 나서야 한다는 걸 안다. 하지만 나는 초조해졌고 두려웠다.

선생님.

그는 대답 없이 눈을 크게 뜨고 나를 봤다.

……아닙니다.

무슨 말을 해야 할지 몰랐던 나는 노트를 들고 펼쳐서 그가 쓴 글을 다시 읽었다.

출판사에 있는 입장에서 조언 하나 해드리고 싶네요. 마지막 단어를 쓰면 글은 끝이 납니다. 그런데 엄밀한 의미로는 끝난 게 아니에요. 다시 읽어보면 고칠 곳이 많고 문제점이 보이거든요. 그래서 작가들은 다시 쓰거나 고쳐쓰는 작업을 합니다. 그걸 퇴고라고 하는데요. 선생님, 글을 잘 쓰고 싶으시면 다시 써보세요.

그는 긴장한 얼굴로 자세를 고쳐 앉았다.

퇴고의 방법을 알려드리겠습니다. 첫째는 완성한 이 글이 엉망이라는 것을 인정하는 겁니다. 둘째는 이걸 다시 쓰면 나아질 수 있다는 것을 믿는 겁니다. 그리고 마지막, 실제로 다시 쓰는 겁니다. 그 과정에서 조금씩 고치고 다른 단어로 바꾸는 것이죠.

미스터 심플은 집중하고 있었지만 이해를 한 것 같진 않았다.

정말입니다. 이게 다예요. 다시 써보세요. 완성하면 제가 교정교열을 봐드리겠습니다. 연주를 잘 들어서 뭐라도 해드리고 싶은 마음이 드네요.

그는 복잡한 표정으로 무슨 말을 해야 할지 우물쭈물거리다가 고맙습니다, 라고 작은 소리로 말했다. 그리고 그 말을 계속 반복했다. 고맙습니다. 고맙습니다.

헤어지기 전 우리는 문 앞에 서서 악수를 했다. 그는 조심히 가라고 했고 나는 또 만나자고 했다.

눈은 그쳤다. 사람도 자동차도 더는 움직이지 않는 깊은 밤의 세계는 노란 가로등 불빛에 물들어 예쁘고 아름답게 일렁거렸다. 질서가 깃든 고요한 겨울 묘지처럼 보이는 풍경. 나는 아무도 걷지 않은 눈을 뽀득뽀득 밟아 버스 정류장까지 걸어갔다. 여기에 서서 버스를 기다릴 때 모르는 번호로 걸려온 전화를 받았던 일이 기억난다. 그는 경찰이라고 했고 H를 아느냐 물었다. 부고를 알리는 전화기를 손에 쥔 채 눈을 들어 하늘을 보며 상상했다. 강이 보이는 큰 다리 위를 달리고 있었을 것이다. 알 수 없는 이유로 멈췄을 거고, 다리 밑을 보고 물결을 보고 수면에 비친 불빛들을 보고 생각에 잠겼다가 물속으로 들어갔을 것이다. 경찰이 정중한 어조로 상황을 전했을 때 순간적으로 체념에서 오는 평온함을 느꼈다. 그리고 잠시 뒤 속에서 뭔가가 끊어지는 듯한 통증을 느껴 그대로 자리에 주저앉고 말았다. 가까이 있어도, 한집에서 함께 생활했어도, H의 마음을 잘 알지 못했다. 그게 불만이었고 때로는 화도 났는데 이제는 영원히 알아낼 수 없는 비밀이 되었다. 조각을 잃어버린 퍼즐이 되었다. H는 왜 〈대니 보이〉를 그렇게 많이 들었던 걸까. "나이든 남자들이나 좋아할 것 같은 올드한 음악을 왜 그렇게 자주 듣는 거야?" 더는 듣기가 싫어 짜증을 내도 "왜? 좋은데" H는 웃기만 했다. 정류장에 서서 담담하게 그날을 생각했다. 피하지 않고 처음부터 끝까지 다 생각했다.

왔던 길을 걸어 집으로 돌아왔다. 두 사람의 것으로 보이는 발자국이 찍혀 있었고 작은 발자국에 발을 맞춰 걸었다. 내 보폭과 발자국의 보폭이 맞지 않아 몇 번이나 균형을 잃고 기우뚱 흔들려야 했다. 걷는 동안 미스터 심플의 호른 연주를 떠올렸고 멜로디 그대로 허밍을 했다. 하얀 입김으로 나타났다가 이내 사라지는 〈대니 보이〉. 그 순간 거래 후기를 알리는 알림이 떴다. 미스터 심플이었다. 내 아이디에 스티커를 붙여줬다. 좋은 물건을 싸게 팔고 약속도 잘 지키는 좋은 사람이라 했다. 나도 바로 화답했다. 그에게 어울리는 심플한 스티커를 찾고 또 찾았다.

'친절하고 매너가 좋아요.'

| 작가노트 |

# 심플한 슬픔

호르니스트를 만난 적이 있었다. 그는 누가 봐도 클래식 연주자처럼 보였는데 어떤 악기를 다루는 줄은 몰랐다. 호른, 이라고 했을 때 나는 그의 표정에서 살짝 나타났다가 빠르게 사라져가는 어떤 감정을 봤다. 그것이 무엇이었을까? 물어볼 순 없었다. 한동안 유튜브에서 그를 검색했다. 그의 이름으로 찾을 수 있는 영상은 거의 없었고 그가 속한 악단을 검색해야 오래전 연주회 영상에 몇 컷 등장할 뿐이었다. 세 명의 호르니스트 중 세번째였던 그는 작고 통통했다. 호른을 들고 있다가 한 번씩 긴 관으로 바람을 불어넣는 그의 모습이 좋았다. 한동안 호른 연주에 빠져 온종일 듣고 잠들기 전까지도 듣고 꿈속에서도 들었다. 바람이 부나 싶어 문득 돌아본 저 먼산에서 들려오는 낮고 긴 소리. 새소리와 비명소리를 구분하지 못할 때쯤 눈을 떴다.

그는 내가 몰래 그의 연주를 찾아보고 나중엔 호른을 좋아하는 사람이 되었다는 것을 모른다. 어쩌면 앞으로 영영 그를 만날 수 없을 것 같다. 코트를 입고 겨울 속으로 걸어들어가는 그의 뒷모습. 그 밤 일기장에 그 모습을 메모했고 다음날 소설을 쓰기 시작했다. 그는 슬픈 일을 겪었지만 슬픈 사람은 아니었다. 굳이 분류하자면 행복한 사람에 가까웠다. 그런데 왜 그 모든 것들이 나는 슬프게 느껴졌을까?

나는 슬픔이 찾아오면 마비되는 사람이다. 한동안 그 감정에 몰두하고 낫기 전에 상처를 만져 다시 상처가 생기게 하는 사람이다. 그것이 싫고 스스로에게 부끄럽다. 아직도 그런 사람이라는 것이 민망해서 그렇지 않은 척하며 산다. 글을 쓰고 책을 읽고 평소라면 하지 않았을 생각도 하고 공부도 하고 까다로운 일도 제법 잘 해낸다. 그렇게까지 해서 내가 찾으려고 하는 것은 그만두고 싶은 그 감정 이후의 시간을 사는 방법이다. 알아낼 수 있는 거라면 공부해야지. 쓸수록 사라지는 연필 같은 것이라면 벽마다 까맣게 채워넣어야지. 서늘한 그늘 아래 그림자처럼 누워 한숨 푹 자고 싶었다.

그렇게 해서 내가 알아낸 것은 다음과 같다.

슬픔 이후 사람은 쓸쓸해진다. 바람처럼 주름처럼 생긴 상형문자. 쓸쓸. 바람과 세월 속에 그는 좋은 사람이 되고 현명하고 안

정적인 사람으로 변해간다. 쓸쓸한 사람은 심플해진다. 선반 위에 놓인 사물처럼 차분해진다. 무늬도 없고 모서리도 없고 평평하고 미지근한 백자 같은 사람이 된다. 종종 좋은 소리도 듣고 칭찬도 듣는다. 표정이 묘해지는데 웃는 것도 우는 것도 아니다. 그럼 뭐냐고? 그건 나도 모르지. 스스로 묻고 스스로 답하는 건 그만. 한 줄씩 쓰고, 한 곡씩 뽑고, 수도 없이 반복했을 연주를 다시 하자. 많은 이들이 그렇게 산다. 그렇게 사는 게 쉽지 않다는 것을 알 사람들은 알겠지(알아주겠지).

어두운 밤 그냥 한번 불러보는 한 절의 노래 같은 단편을 쓰고 싶었다. 1절만 부르고 관둬도 어떤 사람은 좋아해주는 그런 이야기. 그런 연주.

심심한 건 싫고 심플한 건 좋고.

| 리뷰 |

# 그 슬픔에 오래오래 박수를 보낼 것이다

김금희(소설가)

기쁨은 자족할 수 있으나 슬픔은 자족할 수 없다. 슬픔에는 상대가 필요하며 그 과정에서 주고받은 무수한 기억과 감정들 탓에 우리는 이별 뒤에도 무한한 슬픔의 잔여물을 껴안고 살아가게 된다. 여기 코인 빨래방에서 만난 두 사람처럼.

이십 년간 일했던 오케스트라에서 해고되고 가족들과도 교류가 단절된 호르니스트가 있고, 동거인이 스스로 죽음을 선택해 떠나버린 번역가, '나'가 있다. 중고 물품 직거래 플랫폼에서 처음 알게 된 이들은 거래의 실행을 위해 직접 만난다. 그런데 기타를 사고판 뒤에도 대화는 이어지고 후에 '나'의 물건을 호르니스트가 다시 구입하면서 재회해 마침내 각자가 지닌 슬픔의 "이면과 내면"을 확인하게 된다. 정용준의 「미스터 심플」은 이렇듯 타인과의 우연한 만남을 통해 자기 안의 슬픔과 비로소 대면하게 되는 이야기다.

소설은 중고 거래 플랫폼에서 물건을 팔거나 사면서 삶의 변화를 도모하는 오늘의 인간들을 주목한다. 귀여운 배너와 산뜻한 앱 디자인으로 우리의 터치를 유도하는 이 공간은 우리에게 실제로 어떤 접촉과 관계를 발생시키는가. 현실의 상황이라면 우리는 물건의 거래 이외에 아주 일시적인 유대만 공유할 뿐이므로 나는 소설에서 이 두 사람이 관계를 확장해나갈 때 긴장이 들었다. 가까운 타인과도 마음을 열어 보이기가 힘들고 심지어 소설에서 말하듯 "자신에게조차 진짜 마음을 내보이는 것을 두려워하"는 우리에게 그런 '사건'이 가능한가 싶었기 때문이다.

그런 갈등과 싸우며 소설을 읽어내려갈 수밖에 없었다는 건 정용준의 이 소설이 우리의 마음 깊숙한 곳에 자리하고 있는 관계에 대한 어떤 치명적인 상처를 지목하고 있다는 뜻이다. 그리고 그러한 지목 덕분에, 우리는 상처의 자리에 남겨져 있던 감정들을 비로소 확인할 수 있게 된다. 상시적으로 내게 있었지만 때로는 물건을 플랫폼에 내놓듯 '심플하게' 제거할 수 있으리라 스스로를 속여왔던 감정의 목록들을. 그러니까 여기에는 "좋아지는 것을 원하면서, 좋아지는 나 자신은 원하지 않는", 그렇게 스스로를 벌주듯이 계속되는 자학이 있고 "상처받은 이의 얼굴을 하지 않을 것이다" 결심하면서도 그 완고함 때문에 오히려 견고한 상처 속에 갇히는 우리의 무지가 있다.

자살을 선택한 동거인으로부터 남겨진 '나'는 스스로가 그의 삶에 아무 고려의 대상이 아니었다는 비참함과 싸워야 한다. 죽은 H와 내가 공유했던 물건들을 쓰레기처럼 폐기하지는 않겠다며 플랫폼에 내놓았다가도 구매자가 나타나면 거둬들이는 변덕을 부려가며 '나'는 끊임없이 대체 내가 당신에게 무엇이었는지를 묻는다. 그런 "쌓이기 좋은 크고 축축한" 의문들 속에 '나'는 점점 동결되어간다.

처음 소설을 읽을 때는 화자인 '나'의 일상 속으로 들어온 호르니스트가 질문자이고 '나'는 답변자에 가까워 보인다. 만남의 첫 부분에서 호르니스트가 쓴 서툰 글에 교정과 평을 해주는 사람이 '나'이고, "무리에서 떨어져 이상한 곳까지 걸어와버린 어리둥절한 펭귄"처럼 무언가를 기대하며 적극적이 되는 이가 호르니스트이기 때문이다. 하지만 소설의 전개 속에 대화가 시작되면서 둘은 서로의 슬픔에 대한 질문자인 동시에 답변자가 된다. 마치 합이 잘 맞는 스파링 파트너처럼, 대화는 끊이지 않고 계속되고 상대가 미덥게 들어준다 싶을 때는 감정이 쏟아져나오기도 한다.

뜨거운 김이 서린 국수집에서, "훈기와 습기"가 공기 중에 깃든 빨래방에서, 그리고 "새들이 돌덩이처럼 나뭇가지에 웅크리고 앉아 그대로 눈을 맞"는 거리에서 마치 눈싸움을 하듯 툭툭 주고받으며 이어나가는 "질문과 의문"들. 그렇게 혼자 품고 있었던 의문을 질문으로 발화해나가면서 '나'와 호르니스트는 타인에게 슬픔을 내보이는 방법을 조금씩 배워간다. 용기를 내어 보여주었다가 그러한 행위가 "지겹고 다 거짓말인" 것처럼 냉소하며 다시 집어넣으면서도 그러한 시도를 중단하지는 않는 건, 슬픔이 공유되는 순간 찾아올 "낮고 부드러운" 이해를 포기할 수 없기 때문일 것이다.

세탁기가 멈췄다. 고요해졌고 대화도 자연스럽게 멈췄다. 그는 더 말하고 싶어했다. 나는 그의 말을 더 듣고 싶은 생각은 없었지만 괜히 마음이 무거웠다. 눈을 돌려 노트를 봤다. 처음에는 허투루 읽었던 마지막 부분이 눈에 들어왔다.

'누군가 내게 당신은 누구입니까? 라고 묻는다면 나는 이렇게 답할 것입니다. 내 이름은 슬픔입니다. 나는 아내와 아들을 잃은 남자입니다. 한때 오케스트라에서 연주를 하는 음악가였지만 지금은 아무것도 아닙니다.'

마지막 문장을 검지로 짚었다.

여기. 좋네요.

네? 다시 한번 이야기해주세요.

그는 손바닥을 왼쪽 귀 뒤에 대고 작은 반사판을 만든 뒤 코앞으로 다가왔다. 지나치게 가까워진 거리가 부담스러웠지만 천천히 다시 말했다.

이 문장. 좋다고요.

아, 그는 자기가 쓴 글을 남의 글을 읽듯 한참 들여다본 후 부끄러운 듯 작은 목소리로 말했다.

저도 거기가 마음에 듭니다. 그래서 제 아이디가 미스터 슬픔이에요.(222쪽~223쪽)

소설의 마지막 부분에서 호르니스트는 호른 소리를 궁금해하는 '나'를 위해 아주 짧게 연주해준다. 한껏 숨을 불어넣어 만들어 낸 그 선율이 둘이 앉아 있는 작은 방을 채웠다가 사라지는 동안 우리가 이제껏 경험했던, "사랑"과 "레퀴엠"(죽음) 사이의 그 오래고 익숙한 슬픔들이 부유한다. 연주는 십 초 정도의 아주 짧은 시간이었지만 '나'는 "오래오래 박수를" 치기 시작한다. 그것은 실제 연주보다도 더 오래 지속된 격려와 응답이었고, 겨울밤의 여정이 만들어낸 가장 '단순한', 그래서 더 기적 같은 이해였다.

호른 소리를 알게 된 '나'는 이제 그 작은 방을 나선다. 그리고 자신을 떠난 H에 대해 "피하지 않고 처음부터 끝까지 다 생각"한다. 혼자 맞춰나가야 할 퍼즐 조각이 된 H의 마음에 대해 생각한다. 그것이 "영원히 알아낼 수 없는 비밀"이 되었다는 슬픔을 담담하게 받아들이면서 '나'는 눈길을 걸어 집으로 돌아간다.

> 두 사람의 것으로 보이는 발자국이 찍혀 있었고 작은 발자국에 발을 맞춰 걸었다. 내 보폭과 발자국의 보폭이 맞지 않아 몇 번이나 균형을 잃고 기우뚱 흔들려야 했다. 걷는 동안 미스터 심플의 호른 연주를 떠올렸고 멜로디 그대로 허밍을 했다.(241쪽)

누군가 이미 눈밭에 남긴 발자국 위에 잠시 발을 놓아보지만 타인의 어느 발자국도 완전히 내 것일 수는 없고 그러므로 우리는 슬픔 앞에서 언제나 초행자가 된다. 그리하여 슬픔의 행위자(퍼포머)가 아니라 대체할 수 없이 고유한 슬픔 그 자체가 되는 것. 플랫폼 사용자가 아닌 스스로 택한 슬픔이라는 명명으로 타인에게 기억되는 것. 「미스터 심플」은 기꺼이 자기 상처의 주인이 되기로 한 이들을 위한 소설이다. 아무도 걷지 않은 슬픔을 묵묵히 걷기로 한 사람에게 여러 번 들려주고 보내주어야 할 격려, 그 "놀라울 정도로 아름다운" 화답으로 우리는 이 소설을 기억할 것이다.

**황현진**

# 우리집 여기 얼음통에

**작가노트**

벤자민은 죽었지만 올리브는 살렸으므로

**리뷰 | 황종연**

패턴의 출현, 위트의 승리

**황현진**
2011년 장편소설 『죽을 만큼 아프진 않아』로 문학동네작가상을 수상하며 등단. 소설집 『해피 엔딩 말고 다행한 엔딩』, 장편소설 『두 번 사는 사람들』 『호재』, 중편소설 『달의 의지』 『부산 이후부터』가 있다.

# 우리집 여기 얼음통에

1975년에 완공된 낡은 집은 영하의 긴 추위에 결국 깨졌다.

최저기온이 하루하루 경신되고, 동파를 조심하라는 기상캐스터의 당부가 연일 이어지던 12월 말이었다. 그 주 내내 출근을 하려고 집을 나서기 전, 유정은 반드시 부엌과 화장실부터 살폈다. 낮 동안 수도가 얼지 않도록 하려면 싱크대와 세면대 그리고 샤워기의 수도꼭지를 조금씩 열어둬야만 했다. 물줄기가 끊어지지 않되 너무 세지 않게끔 수도꼭지를 좌우로, 아래위로 여러 번 돌려가며 수챗구멍에 맑은 물을 흘려보냈다. 퇴근 후에도 같은 일을 반복했다. 밥을 지어 먹고 설거지를 하고 세탁기를 돌리고 나서도 유정은 수도꼭지를 꽉 잠그질 못했다.

해가 지면 기온은 더욱 떨어져서 얇은 부엌 유리창으로 냉기가 스며들어왔다. 욕실 타일에는 살얼음이 깔렸다. 자려고 누우면 물이 똑똑 떨어지는 소리가 들리다가 이내 대야 밖으로 넘쳐 졸졸 흐르는 소리가 났다. 설비를 지키기 위해 흘려보낸 물의 양이 많아질수록, 아껴두었던 것들이 줄줄 새어나가는 듯해서 유정은 조마조마했다. 머지않아 가난해질 위험에 처한 사람처럼 노심초사했다. 일인 가정의 세대주인 유정에게 자산이란, 통장에 차곡차곡 쌓여가는 숫자가 아니라 제때제때 요구되는 고지서에 적힌 숫자로 가늠되는 가치여서 다달이 얼마큼을 내고, 얼마큼을 체납했는지가 살림 경제의 주요한 지표였기 때문이다. 겨울은 그러한 지표들이 가장 비관적인 수치를 그리는 계절이었다.

유정이 처음 이 집으로 이사왔을 때는 한여름이었다.

십칠 평, 방 두 개, 거실 하나, 부엌 하나, 화장실 하나. 조그만 마당이 있는 단독주택.

서울에 이만한 집 없다는 말을 듣고 곧장 중개인을 따라나섰다. 뙤약볕이 내리쬐는 길을 두 사람이 나란히 걸어갔다. 중개인은 여자 혼자 살기에는 무섭겠지만, 이만한 평수는 신혼살림을 차려도 모자라지 않으니 얼른 결혼해서 제대로 된 살림을 차리고 살라며 덕담인지 조언인지 모를 말을 내내 이어갔다. 네, 네. 유정이 고분고분 응대하다가 슬슬 짜증이 날 무렵 중개인이 말했다.

"다 왔어요."

횡단보도를 세 번 건너 당도한 집은 높은 건물 뒤쪽에 숨어 있었다. 덜컹거리는 녹슨 대문을 열자마자 싱그러운 바람이 몰아쳤다. 산등성이를 타고 내려온 바람에서는 짙은 풀냄새가 물씬 풍겨왔다.

집은 십층짜리 상가건물 외벽을 정면으로 바라보고 있었고, 측면은 바로 산밑이었다. 마당은 바로 이웃한 건물의 높은 그림자와 산그늘에 잠겨 한낮인데도 어둑했다. 지붕의 널 몇 군데가 너덜거리고 담장 페인트가 벗겨져서 얼룩덜룩했다. 을씨년스럽고 스산한 외관이었지만 숨통이 트이는 청량한 공기만은 더할 나위 없이 좋았다.

집안으로 들어서자 커다란 거실 창이 눈에 띄었다. 상가건물의 잿빛 벽이 바로 코앞이었다. 올려다보니 층마다 조그만 창이 집을 향해 나 있었다. 크기로 봐선 화장실 창문 같았다. 남자들이 오줌을 누면서 집안을 내려다볼 수도 있다는 생각에 유정은 아찔했다. 중개인이 걱정 말라고, 너무 가까워서 절대 거실 안쪽까지 들여다볼 수 없다고, 지난 십 년 동안 집주인이 단 한 번도 전세금을 올리지 않았는데, 그 말인즉슨 계약서를 매번 갱신할 필요 없이 원하면 죽 살아도 되는 집이라며 가까스로 유정을 안심시켰다.

중개인이 한숨을 섞어가며 덧붙이길 이 집에 든 세입자는 노부부인데 최근 바깥어른이 입원중이라서 안주인은 한밤중에야 돌아온다고 했다.

"세상에 이만한 집에, 이만한 주인 없어요. 지금 사는 사람들도 아프지만 않았으면 평생 이 집에서 살았을 텐데…… 나이들면 어쩔 수 없는 일이지만, 곧 요양병원으로 모신다고 하더라고요."

그렇다면 이미 평생을 산 거나 다를 바 없지 않나? 유정은 의아했지만 굳이 입 밖으로 꺼내진 않았다.

평생을 다해온 노부부의 살림살이는 허름하고 추레했다. 화문석 위에 얇은 요가 깔린 거실 곳곳에 박카스와 호박즙이 흩어져 있었다. 어떻게든 살아보려는 안간힘이 느껴져서 유정은 고개를 돌렸다. 더욱이 남의 세간을 건드리고 싶지 않아서 발끝을 세워 집안을 대충 둘러보곤 거실 창 쪽으로 다가갔다. 창틀이 비틀렸는지 한참을 낑낑거리고 나서야 창문은 간신히 열렸다. 좁은 틈새로 산바람이 불어왔다. 무성한 나뭇잎이 서로 부딪히는 소리도 들려왔다.

비록 지린내 풍기는 열 개의 창문이 내려다보는 집일지언정 바람소리와 풀냄새에 마음이 끌려 그대로 눌러앉은 집이었다. 하지만 계절이 바뀌자 바람소리는 거세졌고, 마당에는 담배꽁초들이 수두룩하게 쌓여갔다. 유정이 출퇴근길에 인기척을 느껴 고개를 들었다가 창밖으로 길게 빠져나온 팔을 목격하곤 소스라치게 놀란 적도 많았다. 불붙은 담배꽁초가 기다란 호를 그리며 마당으로 떨어지는 걸 보고도 유정은 옆 건물을 찾아가 항의할 생각을 못했다. 그건 거의 불가능한 일이었다. 옆 건물의 화장실을 들락거리는 사람들에게는 유정의 마당이 거대한 재떨이에 불과하다는 사실을 순순히 받아들여야만 했다.

훗날 유정은 그것이, 집이 안겨준 첫번째 공포였을 거라고 짐작했다.

주말이 되자 날은 더욱 추워졌다. 아침 뉴스에서는 동사를 조심하라는 말까지 나왔는데, 저녁 뉴스에서는 고시원과 쪽방 화재 소식이 이어졌다. 탈출하지 못해 죽은 사람들의 방에는 창문이 없었다. 창문을 깨고 오층 높이에서 뛰어내린 사람은 용케 살아남았다.

얼마 전이었다. 창녕에 사는 엄마네 집에 도둑이 들어 순금으로 만든 팔찌와 목걸이를 죄다 잃었다. 엄마는 뒤늦게 방범창을 설치했지만, 유정은 두고두고 엄마를 나무랐다. 이제야 방범창을 설치한 게 과연 잘한 일인지 모르겠다며, 야단치듯 잔소리를 늘어놓았다. 유정의 말이 옳았다. 엄마는 귀중품을 다 잃고 나서야 방범을 위한 창살을 달았지만, 실은 비상구를 잃은 셈이나 마찬가지였다. 순식간에 걱정이 깊어져서 유정은 엄마에게 전화를 걸었다. 추위를 어떻게 이겨내고 있는지, 그사이 별일은 없었는지 물어볼 말이 한둘이 아니었다.

"여긴 한 개도 안 춥다. 거긴 많이 춥나?"

엄마는 도리어 유정을 걱정했다.

"여긴 백 개나 춥다."

"백 개씩이나?"

실없는 소리를 주고받다가 유정은 문단속을 신신당부하고 전화를 끊었다. 말문을 닫으니 집안이 유독 조용했다. 물소리가 더욱 크게 들려왔다. 줄줄줄. 밤새도록 수챗구멍으로 물이 줄줄 빨려들어갔다. 눈뜨고 도둑맞는 심정이 이러할까. 한 개도 아니고 백 개씩이나 도둑맞는 기분을 떨치지 못해 유정은 결국 밤을 새웠다.

아침이 되자 온몸이 아팠다. 다행히 열은 없었다. 한기는 여전했다. 외풍에 코끝이 시린 겨울을 몇 차례 보냈지만, 이토록 추운 겨울은 처음이었다. 엄마는 몸이 허하면 추위를 못 이기는 법이라고 문자를 보내왔다. 밥 잘 먹어라. 엄마의 말에도 일리가 있었다. 하지만 밤새 잠을 설친 탓에 유정은 고단했다. 장을 보러 나갈 엄두도 나지 않았다. 유정은 냉동실에 얼려둔 곰탕을 꺼내 녹여 먹었다. 때마다 엄마가 보내주던 거였는데, 올해는 재호와 나눠 먹어서인지 금방 동이 났다.

종일 집에 있으니 살을 에는 바람소리가 창틈으로 쉼없이 새어 들어왔다. 어떻게든 바람을 막으려고 방마다 창문을 잠그고 커튼을 닫았다. 작은방 벽에는 이미 기다란 금이 가 있었다.

우리집에 금갔어.

유정이 사진과 함께 재호에게 문자를 보냈다.

저녁에 그리로 퇴근할게.

재호가 오려면 아직 한참 멀었지만, 유정은 한결 평안했다. 최근 재호는 주말에도 출근했다. 연말이라 팀원들의 연봉 조정과 회계 정리로 정신없이 바빴다. 재호의 답장에 마음을 놓은 탓일까. 바람이 집을 뒤흔드는 소리에 밤새 불안했던 유정의 마음이 서서히 잦아들었다.

오후 햇빛이 거실 창으로 비스듬히 쏟아졌다. 유정은 사선으로 드리운 빛줄기 끄트머리에 앉아 희끄무레한 먼지들이 떠다니는 걸 보았다. 아지랑이 같은 공기의 흐름이 찰나였지만 선명했다.

하도 따뜻해서 빛이 내리쬐는 동안에는 수도꼭지를 잠가둬도 무방하지 싶었다. 유정은 수도꼭지를 전부 잠그고 적막하지만 뜨끈한 거실 바닥에 누워 빛이 기우는 걸 바라봤다.

한숨 자고 일어나니 저녁 무렵이었다. 고작 세 시간 남짓 지났을 뿐인데, 세면대 수도꼭지를 틀자 물이 흐르지 않았다. 그새 얼어버린 거였다. 유정은 재빨리 대야에 받아둔 물을 끓여 수건을 적셨다. 마당으로 나가 지하에 묻혀 있는 수도 계량기에 뜨거운 수건을 차곡차곡 쌓았다. 갈팡질팡하다가 120에 전화를 했다. 단독주택이라고 했더니 당장 사람들을 보내주겠다고 했다.

인부들이 도착하자마자 일사불란하게 집 앞 보도블록을 깨기 시작했다. 그들 말로는 수도관으로 이어지는 송수관이 얼었다고 했다. 이 차선 도로 아래 지름이 이 미터 가까이 되는 송수관이 저 위에서부터 여기까지 길게 이어져 있고, 나무뿌리처럼 뻗어 있는 상수도관과 송수관이 만나 각각의 집으로 물이 흘러들어간다고 설명해주었다.

땅이 단단하게 얼어 있어서 작업은 쉽지 않았다. 커다란 드릴이 땅을 뚫고 굴착기가 보도블록을 걷어내자, 붉은 흙이 드러났다. 유정은 이 도시의 바닥이 흙으로 이루어졌고, 그 바닥에는 콘크리트로 직조된 물길이 끝없이 이어져 있다는 당연한 사실에 충격받았다. 인부들이 길을 깨트리고 다시 새 보도블록을 깔 때까지, 유정은 싱크대 앞을 서성이며 언 수도가 녹기만을 기다렸다. 굴착기 소리가 멈추고 한참이 지나도록 물은 나오지 않았다.

마침내 송수관 교체 작업이 끝났을 때는 어두컴컴한 저녁이었다. 상황은 조금 전보다 훨씬 나빴다. 오수관이 깨져서 땅이 전부 젖었다고, 더러운 물이 죄다 새는 바람에 주변의 땅이 딴딴하게 얼어서 수도관도 금방 어는 거라고, 이대로는 겨울을 나기가 어렵겠다는 말을 들었다.

"그동안 냄새 안 났어요? 집주인한테 얘기해서 반드시 고치세요. 땅을 다 버려놨어요."

유정은 땅속을 관통하는 거대한 하수관과 보도블록 아래 오수에 젖은 땅을 상상하며, 이미 오염된 땅을 복원하기 위해서는 집을 통째로 파내야 할지도 모른다는 생각에 말문이 막혔다. 킁킁거리며 집 주변의 냄새를 확인했지만, 유정은 아무 냄새도 맡지 못했다. 악취마저도 얼어버린 걸까. 떨리는 목소리로 집주인에게 전화를 걸었지만 동파로 인한 손상은 세입자의 책임이라는 소리에 기운이 빠졌다.

"집도 오래되면 여기저기 아파요."

오수관이 깨졌다는 말에도 집주인은 태연했다. 깨지면 깨진 상태로, 더러우면 더러운 상태로 나날이 더럽게 살아야 합니다, 그런 뜻 같았다. 참다못한 유정이 인터넷을 뒤져 전문가를 불렀지만 단독주택 수도관은 대개 땅속 깊이 묻혀 있어서 녹이기가 수월치 않고, 수도가 얼어 터진 집이 이미 한두 군데가 아니라 오늘 중으로는 도저히 방문이 어렵다는 대답뿐이었다.

기다리세요, 저절로 녹을 때까지. 그 수밖에 없어요.

언제쯤 녹을까요?

글쎄요, 봄은 돼야 하지 않을까요?

몇 군데 더 전화를 걸었지만 돌아오는 대답은 엇비슷했다. 온수 공급이 되지 않으니 보일러를 작동시키기도 겁이 났다. 거실에 요를 깔고 히터를 켰다. 이불을 뒤집어쓰고 앉아 재호가 오기만을 기다렸다. 추위를 물리칠 만한 그 어떤 대응력이 유정에겐 남아 있지 않았다. 히터는 발끝만 간신히 데워줄 뿐이었다. 그것이 두번째 공포였다. 어쩌면 세번째, 네번째일지도 몰랐다. '너무 오래되어 아픈 집'에 유정은 혼자 있고 싶지 않았다.

자정쯤 재호가 왔지만, 뾰족한 수가 있을 리 만무했다. 받아둔 물은 모두 동이 났고 계량기에 덮어둔 수건은 꽝꽝 얼어서 이대로 뒀다간 더 큰 사달이 날 게 분명했다. 돌처럼 딱딱해진 수건을 마당에 대충 던져버리고 유정은 재호의 손에 이끌려 곧장 재호의 원룸으로 갔다.

사층 건물 맨 윗집. 방 하나, 화장실 하나, 싱크대 하나.

크리스마스가 지나고 해가 바뀔 때까지 유정은 모든 게 하나뿐인 재호의 원룸에서 지냈다. 조그만 창으로 쏟아지는 해가 눈부셔서 베개에 얼굴을 묻고 어두운 구석을 찾아 꿈틀꿈틀 기어다니다가 행거 아래나 책상 아래에서 아침을 맞는 집.

그 집에서 눈을 뜨고 몸을 씻고 출퇴근을 위해 계단을 오르내릴 때마다 유정은 자신의 집을 생각했다.

집은 어떻게 되었을까.

유정의 머릿속에서 집은 죽어가고 있었다. 금은 벽을 쪼개며 더욱 깊어지고, 수도관은 얼어서 마침내 두 동강이 나고, 마당은 담배꽁초로 뒤덮이고, 땅에서는 악취가 배어나오는 집.

유정은 두 번 다시 그 집으로 돌아가고 싶지 않았다.

"재호야, 우리 새집에서 같이 살자."

설을 각자 본가에서 지내고 온 뒤에 유정이 먼저 말을 꺼냈다. 재호가 고민하는 기색 없이 그러자고 했다. 유정은 재호와 살림을 합쳐 신축 빌라 이층을 계약했다. 재호의 세간은 남김없이 버리고 유정의 살림살이 중 쓸 만한 것만 챙겨 옮기기로 했다.

늦봄과 초여름 사이 이삿날이 잡혔다.

이른아침, 이삿짐센터 직원들이 작은 트럭 두 대를 타고 왔다. 유정은 자신이 이미 버린 거나 진배없는 집에 이토록 많은 물건이 남아 있다는 걸 몰랐다. 이것들 없이도 부족함 없이 잘살았다는 게 더 놀라웠다. 물건 대부분을 내다버리고 가전과 거실 가구들, 비교적 새것인 가재도구들만 싣기로 했다.

부엌 정리를 맡은 아주머니가 어수선한 집안으로 제일 먼저 들어왔다. 아주머니는 부엌 싱크대를 꼼꼼하게 살핀 뒤 버릴 것과 가져갈 것을 묻고는 냉장고 앞에 섰다.

"이거 어디서 났어요?"

아주머니가 냉장고 문을 가리키며 서툰 한국어로 유정에게 물었다. 이미 속을 말끔하게 비운 냉장고는 겉만 봐선 작은 박람회장 같았다. 재호와 함께 갔던 전시회에서 얻은 엽서, 여행지에서 둘이 함께 찍은 사진들이 배달 스티커와 함께 냉동칸 문을 빼곡하게 채우고 있는 탓에 처음에 유정은 아주머니가 말하는 '이거'가 뭔지 몰랐다.

"재호요?"

뜬금없이 되물었던 건 아주머니의 손가락이 재호의 얼굴을 가리키고 있는 듯 보였기 때문이다. 그 순간 유정은 저도 모르게 어깨에 메고 있던 크로스백에 손을 집어넣고, 미리 챙겨두었던 귀중품을 일일이 만져보았다. 모두 그대로였다. 아주머니는 몽골 지도 모양의 마그넷을 검지로 꾹 누르며 다시 물었다.

"이거, 몽고르를 어디서 났어요?"

너부데데하고 밋밋한 이목구비, 가느다랗고 기다란 눈매, 둥글납작한 콧날, 불그스레한 뺨. 아주머니는 전형적인 몽골인의 얼굴이었다.

지난해 여름 유정은 십사박 십오일 일정으로 몽골 여행을 다녀왔다. 함께 떠났던 지인들은 여행 내내 유정에게 놀리듯 말했다.

"인제 보니 유정이는 몽골 사람처럼 생겼네."

유정이 보기에도 그러했는데, 다른 점이 있다면 몽골 사람들은 시종일관 웃는 얼굴이라는 거였다. 미간에 깊은 주름이 팰 정도로 얼굴을 찡그리는 게 버릇이었던 유정은 지프를 타고 사막을 횡단하는 고단한 여행 동안만큼은 '몽골 사람처럼 생긴 유정이'답게 자주 웃으려 애썼다. 울란바토르공항에서 인천행 비행기를 탈 때까지도 유정은 그저 몽골 사람을 흉내내는 기분으로 툭하면 웃었다.

"몽골, 이거 몽골에서 샀어요."

유정이 반가워하자 아주머니가 환하게 웃으며 말했다.

"여기 우리집."

아주머니가 가리킨 곳이 몽골 어디쯤인지 알기에는 마그넷의 크기가 너무 작았다.

"나 몽골 사람."

아주머니의 말에 유정은 여행중에 그러했던 것처럼 웃어 보였다. 때마침 재호와 함께 남자 일꾼들이 집안으로 우르르 들어왔다. 아주머니는 냉장고 문에 붙어 있던 온갖 것들을 떼어내어 냉동칸 얼음통에 넣으며 유정에게 웃으며 알렸다.

"여기 됐어요, 우리집."

그러곤 운송중에 냉장고 문이 쉬이 열리지 않도록 테이프로 고정한 뒤, 고무장갑 낀 손으로 싱크대를 정리하기 시작했다. 유정은 아주머니 곁을 쭈뼛쭈뼛 맴돌다가 도와주려는 마음을 접고 홀가분히 마당을 거닐었다.

점심때쯤 트럭에 모든 짐이 실렸다. 새집에 들어서자 재호와 유정은 단박에 기분이 좋아졌다. 점심을 먹고 한시까지 오겠다던 이삿짐센터 직원들을 기다리다가 둘은 재빨리 섹스했다. 끌어내린 옷을 다시 추스르고 화장실에서 대충 손을 씻은 다음 마스크를 썼을 때, 일꾼들이 우르르 도착했다. 그들은 현관문을 활짝 열어놓고 그 앞에 모여서 장갑을 끼고 일회용 덧신을 신발 위에 씌웠다. 마스크를 쓰고 현관에서부터 집안 구석구석 발깔개를 깔았다.

창밖으로 책상을 실은 사다리차가 보였다. 재택근무가 잦아지면서 유정이 이삿날에 맞춰 큰맘 먹고 주문한 책상이었다. 들뜬 유정이 집안을 바쁘게 오가며 맞춤한 자리를 안내하는 동안, 갑자기 사모님, 사모님 다급하게 외치는 소리가 들렸다.

흰 대접이 산산조각난 상태였다. 종종 유정이 대식가인 재호를 위해 꺼내던 그릇이었다. 밥과 고기를 즐기는 재호의 식단은 커다란 접시와 그릇들이 필요한 메뉴가 태반이었다. 재호가 유정의 집에 드나드는 횟수가 잦아지면서 유정의 부엌에도 커다란 접시와 그릇들이 점점 많아졌다. 다이소에서 각 삼천원을 주고 두 개를 산 흰 대접 중 하나가 깨졌지만, 두 개를 한 번에 깨트려도 전혀 아깝지 않은 물건이었다. 아주머니가 좁은 부엌을 우왕좌왕하면서 연거푸 사과하자 유정은 얼굴이 빨개져서 괜찮다고 함께 고개를 조아렸다.

"괜찮아요. 비싼 거 아니에요. 싸구려예요, 싸구려."

수다스럽게 아주머니를 달래다가 유정은 흠칫 놀라 입을 닫았다. 문득 몽골에서의 기억이 스쳤다. 여행 말미였다. 몽골 북부의 어느 마트에 들렀다가 물건 대부분이 천원 안팎에 불과한 걸 보고 유정은 눈에 보이는 대로 쓸어 담았다. 가죽 필통, 양모 양말, 순록 뼈, 코에 갖다대면 짐승의 냄새가 아릿하게 풍기던 물건들을 '싸다, 싸' 감탄하며 잔뜩 샀다.

그날의 기억이 떠오르자 유정은 자신이 대단한 부자라도 된 것처럼 느껴졌다. 온갖 물건들로 가득 채운 커다란 바구니를 캐셔 앞에 올려두고, 허리에 바짝 조여 맨 히프색 깊숙한 곳에서 뭉칫돈을 꺼낼 때도 부자가 된 양 으쓱했다.

지금의 기분도 그때와 다르지 않았다. 이해나 용서가 아니라

관용을 베푸는 듯 구는 자신의 언행이 같잖은 부자 행세 같았다. 파손된 물건의 값이 아주 쌌기 때문에 가능한 부자 놀음.

"이것도 버려요?"

아주머니가 울상으로 멀쩡한 그릇을 들고 물었을 때, 유정이 대답 대신 흰 대접을 소중하게 받아안은 건 바로 그 때문이었다. 비록 흔해빠지고 무척 값싼 것이긴 해도 그간 무척 아껴왔고 앞으로도 죽 그러할 것처럼. 그런 식으로 부자가 아닌 티를 냈다. 그 순간 유정은 자신이 꽤 정직한 사람이라고 느꼈다.

새집으로 이사한 뒤부터 유정은 거의 집밖으로 나가질 못했다. 사회적 거리두기 단계가 격상되고, 같은 빌딩에서 근무하는 사람 중 몇몇이 확진 판정을 받는 일이 드문드문 일어났다. 어제는 같은 층에 근무하는 사람이 확진 판정을 받았다. 또다시 재택근무 통보가 내려지고 전 직원들에게 코로나19 검사를 받으라는 지시가 떨어졌다.

이튿날 유정은 재호에게 보건소에 같이 가줄 수 있느냐고 물었다. 재호는 단호하게 거절했다. 보건소 쪽으로는 한 걸음도 가까이하고 싶지 않다면서 고개를 저었다. 근처에만 가도 감염될 것 같다며 손사래를 쳤다. 하는 수 없이 유정은 혼자 보건소를 찾았다. 꾸물거리다보니 점심시간이었다. 검사가 재개되려면 아직 한 시간을 더 기다려야 했다. 보건소 앞마당에는 이미 꽤 많은 사람들이 줄을 서 있었다. 바닥에 붙어 있는 발자국 스티커에 제 발을 맞춰 선 사람들 사이로 한 남자가 고래고래 소리를 지르며 돌아다녔다.

"일렬로 서세요, 일렬로!"

그는 보건소 마당에 임시로 설치된 선별진료소에 열두번째로 도착한 사람이었다. 줄의 맨 앞에서 열두번째 자리가 비어 있었는데, 열세번째 남자가 빈 앞자리를 지키며 남자의 말에 크게 동조하듯 응원하고 있었다.

열두번째와 열세번째, 그들 말로는 원래 그들의 순번은 두번째와 세번째인데 성미 급한 사람들 때문에 뒤로 밀려났다, 그러니 열네번째 이후의 사람들은 우리의 배려와 양보를 알아주고 제발 똑바로 서서 앞사람과의 간격을 엄수하라는 게 요지였다. 설령 자신의 순서가 뒤로 밀려나 불만이 있더라도 우리처럼 참고 기다리라는 게 그들의 주장이었다. 사람들은 일제히 그를 노려봤다.

제발 입 좀 닫으시오. 마스크 썼다고 안심하지 말고 제발 당신의 비말을 삼키시오.

무언의 말들이 남자를 향해 쏟아졌지만, 그는 사람들에게 호통치는 걸 멈추지 않았다.

한시가 되자 방호복을 입은 직원들이 나타났다. 문진표 작성이 먼저 이루어지는 동안 직원이 모두에게 큰 소리로 물었다.

"혹시 유증상자 계십니까?"

열두번째 남자가 손을 번쩍 들었다. 모두가 뜨악해하며 그를 쳐다봤다. 개중 가장 경악한 사람은 열세번째 남자였다. 그는 열두번째 남자가 보건소 직원에게 자신의 증상과 감염 경로로 추정되는 동선을 설명하는 내내 시선을 떼지 않았다. 열네번째 아줌마가 열세번째 남자에게 저 사람이랑 같이 왔어요? 묻자 그는 두 손으로 마스크를 쓴 하관을 감싸쥐며 외쳤다.

"오늘 처음 봤어요."

열두번째 남자는 아랑곳하지 않고 가장 먼저 검사소로 들어갔다. 서른두번째였던 유정의 차례가 되기까진 삼십 분이 채 안 걸렸다. 유정은 욱신거리는 코를 어루만지며 집으로 향했다.

집은 비어 있었다. 유정은 재호가 이미 출근하고 없다는 걸 알면서도 섭섭했다. 하릴없이 집안을 서성거리다 화장실에서 대충 얼굴을 씻고, 한번 더 손을 씻었다. 수건으로 물기를 닦으며 힐긋 쳐다보니 변기가 누렜다. 재호와 함께 변기를 쓰면서부터, 유정은 변기 안쪽이 유독 신경쓰였다. 쉽게 때가 타고 순식간에 검은 곰팡이가 번졌다. 처음에는 재호에게 문제가 있는 줄 알고 주의하라고 했더니 재호가 참지 않고 따져 물었다. 나 혼자 살 때는 이만큼 더럽지 않았다고 버럭 소리를 높였다. 유정은 사과했다. 둘 중 한 사람의 탓이 아니라는 걸 쉽사리 인정했다. 문제의 진짜 원인은 두 사람이 하나를 쓰는 것, 바로 그것이었다.

유정은 변기 뚜껑을 내리고 작은방으로 자리를 옮겼다. 책상에 앉아 업무를 시작하기에 앞서 과장이 보낸 이메일부터 확인했다.

혼자 있다고 보는 눈 없다고 생각하지 마라! ㅋㅋㅋ

매일 접속 시간 일지를 꼼꼼히 확인하고 있으니 절대로 태만해지지 말라는 내용이었다.

"네, 과장님."

유정은 마스크 위로 보이던 과장의 검은 낯빛과 붉게 충혈된 두 눈을 떠올리며 홀로 대답했다. 과장은 카카오톡으로 지시 사항을 전할 때도 ㅋㅋㅋ를 남발하는 버릇이 있었다. 크크크, 과장의 말버릇을 따라 할 때면 세상만사가 순조롭고 모든 근심은 기우 같았다. 그런 상사를 둬서 좋았지만, 한편으로는 싫었다.

대수롭지 않음. 과장의 그 태도가 때때로 유정을 너무 열심히 근로하도록 만들었다. 피로에 찌든 벌건 눈과 미숙한 컴퓨터 활용 능력으로 눈앞에 없는 직원의 근무 태도와 성과를 어떻게 간파할 수 있을지, 유정은 관리자로서 과장의 능력을 전적으로 신뢰하기가 어려웠다.

게다가 과장의 컴퓨터는 시간 제어 시스템에 오류가 있는지 항상 제시간과 얼마간 차이가 났다. 젊은 직원들의 도움을 받아 몇 번 고치려 해봐도 소용없었다. 과장의 컴퓨터는 전원을 껐다가 다시 켤 때마다 번번이 틀린 시각으로 재조정되었다. 항상 십 분 늦거나 빨랐다. 직원들의 접속 시간이 자동으로 저장되고 기록되는 업무 사이트의 시스템을 유정이 신뢰하지 않는 이유였다.

유정은 자신의 접속 시간도 사실과 다르게 들쑥날쑥한 숫자로 기록되고 있을지 모른다는 불안을 떨치기 어려웠다. 무엇보다 과장의 미숙한 관리 감독 아래 장기간 이어지는 재택근무가 영 마뜩잖았다. 자신의 근태와 역량이 제대로 평가받지 못하고 있을 거라는 불신을 떨칠 수가 없었다.

유정은 저녁 일곱시를 넘겨서야 컴퓨터의 업무 창을 닫고 전원을 껐다. 재호가 퇴근하는 시간에 맞춰 로그아웃을 하고, 컴퓨터와 형광등을 차례차례 끈 뒤, 작은방의 문을 닫을 때면 모두가 퇴근할 때까지 우물쭈물 기다리던 거리두기 1단계의 저녁 여섯 시 십분 같았다. 사무실의 시스템에어컨을 끄고, 동료들의 책상을 살펴보고, 켜진 컴퓨터가 있나 없나 확인하고 마침내 형광등을 끄는 건 언제나 유정의 일이었다. 어둑한 복도에 서서 빈자리에서 빛이 새어나오는지 확인하는 일. 거기까지 완수해야 비로소 퇴근이었다.

파자마 차림에 맨발로 문턱을 밟고 서서 맞는 저녁 일곱시 십분, 유정은 재호에게 문자를 보냈다.

어디쯤 왔어?

오늘 늦어.

유정은 닭볶음탕을 데우던 인덕션레인지를 껐다.

결과는?

이틀 있다가.

그뒤론 아무 답장이 없었다. 유정은 밑반찬 몇 개를 꺼내 단출한 저녁을 먹었다. 식사는 오래 걸리지 않았다. 밥그릇과 수저를 개수대에 넣고, 닭볶음탕이 담긴 냄비에 뚜껑을 덮고 잠시 그 앞에 서 있다가 다시 재호에게 문자를 보냈다.

왜 늦어?

재호에게서 짧은 답장이 왔다.

큰일.

“다 죽겠다.”

재호가 닭볶음탕을 뒤적거리며 말했을 때, 유정은 찬장에서 흰 대접을 꺼내던 중이었다. 살을 발라내고 남은 닭 뼈를 담을 그릇이 필요했다. 아주머니가 깨고 남은 대접은 그동안 쓸 일이 없었다.

“왜 죽겠대?”

“우리 회사 망한 것 같다.”

뉴스에서 자영업자들의 폐업과 도산 위기에 처한 중소기업들의 소식이 연일 이어져도 유정은 재호의 안위를 걱정하지 않았다. 가끔 사무실에서 다들 마스크를 제대로 쓰는지 물어본 적은 있었다. 모두가 마스크를 쓰지만 하루종일 쓰고 있진 않다는 재호의 대답에 유정은 너만 온종일 쓰고 있으면 된다고, 그러면 우리 둘 다 괜찮을 거라고 어르듯 당부했다. 코로나19에 걸리면 우리 망해, 빚더미에 깔려 죽어, 라고 겁먹은 소리를 하며 실은 겁을 줬다. 유정의 으름장이 무색하게 그동안 재호는 단 한 번도 선별진료소에 가지 않았다.

“너는 어떻게 되는 거야?”

“나만 빼고 망하는 게 아니라 전부 다 망하는 거야.”

불그죽죽한 뼈가 대접에 가득찼을 때쯤 유정은 조심스레 물었다.

“그럼 우린 어떻게 살아?”

유정과 재호가 집을 얻기 위해 받은 전세대출금은 이억원이 넘었다. 이사 대금을 치르고 필요한 가구를 사들이느라 쓴 돈이 천만원을 웃돌았다. 매달 신용카드 결제 대금으로 통장에서 빠져나가는 돈만 해도 얼추 사백만원이었다. 재호는 마지막으로 남은 닭 날개를 입안에 집어넣고 우물거리며 유정을 바라봤다.

유정은 한 달에 이백만원을 벌고, 재호는 삼백만원을 벌었다. 오백만원이면 충분할 줄 알았던 살림은 매달 조금씩 축났다. 이자와 공동 관리비, 각종 이용 대금 등을 합하면 백만원을 넘기기 일쑤였다. 육 개월 할부로 산 침대와 세탁기, 유정의 천육백 센티미터짜리 책상 값만 완납하면 숨통이 트일 줄 알았는데, 이제는 가능한 한 새것부터 차례차례 당근마켓에 내다팔아야 할지도 몰랐다.

"걱정하지 마. 난 하루도 안 놀 거야."

신정에 떡국을 끓여먹으며 이제 우리 마흔 살이다, 킬킬대면서 서로를 놀린 게 엊그제 같았다. 결혼식을 계획했다가 어쩔 수 없이 미루고 대신 몇몇 사람들만 불러서 간소한 집들이를 서너 번 치렀다. 초대된 손님은 모두 유정의 지인들이었다. 여태껏 재호의 지인들을 한 번도 부르지 않았다는 게 내심 마음에 걸렸던 유정이 물었다.

"회사 사람들 불러서 집들이할까?"

"괜찮을까?"

재호는 잠시 머뭇거렸지만, 곧 찬성했다. 그에게 직장 동료들은 유일한 친구나 마찬가지여서 서로 위로하는 자리를 주선하는 건 응당 필요한 일처럼 느껴졌다.

재호가 씻으러 욕실에 들어가고 부엌에 혼자 남은 유정은 대접에 쌓인 수북한 뼈들을 쳐다봤다. 뼈에 붙은 살점이 많았다. 깔끔하게 먹을 것이지, 유정이 혼자 투덜거리다 말고 욕실 쪽을 흘깃 쳐다봤다. 닫혀 있는 문 안쪽에서 물소리가 흘러나왔다. 유정의 목소리도 덩달아 커졌다.

"아직도 돈 아까운 줄 모르고."

자정쯤 두 사람은 나란히 침대에 누웠다. 어쩌면 상황은 달라질 수 있을 거라고, 망할 뻔한 회사가 망하지 않고 재기에 성공한 일화를 떠올리며 애써 미래를 낙관했다. "아직은 진짜로 망한 게 아니야. 사람은 한순간에도 망하지만, 조직이 쫄딱 망하는 건 생각보다 쉽지 않아." 소곤소곤 속삭였다.

곧 재호가 낮게 코를 골았다. 밤이 깊어질수록 이불 안에 한기가 돌았다. 유정은 뒤척거리다 온수매트의 전원을 켰다. 새 침대에 처음으로 훈훈한 온기가 감돌았다. 유정은 몸을 둥글게 말고, 우리가 함께 살기 시작한 이유는 사랑보다는 서로 간의 사정이 그만한 탓이었다는 걸 곱씹고 곱씹으며 낮에 있었던 일을 되새겼다. "오늘 처음 봤어요." 아직도 열세번째 남자의 목소리가 생생했다. 그 일을 상세히 말해주었다가는 재호가 더 벌벌 떨 것 같았다.

어쩌면 재호에겐 내가 공포의 대상이 될 수도 있겠다는 생각, 아주 사소한 이유로도 재호와 헤어질 수 있겠다는 예감, 이대로 살다가는 금세 가난해질 수 있다는 가능성. 그 모든 걸 합한 무시무시한 미래가 유정을 놓아주지 않았다. 지난겨울 그토록 춥지만 않았어도 한 시절의 고비를 극복하고자 한 사람을 선택하는 일 따윈 하지 않았을 텐데, 그런 식으로 사랑이 줄줄 새도록 내버려두진 않았을 텐데.

이 두려움을 재호에게 알려줘도 될까?

유정은 고심했지만 도저히 재호의 평정을 자신할 수가 없었다.

약속한 집들이 날, 낮 동안 유정은 근처 마트에서 술과 과일을 사고 해물찜과 탕수육을 주문했다. 양손에 무거운 장바구니를 들고 집에 도착하자마자 과장에게서 카톡이 왔다.

유정, 어쩌려고 벌써 로그아웃? ㅋㅋㅋ

화장실입니다.

지켜보고 있다 ㅋㅋㅋ

네, 과장님 ㅋㅋㅋ

유정은 크크크 소리를 내며 찬장에서 대접과 접시, 종지, 유리컵과 소주잔을 모조리 꺼냈다. 찬장이 텅 비고, 주문한 음식들이 속속들이 도착할 무렵, 재호가 평소보다 이르게 퇴근했다. 혼자였다. 어째서 혼자냐고 묻자 재호는 먼저 왔을 뿐이라고, 곧 한꺼번에 들이닥칠 거라며 화장실로 향했다.

"화장실 청소 안 했어?"

재호가 목소리를 키웠다. 유정은 못 들은 체하고 냉장고에 넣어둔 술을 꺼냈다. 재호가 구시렁거리며 변기를 닦는 소리가 들렸다. 덜어먹을 접시들을 식탁 가장자리에 촘촘히 놓고 사이사이 수저를 놓았다. 이제 손님들이 오기를 기다릴 일만 남았다.

한 시간이 지났지만, 아무도 오지 않았다.

유정은 텔레비전을 켰다. 재호가 유정의 옆에 앉았다. 여덟시 뉴스가 막 시작되는 참이었다.

"전화해봤어?"

유정이 묻자 재호는 고개를 떨구었다.

"실은 오늘 아무도 출근을 안 했어."

같은 사무실을 쓰는 동료들 전부가 밀접접촉자로 분류되어 오늘부터 자가격리에 들어갔다는 말을 더듬더듬 반복했다.

"나만 빼고. 우리 방 사람들 전부."

출근한 뒤에야 그 사실을 알게 된 재호는 어리둥절했다. 왜 자기만 자가격리 대상자가 아닌지 궁금했지만 물어볼 사람이 없었다. 그런데도 유정에게 아무 말 안 했던 건, 어쩐지 그 상황이 장난 같아서였다. 재호의 동선은 그들과 다를 바가 없었고, 그들이 뿔뿔이 흩어진 때는 퇴근 이후부터인데 왜 나만 아닐까?

재호는 자신이 배제된 게 아니라 누락되었을 가능성을 생각했다. 유정은 동의했다. 과장의 오류투성이인 컴퓨터에 관해서 이야기하고, 우리가 고칠 수 없는 세상의 이런저런 결함을 탓하면서 술을 따랐다. 그러다 지난겨울, 유정이 살았던 그 낡은 집에 대해서까지 거슬러올라갔다. 그들이 새로 얻은 신축 빌라 지하에도 거대한 관으로 이어진 물길이 있을 거라 말해줬다. 맑은 물이 들어오는 길과 더러운 물이 빠져나가는 길이 나란히 이어진 땅 위에 우리가 살고 있는 거라고.

말없이 듣고만 있던 재호가 불쑥 물었다.

"나만 두고 전부 어디 간 걸까?"

"오늘?"

"아니, 어제."

유정은 대답 대신 술을 들이켰다. 말없이 식은 음식을 먹었다. 김 빠진 맥주는 미지근했다.

"얼음 있어?"

재호의 말에 유정이 냉동고를 뒤적거리며 얼음을 찾기 시작했다. 육절 소고기, 국물용 멸치, 카레용 돼지고기, 먹기 좋게 자른 다시마. 마트에서 사온 그대로 얼린 팩을 모조리 꺼낸 뒤 냉동칸 깊숙한 곳에 처박혀 있던 얼음통을 꺼냈다. 속에 얼음은 없고 귀퉁이가 오그라든 사진들이 바짝 언 채로 들어 있었다. 서리가 뒤덮인 희뿌연 사진 속에는 재호와 유정이 입을 맞추고 있었다. 다른 사진에선 뺨을 맞대고 카메라를 향해 환하게 웃고 있었다. 한 장도 빠짐없이 그대로였다. 다만 차가운 사진이 손끝에 자꾸 들러붙어서 오래 들고 있을 수는 없었다. 쓸모없는 배달 스티커들도 함께 남아 있었다. 오직 몽골 지도 모양의 마그넷만 없었다.

"없어?"

재호가 새 술을 따르며 유정에게 물었다. 유정은 사진과 함께 얼음통을 다시 냉동고에 집어넣었다.

"없네."

재호가 걱정 가득한 목소리로 물었다.

"유정아, 이제 우린 어떻게 살지?"

문득 오래전 기억이 떠올랐다. 공원 벤치에 나란히 앉아 캔맥주를 마시다 말고 우리 만날래? 라고 묻던 재호의 물음에 응, 유정이 단박에 화답했던 그날. 벤치의 이쪽 끝과 저쪽 끝에 앉아 있던 두 사람이 어느 순간 어깨를 맞댄 채로 나눴던 대화들, 지키지 않아도 될 약속을 하고 약속하지 않아도 될 약속을 위해 손가락을 걸며, 마치 미래를 생각하지 않는 사람처럼 굴었던 그날.

어느새 두 사람은 마주보고 앉는 사이가 되고, 마침내 온몸을 맞대고 사는 사이가 되었다. 고작 삼 년 만에 그리되었다. 만약 우리가 계속 함께 산다면 그 또한 그만한 사정을 맞닥뜨렸기 때문이겠지, 유정은 생각했지만 그게 유정이 지금 하고 싶은 말은 아니었다.

"살겠지."

"살기야 살지."

두 사람은 말없이 잔을 부딪치며 술잔을 비웠다. 식은 음식을 여러 번 데워가며 남김없이 먹었다. 팔 인분의 음식을 전부 먹고 나서야 두 사람은 누가 먼저랄 것 없이 침대 위로 쓰러졌다. 술에 취한 두 사람이 서로를 침대에서 밀어내며 잠에 빠져 있는 동안 첫서리가 내렸다.

실내 온도가 조금씩 내려가고 마침내 동이 틀 무렵 유정과 재호는 추위에 못 이겨 서로를 끌어안았다. 잠은 더욱 깊어져서 꿈없이 달게 잘 잤다. 창에는 아무도 방안을 들여다볼 수 없을 만큼 짙은 김이 서렸다. 처음으로 기온이 영하로 떨어진 그 밤을 유정은 오래도록 이렇게 기억했다.

바로 그날이 단 하나밖에 남지 않은 두려움을 두 사람이 함께 쓰기 시작한 날이었다고……

| 작가노트 |

# 벤자민은 죽었지만 올리브는 살렸으므로

칠 년 동안 마당이 있는 낡은 단독주택에 혼자 살았습니다. 지금 그 집을 떠올리면 거무스름한 흙과 고동색의 방바닥이 제일 먼저 생각납니다. 그 집 마당에는 봄마다 전 주인이 키우던 작물들이 무성하게 자라났습니다. 깻잎과 미나리 그리고 토란이 군락을 이루어 마당을 푸르게 뒤덮곤 했습니다. 언젠가 집주인은 마당 한가운데 있는 나무둥치를 가리키며 이것은 원래 앵두나무였다고 말해주었습니다. 전에 살던 세입자가 허락도 구하지 않고 맘대로 베어버렸다고 집주인은 화를 냈습니다. 앵두나무가 있을 때는 마당이 참 예뻤다고 그는 몹시 아쉬워했습니다.

아마도 그래서였을 겁니다. 나는 그 집에서 자라는 어떤 것도 베어내거나 뜯지 않고 살았습니다. 여러 해가 지나자 잡초들이 깻잎보다 먼저 자라고 토란보다 무성해지고 미나리는 자취를 감추었습니다. 작물들의 이름을 잘 몰랐던 나는 빠른 속도로 번져 나가는 잡초들도 전에 살던 사람이 뿌린 씨앗이 싹을 틔운 거라고 생각했습니다. 어느 날 사진을 찍어 검색해보니 놀랍게도 그것들은 독초였습니다. 오래전 사약을 만들 때 쓰던 풀이었습니다. 낫을 사다가 그것을 베었습니다. 굵은 줄기에서 하얀 진액이 흘러나왔습니다. 차마 더 베지 못하고 그대로 두었습니다. 마당 한쪽 벽에 낫을 걸어두었습니다. 유일한 무기였던 낫을 녹슬어 삭도록 내버려두었습니다.

비록 독을 키우는 마당이었지만 봄이 되면 커다란 백합이 피고, 붉고 노란 튤립이 피었습니다. 마당과 붙어 있는 산에서 벚꽃잎이 바람을 타고 날아와 수북하게 쌓이고, 벚꽃이 지면 아카시아 향기가 집안 가득 배어들곤 했습니다. 가끔 놀러오는 친구들은 그 집을 두고 이렇게 말했습니다. 무섭겠다고, 혼자 살기엔 너무 무서운 집이라고.

무섭긴 무서웠습니다. 나는 흙이 무서웠습니다. 흙 아래 무엇이 있는지 몰라서 두려웠습니다. 흙은 힘이 셌습니다. 흙은 깊어서 뭐든 숨길 수 있었습니다. 흙은 내가 두려워하는 것을 사랑했습니다. 흙은 사람이 먹을 수 있는 풀보다 사람이 먹을 수 없는 풀을 더 크게, 더 많이 키워냈습니다. 낫 없이는 결코 흙의 주인이 될 수 없음을 매일 눈으로 확인하는 날들이었습니다.

나는 흙의 힘이 이토록 세고 강한 이유를 시간 때문이라고 짐작했습니다. 지구가 막 생겨났을 때부터 지금까지, 모든 살아 있는 것들이 먼지와 재가 되어 흙으로 스며들었기 때문이라고 말입니다. 영원과 같은 과거와 무한한 죽음들이 일구어낸 땅, 견고하게 다져진 지하의 표면을 디디며 살아가는 나에게 그것은 매혹적인 공포였습니다. 닿지 않는 물의 심연이나 하늘의 높이와 다르게 그것은 생생한 실체였기 때문입니다. 흙에 대한 공포는 내게 시간의 힘을 믿게 하고, 기꺼이 무릎을 꿇도록 했습니다. 그렇게 나를 작은 자세로 살아가도록 가르쳤습니다.

별일 없었다면, 나는 감히 이사할 생각은 꿈도 못 꾼 채 그 집에서 계속 살았을 겁니다. 수도가 동파되고 오수관이 터져서 마당을 모두 파내야 하지 않았다면 말입니다. 전문가들의 말과 달리 집주인은 대수롭지 않게 말했습니다. 안 보이는데 뭐 어떠냐고. 하지만 나는 집주인의 말대로 내버려두기도 싫었고, 흙을 파헤쳐 땅을 뒤집기도 싫었습니다. 어떻게든 떠나고 싶은 마음뿐이었습니다. 도망치는 마음으로 이사를 강행했습니다.

새로 이사한 집은 신축 빌라의 사층입니다. 이곳의 바닥은 새하얗습니다. 바닥의 색깔 말고도 달라진 게 너무 많아서 한동안 나는 불안하고 우울했습니다. 밤이 가장 변했습니다. 다소 시끄러워졌고, 불을 끄고 커튼을 닫아도 희미한 빛이 늘 새어들어왔습니다. 이사한 집에서 처음 자려고 누웠을 때, 아래층에 사는 사람들의 발소리를 들었습니다. 싫다기보다는 신기했습니다. 층간을 타고 울리는 기척이 쌍방향으로 전해진다는 게 지금 생각해도 놀랍습니다. 한밤에 방과 부엌을 쉼없이 왔다갔다하는 아래층 사람을 나는 아직까지 본 적 없습니다. 다만 아랫집이 쿠팡을 자주 애용한다는 것만은 알고 있습니다.

나는 매사 조심하며 살게 되었습니다. 식탁의자를 끌다가 놀라고, 내 발소리에 놀라고, 변기의 물을 내리다가도 화들짝 놀라곤 했습니다. 잠버릇이 달라졌고, 깊은 잠을 이루지 못해 벌떡 일어나는 일이 잦았습니다. 그런 날이 이어지자 내가 꾸려온 삶의 대부분을 후회하기 시작했습니다. 어른이 된 이후의 내 삶은 실패한 자립이었다고 자평했습니다. 최선도 차선도 아닌 선택들이 만들어낸 총합이 바로 지금의 나라는 생각을 떨칠 수가 없었습니다. 그것은 원치 않는 이사를 해서가 아니었습니다. 비로소 타인의 기척을 들었고, 처음으로 공동체의 일원이라는 사실을 자각했기 때문이었습니다. '단독' 아닌 '공동'의 삶을 시작하면서, 나를 다수에 속한 한 사람으로 생각한 결과였습니다. 돌이켜보면 두려움에 대한 매혹, 그것은 단독의 삶이었기에 가능했습니다.

집들이 선물로 화분을 여러 개 선물받았습니다. 다시 흙을 보았습니다. 집안에 흙을 들이는 건 처음이어서 순간 섬찟했습니다. 하지만 화분에 담긴 흙은 땅과는 전혀 다른 것이었습니다. 집들이에 화분을 선물하는 건 축복과 행운을 의미하는 거라고 알고 있습니다. 나는 친구들의 마음을 배반하지 않으려고 화분에 물을 주었습니다. 새잎이 나고 줄기가 뻗어나왔습니다. 자라고 있었습니다. 그 모습을 매일 봤더니 몇 달 지나지 않아 나는 흙을 만질 수 있게 되었습니다. 친구들을 만들어준다는 기분으로 자귀나무, 황칠나무, 라일락, 치자나무와 수국 등을 집안에 들였습니다.

날이 갈수록 나는 잠을 잘 자고, 새하얀 바닥에도 익숙해졌습니다. 그사이 선물로 받은 벤자민이 죽었고 올리브는 간신히 되살려냈습니다. 그렇게 죽고 살리는 일을 몇 번 겪었습니다. 어떻게든 살게 만들고자 바지런히 움직이는 일들이 이어졌습니다. 물을 줘야 할 때, 바람을 쐬어야 할 때, 화분을 갈아야 할 때. 그런 때를 놓치지 않기 위한 움직임 말입니다.

어쩌다 때를 놓치면 알게 됩니다. 그 모든 순간이 생의 중요한 변곡점이라는 것을 알게 됩니다. 되돌릴 수 없다는 걸 실감합니다. 흙이 시간과 죽음의 힘을 빌려 생을 받치고 있는 게 아니라, 시간이 흙의 힘을 빌려 모든 생을 키우고 있음을 알게 됩니다. 그렇게 시간을 보살피고 아끼는 마음으로 살게 됩니다. 오늘은 또 얼마나 자라려나 기대하며 내려다보게 됩니다. 모든 게 어제와 같지 않습니다. 내일은 또 얼마나 달라질지 기대하는 마음이 더 큽니다. 앞으로 내가 써내려갈 이야기도 그리 될 것만 같습니다. 두려움 따윈 이제 없습니다.

| **리뷰** |

# 패턴의 출현, 위트의 승리

황종연(문학평론가)

「우리집 여기 얼음통에」의 이야기는 크게 보면 두 부분으로 이루어져 있다. 전반부는 나이 마흔을 앞둔 독신 여성인 유정이 서울 어느 동네의 낡았지만 한여름의 "바람소리와 풀냄새"가 좋은 주택에 세를 들었으나 살다보니 마당이 "거대한 재떨이"에 불과할 정도로 주변이 더러웠고, 한겨울에는 집안의 수도가 얼어붙는 데다가 저절로 녹기를 기다려야 하는 형편이어서 난방을 할 엄두도 내지 못하고 추위에 시달렸으며 그 때문에 결국 셋집을 떠났다는 이야기. 후반부는 겨울과 봄이 지나는 사이 유정이 연인 관계인 재호와 함께 살기로 결정하고, 각자의 대출금을 합쳐 얻은 신축 빌라에서 예식 없이 결혼생활을 시작했으나 코로나19 유행 상황이 장기화하면서 두 사람 모두 일자리의 지속과 혼인 관계의 안정을 염려하는 처지가 된다는 이야기.

이 두 에피소드는 추정컨대 2019년과 2020년의 시간 프레임 내에서 연속되고 있긴 하나 그 관계는 그리 긴밀하지 않다. 두 에피소드를 통해 유정은 독신 상태에서 결혼 상태로 이동하고 있지만, 그러한 변화가 사건들의 합리적인 연속과 통일을 수반하면서 집이든, 사랑이든, 일이든 어떤 테마의 조리 있는 전개를 보여주고 있는 것은 아니다. 간단히 말해서, 플롯이라고 부를 만한 것이 없다. 대신에 있는 것은 패턴이다. 어떤 패턴? 반복의 패턴. 각각의 에피소드는 독립성이 강한 편이면서도 서로 비슷하다. 서술된 사건들의 특수한 세목에 있어서는 다르지만 유정의 집이 집이라는 이름에 값하지 못하는 상황—집이 그녀에게 물리적, 사회적 안전을 제공하는 최소한의 공간 역할을 하지 못하는 상황—을 공통적으로 지시한다.

전반부 에피소드에서 유정의 집이 집으로서 얼마나 부족한가를 알려주는 정보는 무엇보다도 그 거실 바깥의 경관이다. 거실 창 앞의, 시야가 높다란 상가건물의 벽으로 막혀 있고 건물 각층의 화장실 창이 거실 쪽으로 나 있으며, 그 "열 개"의 창에서는 담배꽁초가 무수히 떨어져 집마당에 쌓이고 있다. 유정의 집이 더럽다는 인상은 집 근방의 오수관이 깨져 주변의 땅이 오염된 채로 얼어 있는 상태임이 확인되면서 더욱 뚜렷해진다. 유정은 자신이 오물구덩이에 살고 있다는 사실에 경악하지만 집주인은 태연하다. "더러우면 더러운 상태로 나날이 더럽게 살아야" 한다는 것처럼. 유정의 집 주변 오수에 젖은 땅의 이미지는 유정의 마음속에서 하류계급의 치욕과 결부되어 있다. 그렇기 때문에 신축 빌라로 셋집을 옮긴 유정이 화장실 변기의 청결 여부를 유난히 염려하는 것은 이상한 일이 아니다.

후반부 에피소드에 나오는 집은 전반부의 "죽어가"는 집에 비하면 번듯하다. 유정은 새 주거를 마련하면서 그 자신과 자신의 살림에 자족하기 시작한 것처럼 보인다. 이삿짐센터 용역인 몽골인 아주머니 앞에서, 자신이 몽골 사람처럼 생겼음을 인정했던 과거의 기억을 떠올리거나 "같잖은 부자 행세"를 스스로 금하려고 한다. 그러나 집다운 집을 가졌다는 유정의 느낌은 확신과 거리가 멀다. 유정과 재호가 빌라 전세를 얻기 위해 받은 대출은 "이억원"이 넘은 반면, 유정의 월급은 "이백만원", 재호의 월급은 "삼백만원"에 불과해서 오히려 매달 수입이 적자다. 새로 장만한 살림살이의 일부를 내다팔아야 하지 않을까 걱정할 정도로 가계가 불안하다. 이 곤경의 배경에는 코로나19 팬데믹 사태로 인한 경제·사회 활동의 위축이 있다. 유정은 회사에서 과장의 미숙한 관리 때문에 인사상 손해를 보게 되지 않을까 염려하고, 재호는 회사 내 자신의 지위가 위태롭다고 직감하고 있다. 유정과 재호가 생계를 걱정하는 대목에서 지하의 상수도관과 하수도관은 논리상 그들의 생존 상황을 나타내는 비유로 다시 작동한다.

유정은 극히 평범한 인물 유형이다. 전형적인 몽골인 얼굴을 가진, 경제적으로 불안한 마흔 살 정도의 사무직 종사 여성이라는 정보에서 어떤 특성이나 매력을 떠올리기는 어렵다. 그럼에도 그녀가 눈길을 끈다면 그것은 그녀의 에피소드가 동시대 한국 사회에 널리 퍼져 있는 불안을 비교적 정확하게 가리키고 있기 때문이다. 코로나19 팬데믹은 물론 새로운 것이지만 그것을 계기로 가시화된 한국 사회의 문제는 새로운 것이 아니다. 팬데믹 상황하의 유정과 재호에 관한 서술은 청년층을 중심으로 다수 한국인 가구가 겪고 있는 주거 불안, 사람들 사이의 분단과 적대, 도시 인구의 소득 저하와 고용의 불확실성 같은 문제들의 단면을 건드리고, 동시에 그러한 문제들에서 비롯되어 사회의 넓은 계층에 만연된 집합적 감정, 한마디로 공포를 상기시킨다. 두 개의 에피소드를 통해 유정은 집다운 집을 갖지 못한 곤경을 반복적으로 보여주는 한편 공포의 감정을 반복적으로 토로한다.

공포는 현대 한국소설에 우세한 감정이다. 하성란의 「밤의 밀렵」이나 편혜영의 「저녁의 구애」 같은 2000년대 이후의 뛰어난 단편들은 바로 공포의 현상학이라고 불릴 만한 계열을 대표한다. 황현진의 마흔 살 여성은 하성란의 보험회사 직원이나 편혜영의 화원 주인처럼 어떤 계기에 공포를 느낀다. 하지만 「밤의 밀렵」이나 「저녁의 구애」에서는 공포가 합리적인 서사 형태를 가지는 반면, 「우리집 여기 얼음통에」에서는 산발적으로, 마치 일기 속의 비명처럼 표출된다. 유정은 낡은 집의 마당이 "거대한 재떨이"에 불과하다고 느꼈을 때도, 난방이 되지 않는 집안에서 추위를 견뎠을 때도, 재호와 함께 생계를 염려하던 때도 공포를 느꼈다고 되어 있다. 그 각각의 공포 사이의 관계는 단조롭고 느슨하다.

「우리집 여기 얼음통에」는 공포에 관한 서사로서는 불만스럽다. 인과성과 서스펜스가 부족하기 때문이다. 그러나 경제적으로 빈곤한 사람들의 공포에 질린 생활에 관한 묘사로서 그럴듯하지 않은 것은 아니다. 그 묘사 속에는 사회적, 도덕적 가치들의 위기, 특히 사랑의 위기가 냉정하게 적시되어 있다. 유정이 재호와 동거하기로 결정하게 한 것은 정열이라기보다 이익이다. 유정은 낡고 추운 집에서 탈출하고 싶다는 마음에서 재호와 살림을 합치기로 했다. 유정은 사랑을 낭비했다는 것을 스스로 알고 있다. 수도관 동파를 막기 위해 수도꼭지를 틀어 물이 계속 흘러나오게 했듯이 생활의 곤경에서 벗어나려고 "사랑이 줄줄 새도록 내버려"두었다고 생각하고 있다. 황망하게 이사하는 중에 냉장고의 냉동칸에 처박혔던 유정과 재호의 키스 사진이 이사로부터 반년가량 지난 현재에도 여전히 냉동칸에 남아 있다는 사정은 자못 암시적이다.

유정의 이야기에는 극히 범상하게 느껴지는 사물이나 사태가 자주 출현하지만 어느 순간 돌연히 계시적인 뭔가가 되곤 한다. 집 아래의 땅속을 흐르는 맑은 물과 더러운 물, 수도꼭지를 틀어 줄곧 흘려보낸 물, 냉동칸에 처박힌 유정과 재호 커플의 기념사진들, 코로나19 진단 검사를 받으러 가서 대기하는 중에 유정이 실감한 패닉 등은 그것 자체이면서 동시에 그것 아닌 뭔가—유정 자신과 세계에 대해 계시적인 뭔가—를 의미한다. 「우리집 여기 얼음통에」의 세계는 경제적으로 빈곤하나 의미의 측면에서는 부유하다. 하나의 사물 혹은 사태가 그와 종류가 다른 사물 혹은 사태의 은유적 기호로 작동하고 있기 때문이다. 파편화된, 동떨어진, 이질적인 사물들의 유사 관계를 민첩하게, 직관적으로 찾아내는 능력은 보통 위트라고 불린다. 황현진의 신랄한 위트 덕분에 가난의 공포가 읽을 만한 이야기가 되었다.

# 2021
# 김승옥문학상

김승옥문학상 취지

심사 경위 및 심사평

**김승옥문학상 운영위원회**

김화영 백운석 류보선 이기호

**심사위원**

김화영 권희철 김금희 서영인 전경린 차미령 황종연

| 김승옥문학상 취지 |

1960년대 한국 현대소설의 빛나는 한 정점을 보여준 작가 김승옥의 등단 오십 주년을 기념하여 그의 문학과 산문 정신을 기려 2013년 KBS순천방송국에서 제정한 문학상으로, 2019년부터는 순천시의 지원으로 문학동네가 새로이 주관하게 되었다.

김승옥은 1941년 일본 오사카에서 태어나 전라남도 순천에서 유년시절과 청소년기를 보냈다. 순천중고등학교를 졸업한 그는 1960년 서울대학교 문리과대학 불문과에 입학했다. 1962년 한국일보 신춘문예에 「생명연습」이 당선되어 문단에 첫발을 내디딘 순간부터 그는 즉각 한 세대의 젊은 감성과 미학을 대표하는 존재로 예외적인 빛을 발하기 시작했다. 같은 해에 동인지 『산문시대』를 펴내는 동시에 「환상수첩」 「건」을 발표, 1964년 「무진

기행」, 그리고 마침내 1966년 첫 창작집 『서울, 1964년 겨울』을 발표함으로써 '감수성의 혁명'이라는 찬사를 한몸에 받으면서, 1960년 학생혁명을 주도한 '4 · 19 세대', 그리고 일제 교육의 일환인 강제적 일본어 세례를 받지 않고 우리말로 정규교육을 받은 첫 '한글세대'의 상징이 되었다. 1965년 제10회 동인문학상 최연소 수상, 1977년 제1회 이상문학상 수상은 그 웅변적인 예이다.

앞선 세대의 무기력한 전후문학과 결별하고 "태초와 같은 어둠 속에서" 안개 속의 낭떠러지로 전 인격을 내던지며 그는 새로운 감수성의 촉수를 더듬어 "자기 세계", 즉 진정한 자아를 찾기 위하여 "죽음의 푯말을 새기며" 길을 떠났다(『산문시대』 창간사에서).

그의 대표작들은 대부분 1960년대 초반에 발표되었고 단편소설이 중요한 몫을 차지하지만, 암울하면서도 폭발적인 젊음의 세계를 그만의 감각적이고 개성적인 문체로 형상화함으로써 단숨에 우리 현대소설의 가장 정치하고 드높은 봉우리에 이르렀다. 그 압축적인 창조성으로 미루어 지극히 예외적으로, 작가의 생존 중에, 이 상을 제정한 의의 또한 예외적이라 하겠다.

김승옥문학상 운영위원회

김화영 백운석 류보선 이기호

## | 심사 경위 및 심사평 |

김승옥문학상은 2019년부터 다음과 같은 방식으로 운영되어왔다. 등단 십 년 이상의 작가들이 한 해 발표한 단편소설 가운데 최고의 작품 7편을 선정한 뒤 그 가운데 1편을 대상으로 한다. 기성작가에 대한 선입견을 배제하기 위해 작가의 이름을 지운 채 블라인드 방식으로 심사를 진행한다. 올해도 그와 같이 2020년 7월부터 2021년 6월까지 일 년 동안 발표된 단편소설 중 조건에 부합하는 작품 184편을 문학평론가 권희철, 서영인, 차미령, 황종연, 소설가 김금희, 전경린이 나눠 맡아 예심을 진행한 뒤 각자 2~3편의 작품을 추천했고, 심사위원장인 김화영 선생이 합류하여 예심 추천작 총 14편을 두고 본심을 진행했다.

문학상 심사 과정에서 만장일치의 결론이라는 것은 본래 찾아보기 어려운 일이지만, 이번 심사에서의 토론은 특히 격렬했다.

세 차례에 걸친 투표에서도 결론이 나오지 않았고 서로의 추천작을 두고 '참을 수 없다'는 표현까지 오갔다. 특정한 성향의 작품을 알아보지 못하는 누군가의 안목에 힐난을 겸한 가르침도 오갔던 것 같다. 그러니 일곱 명의 심사위원 전원이 이번에 선정된 일곱 작품을 합심하여 지지했다고는 말할 수 없다. 그러나 이 말을 거꾸로 하자면, 이러저러한 결함과 그에 따르는 비난에도 불구하고 도저히 지지를 철회할 수 없는 뭔가를 심사위원들 각자가 서로 다른 작품들에서 발견해낸 것이기도 하다. 우리가 생각하기에 비난할 구석이 거의 없이 대부분의 사람에게 동의를 얻을 수 있을 만한 것보다는, 어떤 종류의 시대착오나 과도함 혹은 허술함이 끼어들어 있다 하더라도 어떤 사람에게는 강렬하게 접속되어 그것을 포기할 수 없게 만드는 것이 더 소중하고 특별하다.

대상의 영예를 안은 문진영을 포함해 이번 수상자들이 최근의 여러 문학상 수상자들의 면면과 확연히 다른 것이, 블라인드 심사의 효과인 것인지 아니면 특별히 더 격렬했던 심사의 결과인지는 불분명하다. 이 결과가 심사위원들에게도 신선한 충격이었다. 심사위원들이 그랬듯 독자들 사이에서도 수상작을 두고 활발한 토론이 오갈 수 있기를, 그 가운데 강렬하게 접속할 수 있는 저마다의 소중하고 특별한 지점들이 발견되기를 바란다.

손홍규의 「지루한 소설만 읽는 삼촌」은 누군가에게는 집안의 골칫거리로 보였을 삼촌에 대한 소설가 조카의 회상으로 되어 있다. 세상의 이치에 영악하게 투항하는 속물도 되지 못하고 세상의 이치를 뒤엎을 영웅들의 대열에 합류할 수도 없었던 이 어중간한 인간은 그러나 누구에게도 인정받을 수 없는 친밀성의 세계에 가장 충실한 인물로 회상된다. 콘크리트가 양생되는 시간이 그런 것처럼, 삼촌은 세상 사람들이 이만하면 되었다고 생각하는 시간으로부터 한참이 지나고 나서야 무엇인가를 진짜로 느끼거나 이해할 수 있다는 것을 알았다. 그래서 언제나 더 오래 끈질기게 어떤 것들을 붙들고 있었는데 아마도 그것이 그가 친밀성의 세계에 그렇게까지 충실할 수 있었던 이유였을 것이다. 그러니 삼촌은 단번에 이해되고 즐거움을 주는 소설이 아니라 아직은 이해되지 않기 때문에 지루하기만 한 소설을 읽었다. 그 '아직'의 시간이야말로 "삶의 한복판"이기 때문이다. 이 소설도 지루하기만 한 삼촌의 삶을 통해 '아직'의 시간에 도전하고 있다.

안보윤의 「완전한 사과」는 최근 뉴스에 자주 오르내리며 공분을 불러일으키는 잔혹범죄를 떠올리게 한다. 하지만 이 소설은 범죄와 폭력의 스펙터클에 관심을 보이는 대신 그런 잔혹범죄를 다루기에 가장 복잡하고 까다로운 자리로 찾아들어가 살인자의 여동생을 화자로 내세운다. 그녀는 살인자의 가족이라는 이유로 방향을 잘못 잡은 분노와 폭력의 표적이 되어 직장을 잃고 살던 동네에서 쫓겨나듯 이사가야 했다. 그녀 자신이 어린 시절 오빠의 폭력으로부터 살아남은 생존자인데도 오빠에게 분노한 사람들에게 그녀는 다시 희생되어야 했던 것이다. 그러나 그녀는 함부로 억울해하고 따지는 사람이 아니다. 그녀는 오빠가 "너무 개새끼"라는 사실을 잘 아는 것이다. 그럼에도 다른 사람들과 달리

양껏 오빠를 증오할 수 없다는 것이, 오빠를 저주할 때 습관처럼 죄책감이 들러붙는 것이 그녀는 억울하다. 다시 그러나, 그녀는 동생에게 폭력이 가해지는 동안 화장실에 숨어 오빠의 폭력을 방관하지 않고서는 살아남기 어려웠다. 선과 악이, 가해와 피해가 간단히 나눠지지 않는 복잡한 자리에서 그녀는 지금 가장 어려운 도덕 문제를 풀고자 한다. 스스로에게 가장 엄격한 도덕시험 채점관이 되고 있는 이 소설의 치열한 목소리를 당분간 잊기 어려울 것 같고 그 와중에 만난 소년과의 애틋한 관계도 마찬가지다.

블라인드 심사라 하더라도, 심사 전 발표 지면에서 읽었는가의 여부를 떠나서, 「시계입구가게앞검문소」가 윤대녕의 소설이라는 사실을 모르는 체하기가 어려웠다. 지나치게 구체적이고 세밀한 지명들의 나열, 그 장소들을 오가며 우연처럼 만나지는 남녀, 문득 걸려온 전화에 가장 내밀한 이야기들을 문어 투로 쏟아내는 대화, 그 사이사이로 밀고 들어와 사람들을 쓰러뜨리는 허무와, 허무를 뚫고 솟아나는 반짝거리는 순간들, 이런 것들이 모두 윤대녕의 서명 같은 것이기 때문이다. 거기에는 먹고사는 일에 미치지 못하거나 그것을 초과하는 어떤 기미들과, 그것들에서 촉발되는 정념들이 빼곡하다. 누군가에게는 그런 것들이야말로 살아 있다는 느낌을 주고 또 삶을 이어나갈 힘을 준다.

심사 과정에서 누군가의 죽음과 그 죽음 뒤로 남겨진 사람의 살아남음에 대해 다루는 소설들이 자주 눈에 띄었는데 정용준의 「미스터 심플」도 이에 속한다(최근의 소설들이 왜 이렇게 죽음과 죽음 이후의 살아남음에 대해 자주 말해야 하는가에 대해서는 별도의 논의가 필요해 보인다). 이야기는 이렇다. 함께 살던 H가 어느 날 갑자기 자살했고 화자는 그 이유를 알 수 없다. 그 때문에 공회전하는 삶을 이어가던 나는 '미스터 심플'이라는 아이디를 쓰는 사람과 중고 거래를 하게 되는데, 두 사람은 중고 물품을 거래하려고 만났지만 어쩌다보니 서로의 내밀한 뭔가를 교환하기 시작한다. 소설 속에서 두 사람이 각자의 슬픔에 함몰되어 있을 때는 스스로를 견딜 수 없을 것 같았고 저마다의 자멸이 자명해 보였다. 하지만 상대방의 슬픔에 이끌리는 바람에 혹은 그 자신의 슬픔을 토로하고 싶어진 바람에 두 사람이 자신으로부터 빠져나올 때 각자가 자기 자신을 이해하거나 받아들이는 것처럼 보이는 순간이 있다. 그 순간에 이르기까지 두 사람의 그로테스크한 관계가 끊어질 듯 이어지게 하는 정용준의 내러티브에는 기이한 흡인력이 있다.

아마도 진연주의 「나의 사랑스럽고 지긋지긋한 개들」은 이번 수상작들 가운데 가장 이질적인 작품일 것이다. 모든 소설에 어느 정도 그런 면이 있기는 하지만, 이 소설은 유독 말해진 것 너머에 대해서 읽어내기를 요구하는 듯하기 때문이다. 이 소설은 순전히 두 마리의 늙은 개들을 살리고 산책시키는 일에 몰두하는 약간은 괴짜 같은 이야기로 우선 읽히지만, 다른 한편으로는 늙은 엄마와의 실패한 관계 맺기를 우회로를 통해서라도 잇고 이어가고 만회하고자 하는 시도로도 읽히는 것이다. 얼핏 괴상하고 때로 불쾌감이 들 수도 있는 표현들이 마구잡이로 내질러진 자폐적인 횡설수설이 아니라 이른바 '정상 경로'로 진행될 수 없는 감정과 생각들이 그 나름으로 길을 찾으려는 절실함이라는 생각이 들고 나면 화자가 사랑과 상실에 대해 말할 때 설득되고 싶지 않았던 마음이 공감으로 바뀌게 된다.

황현진의 「우리집 여기 얼음통에」는 '지금 여기의 현실'을 정직하게 관찰하고 표현하고자 하는 욕망에 충실하다. 유정이 어렵게 구한 집의 마당이 옆 건물 화장실에 들락거리는 사람들에게는 거대한 재떨이에 불과했다거나 오래된 집의 수도가 얼어 터지지 않게 물을 조금씩 흘려보낼 때마다 아껴둔 것들이 빠져나가는 것 같아 그 자그만 졸졸 소리에도 조마조마해졌다거나 하는 현실의 세목들이 이 소설에는 소상하다. 오수관이 깨지는 바람에 집을 통째로 파낼 위기에 처했다거나, 사랑했기 때문이 아니라 그런 사정들 때문에 재호와 살림을 합쳤기에 사랑은 줄줄 새버렸다거나, 도산 위기에 처한 회사에서 자기만 빼고 직장 동료들 모두가 자가격리 대상자가 됐다는 것이 코로나19에 감염되는 것 이상으로 무서운 일이라거나 하는 사연들이 연달아 나올 때는 거의 참혹한 기분인데 그것은 소설적인 과장이 아니고 현실 그대로라는 인상을 준다. 이 소설의 제목은 소설 속에서 특정한 맥락이 있지만 그 맥락으로부터 떨어져 제목을 다시 보았을 때 어쩔 수 없이 '우리집'은 '얼음통'과 동격이 된다. '얼음통인 우리집'에서의 삶, '얼음통인 우리집'으로서의 세계를 이 소설만큼 담담하면서도 섬찟하게 그려낸 사례를 찾기가 어려울 것 같다.

문진영의 「두 개의 방」은 "소용은 없지만 왠지 소중한 것들을" 발견하고 수집해가는 산책에 대한 이야기로 시작된다. 그것이 이 소설의 형식이고 주제다. 보편적이고 객관적인 기준으로 보자면 시시껄렁하고 도무지 특별하게 다뤄질 이유가 없는 것들, 그렇기 때문에 사라져가는 것들을 찾아내고 기억하기. 그러한 태도가 아니면 우리 삶의 대부분이 사회적인 의미와 가치에 의해 증류되고 사라지게 되리라는 점을 기억하기. 다시 말해서 겉보기와 달리 강렬하게 살아가는 방법을 연습하기. 이런 사정들 때문에 심사위원들 가운데 누군가는 이 소설에 대한 감상을 말하는 중에 파트릭 모디아노를 언급해야만 했다. 하지만 이 소설의 화자가 은미에게 마음이 기울어져가는 장면들, 그리고 은미가 화자로부터 멀어져가는 순간들에 대한 간결하고도 구체적인 묘사가 내게는 파트릭 모디아노의 아름다운 모호함보다 더 가슴 아픈 것이었다는 점도 덧붙이고 싶다. 이 소설이 표현하고 있는 쓸모없는 것들에 대한 애틋한 마음이 우리를 전염시켰기에, 그 마음이 단지 삶의 독특한 취향이나 스타일에 머물지 않고 어떻게 살아야 할 것인가 하는 윤리의 차원에 근접해 있음을 이 소설이 강요하지 않으면서도 설득했기에 우리는 이 소설을 대상작으로 선정했다.

김화영 권희철 김금희 서영인 전경린 차미령 황종연
(대표집필 권희철)

김승옥문학상 수상작품집
2021 김승옥문학상 수상작품집


1판 1쇄 2021년 10월 5일
1판 2쇄 2021년 10월 29일

지은이 문진영 윤대녕 손홍규 안보윤 진연주 정용준 황현진
책임편집 이재현 | 편집 김영수 김수아 강윤정
디자인 김현우 유현아 | 마케팅 정민호 이숙재 우상욱 정경주
홍보 김희숙 함유지 김현지 이소정 이미희 박지원
제작 강신은 김동욱 임현식 | 제작처 영신사

펴낸곳 (주)문학동네 | 펴낸이 염현숙
출판등록 1993년 10월 22일 제406-2003-000045호
주소 10881 경기도 파주시 회동길 210
전자우편 editor@munhak.com | 대표전화 031) 955-8888 | 팩스 031) 955-8855
문의전화 031) 955-3578(마케팅) 031) 955-1920(편집)
문학동네카페 http://cafe.naver.com/mhdn | 트위터 @munhakdongne
북클럽문학동네 http://bookclubmunhak.com

ISBN 978-89-546-8252-7 03810


www.munhak.com